유수流水 역사 판타지 장편소설

WISHBOOKS HISTORICAL FANTASY STORY

5

유수流水 역사 판타지 장편소설

초판 1쇄 찍은 날 | 2020년 6월 10일
초판 1쇄 펴낸 날 | 2020년 6월 17일

지은이 | 유수流水
펴낸이 | 권태완 우천제

기획 | 위시북스
편집책임 | 한준만
편집 | 위시북스

펴낸곳 | ㈜케이더블유북스
등록번호 | 제25100-2015-43호
등록일자 | 2015. 5. 4
KFN | 제2-36호

주소 | 서울시 구로구 디지털로31길 38-9, 401호
전화 | 070-8892-7937 팩스 | 02-866-4627
E-mail | fantasy@kwbooks.co.kr

ISBN 979-11-293-5721-2 04810
        979-11-293-5042-8 (set)

업어 키운 여포 5

유수流水 역사 판타지 장편소설

WISHBOOKS HISTORICAL FANTASY STORY

목차

1장
내 새끼들 지키러 가야지

회의가 끝났을 즈음, 진궁이 잠시 함께 걷자며 날 데리고 밖으로 향했다.

그런 우리가 향한 곳은 태수부의 정원이었다.

"이곳은 앞으로도 아름다웠으면 좋겠소."

마치 기억해 둬야겠다는 것처럼 찬찬히 주변을 돌아보며 진궁이 말했다.

느낌이 묘하다.

"다시 와서 확인하며 형님을 채근해 더 아름답게 가꾸면 됩니다."

"내 솔직히 이야기해서 돌아올 수 있을지 모르겠소이다."

진궁이 씩 웃는데, 그 미소를 보는 내 가슴이 철렁 내려앉는다. 설마?

"너무 그리 걱정하진 마시오. 어쩌면 살아날 수도 있겠지. 그보다 난 계책을 위해 넘겨줬던 땅을 다시 돌려받기가 어렵지 않을까 싶어 걱정스러울 뿐이외다."

"아니, 죽을지도 모른다는 생각을 하시는 분이 그런 걸 걱정해요?"

"나 하나 죽는 건 대수롭지 않으나 예주를 잃는 건 큰일이지 않소이까."

"그 무슨 말도 안 되는 이야기를……."

"약속해 주시오, 총군사. 무슨 수를 써서라도 예주를 되찾겠노라고."

"약속 안 할 겁니다. 되찾는 걸 원하면 죽지 말고 살아남으세요."

"인명은 재천이거늘 어찌 내 마음대로 할 수 있단 말이오?"

"하늘은 노력하는 자를 돕는다고 했습니다. 개똥밭에서 굴러도 이승이 낫다고 했고요. 그러니 살아남으세요. 성을 지키는 것에 성공하고, 선생께서 예주를 수복하시라고요."

전쟁에서 사람이 죽는 건 새삼스럽다 못해 당연한 일이다. 애초에 서로 싸우며 서로 죽이는 게 전쟁이니까.

하지만 진궁이 죽는다는 건 글쎄…… 상상이 안 간다. 처음부터 나와 함께했던 사람이고, 알게 모르게 의지했던 사람인데 이 사람이 죽는다니?

그런 내 생각을 읽어낸 것일까? 진궁이 인자하게 미소 지으며 고개를 끄덕이더니 말했다.

"총군사는 균형이라는 것에 대해 어찌 생각하시오?"

뜬금없는 말이다. 갑자기 균형이라니.

하지만 그 말을 들음과 동시에 난 진궁이 무엇을 언급하는 지 알아차릴 수 있었다.

균형. 지금 당장에 이 땅에 존재하는 여러 세력의 힘의 균형 을 언급하는 것일 터.

"일강 사중 이약이라 보아야 하지 않겠습니까?"

"총군사의 말대로요. 일강은 하북의 원소를 꼽을 수밖에 없 지. 사중은 우리와 강남의 원술, 관중의 조조와 형주의 유표 요. 이약은 서촉의 유장과 서량의 마등이고."

나는 고개를 끄덕이며 진궁의 얼굴을 응시했다. 진궁이 저 옆에서 노니는 새들의 모습을 살피며 미간을 찌푸린 채 뭔가 를 골똘히 고민하고 있었다.

그리고 그 고민이 끝났을 때, 그 입이 열렸다.

"이각과 곽사를 도와 주공을 패주시켰던 가후가 조맹덕의 총군사가 되었다 들었소. 그자라면…… 균형을 무너뜨릴 것 같지는 않구려."

"선생께서는 그렇게 생각하십니까?"

"확신은 없소. 그저 막연한 생각일 뿐이외다. 하나 총군사라 면 확실한 결론을 낼 수 있을지도 모르겠소이다. 난 그리 생각 하오. 허허…… 참으로 좋은 날이오."

참 묘한 얘기다. 균형이라니.

내가 그렇게 생각하고 있을 때, 진궁이 설렁설렁 걸으며 정원을 빠져나갔다. 곧장 준비해서 광락성으로 향하겠다는 것처럼.

나는 그저 그 뒷모습을 응시하며 우두커니 서 있기만 할 뿐이었다.

"균형이라……."

📱

"식량을 최대한 모아라! 성 밖에 있는 것들은 하나도 남김없이 모조리 성내로 들여야 한다!"

"서둘러라! 언제 적들이 도착할지 알 수 없다!"

사방에서 다급하기 그지없는 목소리들이 울려 퍼진다. 수십 명이나 되는 천인장과 백인장들이 병사들을 독촉하며 온갖 물자들을 산양성 내부로 옮기고 있다.

불과 일주일 전까지만 해도 평화롭고 느긋하며 풍요롭기까지 하던 산양성과 그 주변 지역의 모습이 지금은 전쟁 준비가 한창인 비장하기 그지없는 모습으로 변해가고 있었다.

다각 다각-!

그런 와중에서 전령이 끊임없이 오가고 있다. 지금도 땀에 절어서 지친 기색이 역력한 전령이 저 멀리 북쪽에서부터 이쪽으로 달려오고 있었다.

"총군사님! 총군사께선 어디에 계십니까!"

"나 여기에 있다!"

황급히 날 찾는 전령을 향해 손을 들었다.

녀석이 긴가민가한 얼굴로 고개를 갸웃거리더니 내 뒤에서 펄럭이고 있는 위(魏)의 깃발을 보고선 화들짝 놀라며 방향을 틀어 달려오고 있었다.

"무슨 일이야?"

"제북 태수의 전언입니다! 철군은 준비가 끝났으나 생각지도 못한 문제가 발생하여 여쭈라 하시었습니다!"

"생각지도 못한 문제라니?"

"제북에서 뿌리를 내리고 있던 병사들의 가솔이 제북 태수를 따라 성을 버리고 물러나고 있습니다! 그 숫자가 족히 십만에 이른다고 합니다!"

"십만? 아니, 제북에 주둔하고 있던 우리 쪽 병사는 이만 명밖에 안 되는데 가솔이 십만이라고?"

와, 이게 무슨 소리야. 십만이 따라나섰다니. 생각지도 못한 문제다.

내가 인상을 찌푸리니 전령이 잠시 내 눈치를 살피다가 말을 이었다.

"그것이…… 일가 중 한 명이라도 주공의 병사와 혼례를 치른 이가 있으면 너나 할 것 없이 일가 전체가 다 따라나서는 형세라 하였습니다!"

"그러니까 지금 제북 태수는 그 사람들을 다 데리고서 물러나는 중이라는 거야?"

"당장은 그렇습니다."

"그럼 원소군은?"

"소인이 제북을 출발할 때, 칠만 명의 병력이 칠 일 거리에서 제북을 향해 행군해 오고 있다 들었습니다!"

갑자기 두통이 밀려온다. 머리를 속에서부터 바늘로 찌르는 것처럼 아프다.

내가 인상을 찌푸린 채로 이마를 부여잡고 있는데 저 옆에서 말발굽 소리가 들려왔다. 성 밖으로 나와 수성의 준비를 하는 우리 쪽 병사들의 모습을 살펴보던 형님이 적토마를 몰아, 내게 다가오고 있었다.

"머리가 아픈 거냐?"

"아, 형님."

"주공!"

형님이 나타나기가 무섭게 전령이 화들짝 놀라선 말에서 뛰어내리며 한쪽 무릎을 꿇는다. 형님이 됐다는 듯 손짓하니 전령은 그제야 몸을 일으키고 있었다.

"아까 들으니 장료가 백성들을 데리고 온다던데. 맞아?"

"그, 그렇습니다. 주공!"

"그 숫자가 십만이고?"

이번엔 형님이 날 쳐다보면서 반문한다.

"예. 따라나선 백성들에게는 미안한 말이지만……. 하, 이거 진짜. 이러지도 못하고 저러지도 못하고. 난감하네."

내가 삼국지를 잘 알지는 못하지만, 원래의 역사에서 조조가 적벽 대전을 일으키겠다고 남진해 내려올 때 유비가 백성들을 데리고 도망가려다 낭패를 봤던 건 알고 있다.

꼭 그 비슷한 꼴이 되어버린 느낌이다. 게다가 이번엔 그냥 백성도 아니고 제북에서 가정을 이룬 병사들의 가족이다. 그걸 포기해 버리면 병사들의 사기가 뚝 떨어지다 못해 탈영해 버릴지도 모른다. 전황이 절망적이기까지 한 상황이다.

지금껏 병사들이 형님께 충성한 건 그만큼 이 시대의 기준에 맞지 않게 인간적인 대우를 받기 때문. 그런데 그걸 이제 와 철회해 버린다는 건…….

"아오, 진짜."

"문숙, 뭘 그렇게 고민하는 거냐?"

"예?"

"내 새끼들이잖아. 내 새끼들 지키러 가야지. 당연한 거 아니야?"

"진짜요? 이런 상황인데?"

"그럼 내가 이 상황에서 농을 던지겠느냐? 지금 당장 동원할 수 있는 병력이 얼마나 되겠어? 한 삼만 명쯤 될까?"

더없이 진지한 얼굴. 이 양반, 이거 진심이다. 할 수만 있다면 형님의 말대로 하는 게 맞는 것이긴 한데…….

"제북 태수한테 이만 명, 태산 태수에게 만 명이 있을 것인데 아마 이런 상황이면 태산 쪽에서도 병사들을 따라 백성이 내려오고 있을 겁니다. 우리 쪽 병사들 가솔이 굳이 함께 탈출하고자 하는 건 원소군의 보복이 두려워서일 것이니…… 하, 이러면 공명이 쪽에서도 마찬가지일 건데."

"그래서 동원할 수 있는 게 얼마나 되느냐니까?"

"임성은 원술이 밀고 올라올 수 있으니 병력을 못 뺍니다. 진류 쪽도 마찬가지고. 예주 쪽은 시간도 안 맞아요. 최대한으로 동원한다고 해봐야 산양에서는 이만 명 정도가 전붑니다."

"그러면 이만으로 남기주와 북연주를 도와야 하는 건가?"

"계란으로 바위 치기예요, 이거."

"나쁘지 않지."

형님이 씩 웃는다.

"항우조차 이런 식으로 싸워본 적은 없지 않으냐."

열세의 전력으로 강대한 적과 맞서 싸우는 거다. 그것도 이번엔 그냥 싸우기만 하는 게 아니라 백성을 지키기까지 하는 것이고. 성공할 수만 있다면 진짜 역사에 길이 남을 전투가 되겠지만…… 에이, 모르겠다.

"해봅시다. 어차피 외통수네, 이건."

"좋아. 그래야 내 동생이지."

형님이 만족스럽다는 듯 탕탕 내 등을 두드렸다.

북연주, 제북을 버리고 퇴각하는 길.

그곳에서 병사 이만 명과 함께 자신을 따라 길을 나선 십만 명이나 되는 백성들의 모습을 응시하며 장료는 땅이 꺼져라 한숨을 폭폭 내쉬고 있었다.

"서둘러라! 한시라도 빨리 움직여야 한다!"

"이곳에서 이렇게 지체할 시간이 없단 말입니다, 어르신!"

"곧 있으면 원소의 대군이 밀려올 겁니다. 어서 가야 한다고요!"

십인장, 백인장들이 사방을 돌아다니며 병사들뿐만 아니라 백성들을 재촉하고 있다.

하지만 이건 재촉해서 해결될 상황이 아니다. 장료를 따라 나선 것은 젊은 남녀뿐만이 아니다. 툭하면 갓난아이의 울음이 터져 나온다. 낯선 환경에 겁을 잔뜩 집어먹은 어린아이들도 심심찮게 울어 젖히는 와중이다.

그렇기만 하다면 그나마 나을 것이다. 아이는 병사들이 안아서 움직일 수라도 있으니까. 그러나.

"아이고, 병사 나리! 우리 점박이 좀 도와주소!"

"마차가 진창에서 빠지질 않아요! 누가 좀 도와주세요!"

"아버지 힘내세요, 아버지. 여기에서 멈추면 안 돼요, 계속 더 가야 한다고요."

"죽겠다, 죽겠어……. 이 늙은이는 더는 못 걷겠단 말이다."

추운 겨울이 지나고 봄이 다가오는 날씨 속에서 길은 진흙탕이 된 지 오래다. 정든 마을을 뒤로한 채 피난길에 오른 이들은 누구나 짐을 산더미처럼 쌓은 수레를 끌고 있다.

그 수레를 끌고자 병사며 말이며 소며 있는 대로 다 동원되고 있지만, 절대다수가 진창에 빠져 꿈쩍도 못 하는 상황이다.

이런 환경에서 병사들끼리만 있으면 하루에 칠십 리는 이동할 수 있겠으나 백성이며 짐이며 잔뜩 몰린 와중에서는 이십 리나 이동하면 다행일 터였다.

"이거 참……."

이러지도 못하고 저러지도 못할 상황에 딱딱하게 굳어진 얼굴의 장료가 그 모습을 지켜보던 순간.

두두두두두-!

저 멀리에서 말발굽 소리와 함께 전령이 달려왔다.

"급보입니다!"

"무슨 일이냐?"

"제북이 함락되었습니다! 성내에 원씨의 깃발이 올라왔답니다!"

"벌써…… 그리되어 버린 것인가."

장료의 얼굴이 딱딱하게 굳어졌다.

제북이 넘어갔다면 머잖아 추격대가 들이닥칠 터. 보병은 그나마 좀 시간이 걸리겠지만 기마대라면 당장 하루 이틀 이내에 들이닥칠 수도 있다.

"빌어먹을."

이를 악문 채, 장료가 주변을 돌아보았다.

병력이 없는 건 아니다. 하지만 지켜야 할 것이 너무나도 많다. 이만밖에 안 되는 병력으로 십만에 달하는 백성들을 사실상 안고 업어 지금껏 이동해 온 것이나 마찬가지. 이 상황에서 원소의 추격대가 도착해 온다면 답이 없다. 몰살이다. 병사는 어찌 수습할 수 있다고 쳐도, 그 가솔들은 모조리 몰살당하게 될 터. 최악의 상황이다.

장료는 막막하기 그지없는 마음으로 주먹을 움켜쥐었다. 그때.

"흐, 흙먼지입니다! 북쪽에서 흙먼지가 오르고 있습니다!"

병사 하나가 다급하게 외치는 소리가 들려왔다.

장료의 시선이 북쪽을 향했다. 그 말대로. 뿌연 흙먼지가 하늘 높이 솟아오르고 있다. 그렇다는 건 적의 추격대가 벌써 이 근처까지 도착했다는 의미.

"가지가지 하는군. 하아……."

"태, 태수님. 어찌해야 합니까?"

한숨을 내쉬며 창을 고쳐 잡던 장료에게 부장 하나가 달려와 말했다.

"어찌긴 뭘 어째? 전투를 준비하라! 대열을 갖춰라! 적들이 너희의 가솔을 도륙하기 전에 우리가 먼저 저들을 맞이해서 막아내야 한다!"

"예!"

힘찬 함성과 함께 병사들이 황급히 움직이기 시작했다.

장료가 말을 몰아 북쪽으로 나아갔다.

이렇게 한다고 해서 백성들을 지킬 수 있을 리가 없다. 병사가 오만 명쯤 더 있다면 또 모르겠으나 이만 명으로 할 수 있는 일에는 한계가 명확하니까.

두두두두두-

두려워하며 도망치기 시작한 백성들의 모습을 응시하고 있던 장료의 귓가에 말발굽 소리가 들려왔다.

기마대다. 추격으로 기마대가 오는 거다.

"……최악이군."

나지막이 중얼거리던 장료가 입술을 질끈 깨물었다.

그러던 찰나.

"지, 지원이다! 주공께서 오셨다!"

"주공과 위속 장군이 도착했다! 우와아아아아아아아아아!"

저 남쪽 방향의 병사들에게서 더없이 반가운 함성이 들려오기 시작했다.

장료의 시선이 남쪽으로 향했다.

저 멀리, 흙먼지조차 제대로 피어오르지 않는 그곳의 지평선 근처에서 여포의 그것임에 분명할 장군기가 휘날리며 기마대가 접근해 오고 있었다.

"다행히 늦지는 않은 모양입니다."

"참으로 적절한 순간이었습니다. 이리 와주셔서 감사할 따름입니다, 주공."

장료가 형님을 향해 포권하며 고개를 숙인다. 내게 역시 마찬가지.

"그래서 상황은?"

"아직까지는 괜찮습니다. 저것들만 처리할 수 있다면 앞으로도 계속해서 괜찮겠지요."

장료가 손을 들어 원소군 기마대를 가리킨다. 아무리 적게 잡아도 만 명은 넘을 것 같다. 그것도 무장을 정말 잘 갖춘, 척

보기에도 정예병이라는 것을 알 수 있을 놈들이다.

그런 놈들이 정말 무시무시한 기세를 뿜어내며 이쪽을 향해 다가오고 있다. 그 사이에서 휘날리는 깃발이 열 개도 넘는다.

개중에서 그나마 눈에 들어오는 건 장(張)이었다.

"장합인가."

"장씨 성을 쓰는 놈은 그 녀석밖에 없잖아? 때려잡으면 되지. 안 그러냐?"

형님의 목소리가 자신만만하기 그지없다.

'뭐, 장합 정도야 그냥 때려잡으면 되지.'

그 말대로다. 나 혼자 있으면 또 모르겠으나 형님이 같이 있으니까. 뭐가 무서워?

"그렇죠. 때려잡으면 되죠, 흐흐."

산양에서 출발한 삼만의 병사 중, 선발대로 기마만 이천 명이 온 것이긴 하지만 우리 뒤에는 장료와 그가 이끌던 이만 명의 보병까지 있다. 적 기마가 갑자기 무슨 오만, 십만이 되는게 아니고서야 꿀릴 게 전혀 없지.

뿌우우우우우-

"어?"

내가 그렇게 생각하며 창을 고쳐 잡고 있을 때, 갑자기 적들의 사이에서 뿔 나팔 소리가 울려 퍼짐과 동시에 흙먼지를 휘날리며 달려오던 녀석들이 세 갈래로 나뉘기 시작했다. 하나는 왼쪽, 또 하나는 정면, 그리고 나머지는 오른쪽이다.

왼쪽과 오른쪽으로 나눠진 적들이 정면에서 기다리고 있는 우리가 아니라 우릴 지나 저 뒤에서 도망치고 있는 백성들을 향해 돌진하고 있었다.

"망할?"

"가, 가족들이!"

"도와야 합니다!"

"으아아악! 매향아!"

뒤에서 보병 방진을 펼친 채 대기하고 있던 병사들에게서 비명이 터져 나오기 시작했다.

"허. 이렇게 나온다는 것인가……."

장료가 헛웃음을 내뱉는다.

이 와중에서 적잖은 수의 병사들이 동요하며 제 가족들이 있는 방향을 쳐다보고 있었다.

"젠장…… 치졸한 새끼들."

"내 새끼들의 새끼를 노린다는 건가."

옆에서 함께 그 모습을 지켜보고 있던 형님이 분노한 목소리로 말했다.

내가 고개를 끄덕였다.

"아무래도 그런 모양입니다."

"뭐 어쩔 수 없지, 장료."

"예, 주공!"

"저것들은 우리가 맡으마. 너는 네 병사들을 지휘해서 백성들을 피난시켜라."

"주, 주공? 너무 위험합니다! 적들의 숫자는 아무리 적게 잡아도 일만 이상입니다. 주공께서 데리고 오신 병력만으로는······."

눈이 동그랗게 커져선 장료가 말했다.

"나 삼십만지적 여포다. 내가 상대하마. 내 새끼들을 지키려고 왔는데 내 새끼들의 가족이 도륙당하는 꼴을 지켜보고 있으라고?"

"하지만 주공! 소장이 물러난다면 적 병력의 대부분이 주공과 총군사께 몰릴 것입니다!"

"그게 뭐 어때서? 다 때려잡으면 돼."

형님이 방천화극을 고쳐 잡으며 적토마를 몰아 앞으로 나간다. 그러면서 형님이 날 돌아보고 있었다.

"지키러 왔으니 확실하게 지킬 것이다. 따르겠느냐? 문숙."

"하······ 어쩔 수 없죠."

내가 그렇게 말함과 동시에.

"주공을 따르라! 우리 형제들의 가족을 보호해야 한다!"

우리의 바로 뒤에서 병사들과 함께 전투를 개시할 그 순간을 기다리고 있던 위월이 소리쳤다.

📱

"여포의 개들을 모조리 쓸어버리자!"
"형제들을 지켜라! 물러서지 마라!"

"흩어져서는 안 된다! 주공과 총군사의 곁에서 멀어지지 마라!"

"죽어라! 얌전하게 그냥 죽으라고!"

사방에서 악에 받친 목소리가 울려 퍼진다. 병장기가 부딪치고, 비명이 터져 나온다.

그런 와중에서 형님과 나를 포함한 이천 명의 기병은 북쪽에서 내려온 원소군 기병에 의해 겹겹이 포위당한 상태.

"장군, 방책을 내야 합니다."

내가 이를 악물고서 있는데 후성과 함께 상황을 지켜보던 위월이 다가와 말했다.

"으하하하, 더 없느냐! 인중룡 여포가 예 있느니라!"

형님이 광소를 터뜨리며 방천화극을 휘두르고, 적토마가 날뛰며 적들의 기세를 약간은 꺾고 있는 상태. 하지만 어디까지나 형님 한 명만 저렇게 싸우고 있을 뿐이다.

"버텨야 해. 지금은 그것밖에 없다."

길을 뚫는다고 하면 얼마든지 뚫을 수는 있을 거다.

하지만 그렇게 해서 우리가 물러나고 나면 방법이 없다. 장료와 그 휘하의 병사들은 물론이고 우리만 믿고 제북을 탈출해서 나온 백성들 역시 떼죽음을 당할 거다.

그렇게 되고 나면?

"붕괴지."

가뜩이나 전세가 절망적인 상황이다. 병사들의 사기가 떨어지고 나면 걷잡을 수 없게 될 터. 무조건 버텨야 한다.

"자, 장합이 나옵니다!"

내가 그렇게 생각하고 있을 때, 후성이가 손을 들어 저 앞을 가리키며 말했다.

장(張)과 함께 휘날리던 온갖 장군기들이 함께 앞으로 나오고 있다. 그 아래에서 전황을 지켜보고 있던 장수들 역시 마찬가지.

"나도 나가야겠군."

"저도 돕겠습니다."

위월이, 후성이 창을 고쳐 잡는다.

"됐어. 너희는 뒤에서 병사들을 지휘하며 도와. 저것들은 나하고 형님이 같이 붙잡고 있을 테니."

제대로 지휘할 줄 아는 숙장 한 명쯤은 뒤에서 버티며 병사들을 지휘해야 한다.

나야 어찌어찌 장합 정도까진 맞붙어 버틸 수 있지만 후성이는 그러기도 쉽지 않다. 돕겠다고 나왔다가 역으로 당해 버리기라도 한다면 병사들의 기세가 꺾일 거다. 그런 위험은 애초부터 감수하지 않는 편이 낫다.

"무운을 빌겠습니다, 장군."

"조심하십시오!"

"오냐."

절명과 함께 앞으로 나가니 그때까지 쉴 새 없이 방천화극을 휘두르며 원소의 정예 기병들을 때려잡던 형님이 내 옆으로 다가오고 있었다.

"괜찮겠나?"

"형님은 괜찮겠어요? 다치신 것 같은데."

등짝엔 화살 하나가 박혀 있고, 팔이며 다리며 자잘하게 상처가 나 피가 조금씩 새어 나온다. 내가 그 모습을 보고 있으니 형님이 씩 웃으며 말했다.

"내가? 야, 나 여포야. 조금 긁히긴 했는데 이거론 아무렇지도 않다."

"믿어도 되는 거죠?"

"날 못 믿으면 누굴 믿으려고?"

"그냥 해본 말입니다."

"나도 알면서 그냥 물어본 거야."

미친 것 같다. 형님의 그 목소리를 들으니 그냥 웃음이 나온다. 형님도 혼자 흐흐 웃는다.

우리가 그렇게 있을 때.

"위속, 여포. 너희의 무덤은 이곳이다."

장합의 목소리가 들려왔다.

장수 일곱을 옆에 대동하고서 우리의 바로 앞까지 말을 몰아 나온 장합이 서늘하기 그지없는 얼굴로 우릴 노려보고 있다. 그 옆에 있는 장수들 역시 마찬가지.

"우리 하북 팔준이 책임지고 너희 두 놈의 목을 벨 것이다."

"각오하는 게 좋을 것이다!"

"오늘을 기다려왔다!"

망할. 하북 팔준이라고?

〈이때 저수랑 전풍, 방통이 판단한 게 여포군 전력의 50%는 여포라는 거였음. 그래서 여포 막으려고 사돈의 팔촌, 북방 이민족 중에서도 잘 싸우기만 하면 데려다가 장수로 삼음. 그렇게 만든 게 하북 팔준인데 얘네랑 여포랑 만났으면 아마 여포도 고전했을 듯. ㅋ〉

무릉도원에서 봤던 댓글 내용이 떠올랐다.

저것들은 원소가 칼을 갈며 만들어낸 놈들이다. 쉽지 않겠는데?

"문숙. 누굴 상대해 볼 테냐?"

내가 그렇게 생각하고 있는데 형님의 목소리가 들려왔다.

"형님. 쟤들 진짜배깁니다. 조심해야 해요."

"오, 그러냐?"

아놔……. 조심해야 한다는데 이 양반은 왜 또 눈을 반짝이는 거야.

"진짜 위험해요."

"좋지. 강한 놈과 싸우는 건 언제나 환영이다."

"아니, 형님."

"응? 알았다, 알았어. 내가 다 갖지 말고 너한테 하나 양보해 달라는 거지?"

"예?"

아니, 갑자기 얘기가 왜 그렇게 가?

내가 황당해서 쳐다보고 있는데 하북 팔준을 하나하나 살피던 형님의 손가락이 딱 장합의 앞에서 멈춰 섰다.

"그래. 내가 인심 썼다. 장합은 너한테 주마."

"아, 형님! 그게 아니라니까요!"

"으하하하, 어울려 보자! 나와라, 이놈들아!"

히- 히히히히힝-!

적토마가 길게 울음을 토해내며 앞으로 달려 나가자 장합을 제외한 하북 팔준의 나머지 장수들이 형님 쪽으로 향했다.

그 와중에서 장합이 진지하기 그지없는 얼굴로 날 향해 손을 까딱이고 있었다.

"네 상대는 나다, 위속. 네 목을 베어주마."

"똥쟁이가 똥폼 겁나 잡네. 야. 똥이 그렇게 좋냐?"

"흐, 흐흐…… 그래, 이 기분이었어……. 기필코 네놈을 죽여주마!"

열이 바짝 오른 장합이 날 향해 질주해 오기 시작했다.

"내 네놈에게 당한 치욕을 씻고자 무예를 수련하고, 또 수련했다. 이번에야말로 네놈의 목을 베어 한을 풀 것이다!"

부웅-!

정확히 내 얼굴을 향해 놈의 창이 찔러져 들어온다.

간신히 고개를 틀어 피하고 나니 옆에서 파공성이 들려온다. 온몸에서 닭살이 돋아 올랐다. 게다가 미친 속도로 창을 회수하고선 다시 또 찔러 들어오기까지.

캉-!

간신히 창을 들어 막긴 했는데 손이 다 저린다.

'망할. 뭐 이렇게 세겼어?'

"흐흐. 놀랐느냐?"

"놀라긴 개뿔이. 이거나 먹어라!"

사 년 동안 나도 놀지만은 않았다고!

놈을 향해 창을 휘두르며 공격을 퍼붓는데 저 옆에서 카카카카카캉- 하는 소리가 들려왔다.

장합과 공방을 주고받으며 힐끔 곁눈질로 보니 형님이 일곱 장수에게 둘러싸인 상태에서 미친 속도로 방천화극을 휘두르고 있었다.

"좋구나! 죽기 살기로 덤벼보아라!"

기왕 이렇게 된 거, 형님한테 질 수는 없지.

"오늘 장합 네 모가지는 내가 따 간다!"

"내가 할 소리다!"

카캉, 카카카카캉-!

창이 쉴 새 없이 찔러져 온다. 그 움직임에 온 정신을 집중하고 있으니 슬슬 창의 움직임이 선명하게 보인다.

'느리다!'

물론 이렇게 말할 정도는 아니지만 그 궤적이 머릿속으로 충분히 인지될 정도까지는 되는 것 같다.

내가 생각하는 것처럼은 잘 안 되던, 마치 오랫동안 사용하지 않아 뻑뻑하기 그지없는 기계 같던 내 몸도 슬슬 기름칠이 되어가는 것처럼 기세가 올라오고 있었다.

카앙-!

"야, 장합. 너 이것밖에 안 돼?"

있는 힘껏 날 향해 내려치는 것을 비교적 간단하게 쳐내며 말했다. 안 그래도 땀이 송골송골 맺히며 힘들어하는 기색이 역력하던 장합의 얼굴이 벌겋게 달아오르고 있었다.

"네놈, 그 말을 후회하게 될 것이다."

"후회는 무슨 얼어 죽을."

"보이지도 않느냐?"

지금껏 쉴 새 없이 창과 창을 부딪치며 싸우던 게 잠시 소강상태에 접어들며 장합이 턱짓으로 저 옆을 가리켰다. 그곳에서 쇠와 쇠가 부딪치고, 정말 힘들어하는 신음성이 들려온다.

"시발?"

저것들이 진짜로 형님한테 통하는 거였어?

형님이 수세에 몰려 있다. 아무리 원소가 만들어낸 칼이라지만 하북 팔준 일곱 놈이 형님을 상대로 버텨봐야 얼마나 버티겠나 생각하고 있었다. 그랬는데 진짜로 형님이 밀리고 있다.

형님은 처음 싸우기 시작했을 때와 마찬가지로 신들린 것처럼 방천화극을 휘두르고 있지만 그걸 막아내는 놈들의 협공이 정말 미친 수준에 이르러 있다. 공격을 퍼부어도 한쪽에서는 자연스럽게 힘을 합쳐 막고, 또 다른 쪽에서는 자연스럽게 빈틈을 노리며 역공을 퍼붓는다.

형님의 얼굴에 땀이 흥건하다. 하북 팔준 일곱 놈의 얼굴 역시 마찬가지.

하지만 지금 상황에서 중요한 건…….

"으아아아악!"

"막아야 한다! 흩어지지 마라!"

"버텨야 한다! 힘을 내거라! 주공께서 분투하고 지켜보고 계시다!"

이천 명 남짓하던 우리 쪽 병사들의 숫자가 줄어들고 있다. 후성과 위월을 중심으로 모여 있기는 하지만 애초에 숫자가 십 분의 일 정도 수준밖에 안 되는 와중이다. 형님이 적들의 사이를 헤치고 다니며 숫자를 줄이고, 기세를 꺾는 것에 성공했다면 좀 낫겠지만, 지금은 그게 아니니까.

"후후. 이제 좀 네놈의 상황이 머릿속에 그려지느냐?"

내 얼굴이 딱딱하게 굳어지는 걸 확인하고서 장합이 창을 들어 올린다. 다시 싸워보자는 것처럼.

"네놈은 오늘 이곳에서 죽을 것이다."

뿌우우우우-!

두둥, 두둥, 두두둥-!

장합이 그렇게 말함과 동시에 저 뒤에서 뿔 나팔 소리와 함께 북소리가 들려왔다. 북쪽 방향이다. 우릴 포위하고 있는 놈들의 머리통 사이로 저 멀리에서 흩날리는 깃발들이 보인다. 적들이 더 다가오는 거다.

"하."

또 다른 적들이 밀려와 포위망을 겹겹이 쌓아버린다면 진짜로 탈출할 방법이 없게 된다. 결단을 할 순간이다.

내가 그렇게 생각하는 순간, 머릿속에서 아이디어 하나가 떠올랐다. 퇴각할 때 퇴각하더라도 적들이 우리가 도망치는 것이라 생각하도록 둬서는 안 된다. 최대한 침착하자. 퇴각도 사기를 쳐가며 해야 한다.

나는 할 수 있는 한 가장 능글맞은 표정으로 한쪽 입꼬리를 씩 치켜 올렸다. 장합이 날 쳐다보고 있었다.

"드디어 오는구만. 흐흐."

"뭐?"

들릴 듯, 말 듯 한 소리로 내가 중얼거리니 장합의 눈매가 가늘어진다.

"오늘 이곳이 너희의 무덤이 될 거다."

"개소리하지 마라. 네놈들의 병력이 어디에서 어떻게 움직이고 있는지는 내 이미 파악해 둔바!"

쩌렁쩌렁하기 그지없는 목소리로 장합이 소리친다.

"뭐 어련하시겠어. 기억해 둬. 네 목은 내 것이니까."

창끝으로 장합을 겨누며 그렇게 말함과 동시에.

두두두두두두두-!

저 멀리에서 또 다른 말발굽 소리가 들려왔다. 또 다른 원소군이 오나 싶어 고개를 돌리니 깃발이 보이질 않는다. 저 멀리에서 천 명 남짓한 기마가 정신없이 달려오고 있었다.

장합의 시선이 그쪽을 향한다.

이윽고 놈이 몸을 사시나무 떨듯 부르르 떨며 날 쳐다본다.

"서, 설마? 위속 네놈이!"

'뭐야. 원소 쪽 지원군이 아니었어?'

계속해서 일이 잘되어가기라도 한다는 것처럼 웃는 낯을 가장하고 있는데 외침이 들려왔다.

"역적의 개들을 모조리 쓸어버리자!"

"우와아아아아아아아아아아!"

처음 들어보는 목소리다. 뭔진 모르겠지만 저거, 우리 편이다. 이럴 때엔.

"계책대로다! 아군이 도착했으니 이제부터 공세로 전환한다! 모조리 쓸어버려라!"

내가 창을 들어 올리며 소리치니 위월이 일순간 의아하다는 듯 날 쳐다보더니 함께 소리치기 시작했다.

"총군사의 계책이 성공했다! 몰아붙여라!"

"공격! 돌격하라!"

뒤이어 후성까지 그렇게 외치며 얼마 남지 않은 병사들을 데리고 나를 향해 달려오는데 원소군의 후방에서 비명 소리가 들려온다.

순백의 새하얀 갑옷을 입은 장수 하나가 선두에서 창을 휘두른다. 그 창이 움직일 때마다 정확히 원소군 병사가 하나씩 쓰러진다.

형님의 방천화극이 움직이는 것에 비견될 정도의 신들린 창술이다. 그러면서도 그 장수는 마치 야차와 같은, 분노해 마지않는 얼굴로 미친 듯이 원소군의 숫자를 줄여가며 이쪽을 향해 돌진해 오고 있다.

그 주변에서 쐐기 진을 형성한 기마 역시 마찬가지. 원소군 기마대가 형성하고 있던 포위망이 무서운 속도로 붕괴되고 있었다.

"위, 위속! 이노오오오오옴!"

당장에라도 폭발해 버릴 것처럼 시뻘게진 얼굴로 장합이 소리친다. 그러면서도 놈은 어쩔 줄을 몰라 하며 나를, 형님을 상대하고 있던 하북 팔준의 나머지 일곱을 번갈아 쳐다보는 중이다.

'이거, 뭔진 모르겠지만 기회다.'

"흐흐. 내가 말했잖아? 여기가 똥쟁이의 무덤이 될 거라고. 됐으니까 목이나 내밀어. 편하게 보내주마!"

그러면서 내가 놈을 향해 달려드는데 장합이 잠시 이를 악물더니 말 머리를 돌리며 소리쳤다.

"퇴각하라!"

뿌우, 뿌우, 뿌우우-!

지금까지 들려왔던 것과는 다른, 퇴각을 알리는 뿔 나팔 소리가 울려 퍼지기가 무섭게 우릴 포위하고 있던 놈들이 헐레벌떡 말 머리를 돌리며 도주하기 시작했다.

정말로 장합을 향해 돌진할 것처럼 달려오던 위월이 후성과 함께 내 옆으로 다가온다. 하북 팔준의 일곱 장수와 부딪치며 진땀을 빼던 형님 역시 마찬가지였다.

"뭐야. 어떻게 된 거냐? 여기로 지원 올 애들이 더 있었어?"

"저도 모릅니다. 그냥 얻어걸렸어요."

"얻어걸리다뇨? 장군의 계책이 아니었던 겁니까?"

형님이, 위월이 황당하다는 듯 날 쳐다본다.

내가 어깨를 으쓱이는데 우리 앞으로 원소군의 후방을 돌파하며 도착한 기마가 다가왔다. 선두에서 신들린 창술을 펼치던 장수가 나와 형님을 향해 포권하고 있었다.

"온후이십니까?"

"그렇다."

"그러면 위속 장군이시겠군요?"

"예. 누구십니까?"

"인사 올리겠습니다. 소장, 백마 장군 공손찬의 휘하에 있던 장수 상산 사람 조운 조자룡이라 합니다."

"예? 조운?"

내가 알고 있는, 유비 휘하의 관우나 장비와 동급이나 마찬가지였던 그 조자룡?

"옛 주공의 처자를 보호하며 강호를 유랑하다 온후와 유비 장군께서 곤경에 처하셨다는 이야기를 듣고 이리 달려왔습니다. 온후께서 허락하신다면 미력하나마 이 전략을 극복하는 것에 힘을 보태고서 유 장군께 가고 싶습니다."

형님이 날 쳐다본다. 어떻게 하는 게 좋겠냐는 듯.

생각할 이유가 있나? 조운이 직접 병사들까지 끌고 와서 돕겠다는데.

"콜. 무조건 콜. 못 먹어도 고지, 이건."

"……예?"

"좋다는 겁니다. 잘 부탁합시다."

조운이 고맙다는 듯 포권하며 고개를 숙였다.

"그럼 이제 어떻게 해야 합니까? 장군."

"어떻게 하긴 뭘 어떻게 해. 도망치는 척해야지."

"예?"

진짜 이해가 되질 않는다는 얼굴로 위월이 반문했다.

"적당히 쟤들이 따라올 수 있을 만한 거리를 유지하면서 도망치는 척하자고. 그렇게만 하면 쟤들, 의심이 생겨서 절대 추격하지 못할 거니까."

"알겠습니다, 장군."

위월이 내 명령을 병사들에게 전하며 움직이기 시작했다.

그런 와중에서 후성이가 내게 다가와 자긴 다 안다는 눈으로 날 쳐다보고 있었다.

"뭐야. 왜 또 그런 눈이야?"

"장군. 솔직하게 말씀해 보십시오. 이거, 천문으로 다 읽으신 겁니까?"

"어. 사쿠라스와 아몬께서 점지해 주셨다. 피곤하니까 말 시키지 마. 진짜 죽을 것 같다."

극도의 긴장 속에서 몇 시간 동안이나 장합과 싸우며 창을 휘둘러 댔더니 피곤해서 미쳐 버릴 것 같다.

지금이라면 말 위에서도 얼마든지 잠들 수 있을 거다.

아마도……

2장
고기 한 점 정돈 괜찮잖아?

"안정적으로 물러나고 있다고?"

"예! 벌써 비성 근처를 지나 대청강으로 향하고 있습니다. 오늘의 일 때문인지 백성들도 짐을 버리고 빠르게 움직이는 것에만 집중하고 있어서 이틀이면 강을 건널 수 있을 것이라 하셨습니다."

"잘됐군. 알았다."

전령을 보내며 나는 말에서 내려 땅바닥에 털썩 주저앉았다.

그리고 나니 주변에서 신음 소리가 나는 게 들려왔다. 적들이 우리 쪽 백성들을 공격하지 못하도록 스스로 미끼가 되어 전투를 벌였던 병사 중 상당수가 부상을 당해 사방에 널브러져 있다. 가뜩이나 몸도 성치 않은 녀석들이 서로의 상처를 돌보며 치료를 하고 있었다.

"하, 이 자식들."

안 되겠다. 나는 부상당한 거 없이 몸이 성하니 나라도 가서 좀 도와야지.

"줘봐. 내가 해줄게."

"초, 총군사님!"

"됐다니까. 귀 안 먹었으니 소리 지르지도 말고. 부상당한 놈이 뭘 일어나려고 해? 앉아 있어. 몸에 힘 빼고."

📱

"……흠?"

가만히 앉아 휴식을 취하고 있던 조운의 눈매가 살짝 가늘어졌다. 그런 조운의 시선이 부상자들의 사이에서 그들의 치료를 돕는 위속을, 그리고 한쪽 땅에 털썩 주저앉아 온몸에 생긴 자잘한 상처들을 혼자 치료하고 있는 여포를 향해 있었다.

"저들은 군주를 먼저 치료하는 게 아닌 모양이오?"

함께 앉아 말린 육포를 뜯고 있던 장수도 의아해하긴 마찬가지.

"온후와 그 휘하의 장수들이 좀 특이하다는 이야기는 들었지만, 이 정도일 줄은……."

군주가 있어야 세력이 존재하는 것이고, 세력이 있어야 병사와 백성이 있는 것이다. 공손찬의 휘하에 있던 그들은 확실히 그러한 사고방식이 당연하다고 여겨왔고, 맞는 것이라 생각해

왔다. 군주의 몸에 티끌만 한 상처라도 하나 나는 게 일반 병사 백 명이 몰살당하는 것보다 더 큰일이라 생각해 왔으니까.

그랬는데.

"보기 좋구려."

여기에서는 그렇지 않은 모양이다. 군주이자 저들의 주인인 여포도 그렇고, 위속을 포함한 여러 장수까지 이런 일이 한두 번이 아닌 것 같다. 장수들에게 도움을 받는 병사들조차 예의상 몇 마디 던지는 것을 제외하면 하나같이 태연하기 그지없다. 신분의 고하를 따지기 이전에 부상의 경중을 따지며 움직인다.

여포가, 위속이 병사를 지극정성으로 아낀다는 이야기는 들어봤지만, 이 정도일 것이라곤 상상도 못 했다. 이렇게까지 병사를 아끼는 경우가 고금을 통틀어 과연 있었던가?

"모두를 인의로 대한다는 유현덕조차 이 정도까지는……."

가만히 유비와 마주했던 시절을 떠올리던 조운이 고개를 저었다. 이 정도는 아닐 것이다.

거기까지 생각이 미쳤기 때문일까? 위속이, 여포를 보는 조운의 시선이 조금은 달라지고 있었다.

"저어, 장군. 이곳에서 계속 이렇게 있어도 되겠습니까?"

조운이 그렇게 생각하고 있을 때, 공손찬의 휘하로 있던 시절부터 그를 따르던 부장 하나가 다가와 말했다.

"무슨 말인가?"

"장합이 이끄는 대군이 코앞에 있질 않습니까. 무슨 이유에서인지 장합이 병사들을 물려 퇴각했다고는 하나 언제 다시

들이닥칠지 모를 상황이니 최대한 거리를 벌려야 하는 것이 아
닌가 싶어서 말입니다."

조심스러운 어조로 말하는 부장의 그 목소리에 조운이 고
개를 돌려 자신의 옆에 있던 장수를 응시했다.

"국양, 자네는 어찌 생각하시는가?"

"걱정할 필요 없네. 적어도 하루 정도는 안전할 것이니."

"안전하다고?"

"원소, 원술 양측은 지금껏 위속에게 수도 없이 당해왔네.
자다가도 위속이란 이름을 들으면 벌떡 일어나게 될 정도로.
그들이 그런 상황이라는 걸 위속도 이해하고 있으니 그 점을
이용한 것이겠지."

"자세하게 좀 얘기해 보게, 국양. 그게 무슨 소리란 말인가."

"위속은 적들이 자신을 두려워하는 걸 알고 있으니 매복을
숨긴 척 가장해 적장이 물러나게 한 걸세. 적이 물러남과 동
시에 헐레벌떡 도망친다면 매복이 없는 것을 알려주는 것이
나 다름없으니 이렇게 여유를 가장하며 슬금슬금 쉬어가는
것이고."

"그런 것이었나?"

"그런 걸세. 나도 이렇게 직접 위속과 함께 움직이고 있으니
알아차린 것이지, 그게 아니면 장합과 똑같은 꼴이 되어 두려
워하고 있을 걸세. 맹인이 그런 것처럼 하나하나, 밟히는 모든
것을 확인하며 움직였겠지. 두려운 자일세. 적으로 만난다면
악몽 그 자체가 되겠지."

국양이라 불린 장수는 그렇게 이야기하더니 아직까지도 병사들의 부상을 살피고 있는 위속 쪽으로 시선을 옮겼다.

그가 흥미롭다는 듯 위속을 응시하고 있었다.

"우리 주공의 휘하에도 저런 자가 있었더라면 그리 허망하게 무너지지 않았을 것을……."

📱

다각, 다각.

말발굽 소리가 조용히 울려 퍼진다.

산양에서 출발했을 때엔 보병 이만 팔천에 기병 이천이었는데 지금 우리 주변에 남아 있는 건 기병 천이백 정도가 전부일뿐이다.

보병은 아직도 동평에조차 도착하지 못했을 것이다. 기병은 말 그대로 전투의 와중에서 심각한 부상을 입거나 전사하며 줄어든 것이고.

그렇다고 해서 지금 남아 있는 녀석들은 다 멀쩡한가 하면 그 역시 아니다. 부상만 조금 덜할 뿐, 상처 하나 없이 멀쩡한 건 이백 명도 채 안 된다. 다들 조금 덜 다쳤냐, 아니면 많이 다쳤냐의 차이만 있을 뿐이었다.

다그닥, 다그닥-!

잠시 주변을 돌아보며 내가 그렇게 생각하고 있을 때, 저 뒤에서 전령 하나가 달려왔다.

"총군사님!"

"어. 장합은 어떻게 하고 있어?"

"여전히 같습니다. 팔십 리 남짓한 거리를 두고 따라오는 중입니다."

"그 외에 특별한 건 없고?"

"소인이 보기로는 그러했습니다."

"알았다. 고생했어."

이거 은근히 후달리네. 무슨 고속도로에서 규정 속도를 지키는 것도 아니고, 도망치는데 속도를 조절해 가며 적당한 빠르기로 이동해야 한다니.

"문숙, 이 상태로 이틀 정도, 더 끌 수 있을 것 같으냐?"

"아, 형님."

"아까 장료가 보낸 전령과 이야기했다. 이틀 정도면 대청강에 도착해서 백성들을 모두 옮길 수 있을 거라더군."

"이틀이라……."

막막하기만 할 정도로 긴 시간이다. 장합이 멍청한 놈이어서 이틀 동안 아무것도 안 하고 지금처럼만 움직여 준다면 괜찮겠지만 그럴 리가 없다.

"현실적으로 어려워요. 이틀이나 버티는 건. 저것들도 바보가 아니니 지금쯤 사방으로 정찰을 풀어서 매복이 있는지를 확인하고 있을 겁니다. 조금 더 시간이 지나면 확신이 설 거고, 곧장 공격해 오겠죠."

"방법이 없겠냐?"

"하나 생각하는 건 있습니다. 그런데 그 방법을 쓰는 건 백성들이 도망칠 시간을 벌겠다고 뒤에서 버티고 있던 것보다 더 위험해요."

"위험하게 싸워본 게 뭐 하루 이틀이냐? 됐다. 내 새끼들 지키는 일이야. 세상천지에 자기가 위험해질 수 있다고 위험에 처한 자기 새끼를 모른 척하는 부모도 있더냐?"

'많죠. 아주 많죠.'

그 말이 목구멍까지 올라왔지만 꾹 참았다. 형님이 왜 군주가 되어 지금껏 우리 세력을 이끌고 있는 것인지, 여러 장수와 병사들이 왜 형님을 따르는 건지 대충은 그 이유를 알 것 같다.

이런 면 때문이겠지. 자기가 위험해져도 자기를 따르는 이들을 포기하지 않는, 그들을 위해 스스로를 희생하는 일도 망설이지 않고 자처하는 이 모습 때문일 거다.

"애들을 시켜서 준비하겠습니다."

□

두두두두-!

말발굽 소리가 들려온다.

자신의 깃발 아래에서 병사들을 이끌고 조심조심 앞으로 나아가던 장합의 시선이 그곳을 향했다. 온 사방으로 보냈던 첨병을 지휘하는 부장 하나가 장합을 향해 달려오고 있었다.

"보고드립니다! 남쪽으로 팔십 리에 달하는, 적이 매복해 있을 것이라 예상되었던 온갖 지역들을 속속들이 뒤져보았으나 매복은 없었습니다!"

"매복이 없다고?"

"그게 사실이더냐? 참으로 매복이 없다는 것이야?"

장합과 함께 있던 하북 팔준의 장수들이 황당하다는 듯 반문했다. 장합의 얼굴이 험악하게 일그러지기 시작하고, 부장은 그런 장합의 모습에 어쩔 줄을 몰라 하고 있었다.

"샅샅이 뒤진 것이냐? 위속이 분명 매복을 이야기했거늘, 매복이 없다고?"

"시, 시간의 제약이 있어 완벽하지는 않습니다만 분명 저희가 확인한 바로는 없었습니다. 정말입니다, 장군!"

"이, 이, 위속 이자가!"

장합의 얼굴이 파르르 떨리기 시작했다. 움켜쥔 주먹 역시 마찬가지.

속은 거다. 필시 그러하다. 그렇다면 지금 위속의 주변에 있는 것은 갑자기 난입해 왔던 그 병력과 함께 천 명 남짓한 기마가 전부일 터.

"신호를 보내라! 전력으로 추격한다! 서둘러라!"

"예!"

사방에서 뿔 나팔과 함께 북소리가 울려 퍼진다.

장수들이 병사들을 이끌고 지금까지와는 비교도 되지 않을 정도로 속도를 올리며 팔십 리 밖에서 도주하고 있는 여포와 위속을 향해 질주하기 시작했다. 장합 역시 마찬가지.

그런 장합의 머릿속에선 위속이 자신에게 했던 그 이야기들이 연이어 떠오르고 있었다.

"똥쟁이의 무덤이 될 것이라고? 네놈은 무덤도 없이 갈기갈기 찢겨 죽을 것이다."

분노에 가득 찬 목소리로 으르렁거리며 장합은 계속해서 말을 달렸다. 속도가 너무 빨라 보병은 따라올 수 없다는 이야기도 들려왔지만 장합은 신경 쓰지 않았다. 보병 없이, 기병만으로도 숫자는 압도적이다. 중요한 것은 여포와 위속이, 제북에서 떠나 온 백성들이 대청강을 건너기 전에 따라잡아 모조리 도륙하는 것일 뿐이다.

자신이 그것을 목표로 움직인다는 것을 적들 역시 알고 있는 이상, 또다시 어제 그랬던 것처럼 후방으로 물러나 스스로 미끼가 되어 시간을 끌고자 할 것이다. 그렇게만 된다면 그때부터는 모든 일이 술술 풀리게 될 터.

여포는 그 목이 베여 대군을 이끌고 남하 중인 원소에게 보내질 것이고, 위속은 그 자리에서 장합이 상상할 수 있는 가장 잔혹한 방법으로 처단될 것이다.

그 광경을 머릿속으로 상상하며 장합은 창을 움켜쥐고 있었다.

그러던 차.

"자, 장군! 급보입니다!"

정탐병을 사방으로 보내며 끊임없이 매복을 확인하던 부장이 헐레벌떡 달려와 소리쳤다.

"또 뭐냐!"

"여포와 위속이 방향을 틀었습니다! 지금 그들이 비성으로 향하고 있습니다!"

"비성? 비성이라고?"

비성은 제북에서 대청강으로 내려가는 길목 옆에 자리하고 있는, 왕장산에 둘러싸인 자그마한 성이다. 조조가 북연주의 백성을 강제로 이주시키며 반쯤 버려지다시피 한 곳이었다.

"농성으로 시간을 끌겠다는 것인가."

나쁘지 않다. 기회다.

"전원 방향을 틀어라! 비성으로 향한다!"

📱

스아아아아아-

바람이 불어온다. 느낌이 무척이나 시원하다. 이곳까지 정신없이 달려오며 났던 땀이 기분 좋게 식어가는 느낌이다.

하지만 그것과는 별개로 U자 형태의 왕장산 자락에 둘러싸인 비성은 지나치게 조용했다.

"……위속이 비성으로 들어갔다 하지 않았더냐?"

"부, 분명 이곳으로 향하는 것을 저희 첨병들이 보았습니다."

"잘못 본 것이 아니더냐? 저게 어딜 봐서 농성을 준비 중인 성이란 말이냐. 여전히 버려져 있는 상태 그대로잖아?"

"여어- 왔느냐!"

황당하다는 듯 소리치던 장합의 귓가에 이제 익숙하기만 한 여포의 우렁찬 목소리가 들려왔다. 저 멀리 앞에서다.

　장합이 장수들과 함께 군을 이끌고 앞으로 나아갔다. 그런 장합의 시야에 들어오는 것은.

　"이, 이게 무슨!"

　지키는 병사 하나 없이 활짝 열려 있는 성문과 그 위의 누각에서 위속과 함께 한가로이 서 있는 여포의 모습이었다.

　"야! 다 먹고 살자고 하는 짓인데 좀 쉬엄쉬엄하자. 진짜 힘들거든. 너도 와서 먹을래? 이거 맛있거든? 싸울 때 싸우더라도 고기 한 점 정돈 괜찮잖아?"

　비성 쪽으로 꽤 가까운 곳까지 다가온 장합을 향해 위속이 고기 한 점을 들어 보이며 소리쳤다.

　장합이 자신도 모르게 코를 킁킁거렸다. 노릇노릇하게 고기 구워가는 냄새가 바람을 타고 이쪽으로 전해져 오고 있었다.

　"도대체 위속 저자가."

　뭘 꾸미고 있단 말인가.

　이해가 되질 않는다. 남쪽으로 도망쳐 내려가는 백성들을 보호하고자 스스로 미끼를 자처하며 시간을 끌더니 이제는 버려진 성으로 들어가 병사도 없이 성문을 활짝 열어 자신을 유인하고 있다.

　"유인?"

　장합의 시선이 여전히 활짝 열려 있는 성문 안쪽을 향했다. 병사가 보이질 않는다. 사람도 없다.

평소 같으면 신경조차 쓰지 않고 그냥 지나갔을 광경이다. 하지만 지금은 저 광경이 너무도 스산하기만 하다. 그냥 쳐다보고 있는 것만으로도 섬뜩하다.

자신이 위속의 말대로 성안에 들어간다면? 병사들이 매복해 있을 거다. 이건 무조건 매복이다. 아무리 여포가 함께 있다 하더라도 인간인 이상 자신이 이끌고 온 최정예 기병 수만을 상대로 싸울 수는 없다. 그 위속이 이 정도로 무방비하게 스스로를 위험에 노출할 리가 없다.

"야! 뭘 그렇게 고민해? 그냥 와서 같이 고기나 먹고 얘기나 좀 하자니까? 술도 있거든?"

말도 안 되는 상황 속에서 장합이 계속해서 생각하고 있을 때 위속이 호리병 하나를 흔들며 외치는 소리가 들려왔다.

장합의 얼굴이 딱딱하게 굳어졌다. 저렇게까지 자신을 부른다는 건 필시 모든 준비가 갖춰졌다는 것일 터.

거기까지 생각이 미치고 나니 유벽을 공격하겠다며 원술과 함께 군을 이끌고 나섰던 주유가 세양에서 겪었던 일이 장합의 머릿속에서 떠올랐다.

"타죽었었지."

운 좋게 탈출에 성공했으니 망정이지, 그게 아니었으면 주유와 손책은 세양에서 시체조차 알아보기 어려울 정도로 시커멓게 타 그대로 사라졌을 것이다.

꿀꺽.

자신도 모르게 굵은 침을 삼키며 장합은 창을 쥔 손에 힘을 더했다.

"야! 함정 뭐 그런 거 아니니까 들어와! 너 주려고 내가 고기까지 준비해 놨다니까?"

재차 들려오는 위속의 그 목소리가 섬뜩하기만 하다.

함정인 것을 알면서도 공격해야 하는가? 아니면 성을 포위하고 차근차근 진행해야 하는 것인가?

장합이 입술을 질끈 깨물었을 때.

번쩍-!

저 멀리 왕장산 쪽에서 뭔가 빛이 번쩍이는 모습이 시야에 들어왔다.

장합의 시선이 하늘 높은 곳을 향했다. 구름 한 점 없이 맑은 날씨인데 울창하기 그지없는 수림 사이에서 또다시 빛이 번쩍였다.

장합의 온몸에서 소름이 돋기 시작했다. 질끈 깨문 입술이 터지며 한 줄기 피가 새어 나오고 있었다.

매복이다. 성내에서만 매복하고 있는 게 아니라 산 전체에 여포와 위속이 숨긴 복병이 있다. 어제 매복을 운운하며 자신을 혼란스럽게 만들었던 것도 오늘을 위한 포석일 터.

장합은 자신도 모르게 산줄기 안쪽으로 데리고 들어온 병사들 쪽으로 고개를 돌렸다. 지금 이 순간에도 그들이 자신을 향해, 텅 빈 비성을 향해 슬금슬금 다가오고 있었다.

"안 돼! 매복이다!"

말 머리를 돌리기가 무섭게 배를 걷어차고, 엉덩이를 채찍으로 후려치며 장합이 자신의 병사들을 향해 질주했다.

"예? 매복이요?"

하북 팔준 중 하나, 곽원이 황당하다는 듯 반문했다.

"텅 빈 성내에 복병이 숨어 있다. 성뿐만 아니라 산줄기에도 복병이 있어! 도망쳐야 한다! 서두르지 않으면 우리 모두가 포위를 당해서……."

"적들이 당도했다! 모조리 쓸어버려라!"

장합이 채 말을 끝내기도 전에 성루에서 위속과 함께 한가로이 고기를 굽던 여포가 쩌렁쩌렁하기 그지없는 목소리로 소리쳤다. 그 목소리가 산줄기에 반사되어 메아리처럼 울려 퍼지고 있을 때.

"우와아아아아아아아아아아아!"

"역적 원소의 개들을 쓸어버리자!"

뿌우우우우우우우우우-

둥, 둥, 둥, 둥, 둥-!

사방에서 병사들의 함성과 함께 뿔 나팔이, 북소리가 울려 퍼지기 시작했다.

장합의 낯빛이 새하얗게 질리기 시작했다. 곽원을 포함한 하북 팔준과 부장, 병사들 역시 마찬가지.

"퇴각하라! 퇴각하라!"

두두두두두두두두-!

장합이 재차 외치며 직접 말을 몰아 도망치기 시작하자 장부며 부장이며 병사며 왕장산 쪽으로 달려왔던 이들 모두가 말 머리를 돌려 도주하기 시작했다.

"한 놈도 남기지 마라! 모조리 베어 없애야 한다!"

그런 이들을 향해 말을 달리며 위월이 소리쳤다.

산줄기 쪽에 숨겨두었던, 천칠백여 명이 전부인 기마가 대지를 울리며 겁을 잔뜩 집어먹은 장합과 그 휘하 병력의 꽁무니를 향해 질주하고 있었다.

"하, 하하…… 성공했네요."

적들이 도망친다.

위월이 조운과 함께 병력을 이끌고 적들을 추격하는 척하다가 슬금슬금 말 머리를 돌려 왕장산 안쪽으로 돌아오고 있다.

이렇게까지 했으니 적들은 못해도 한 시간, 어쩌면 두 시간에서 세 시간까지는 혼란에 빠져 군율이고 뭐고 신경 쓰지 않고 도망치기만 할 터.

좀 있으면 밤이고, 적들이 혼란을 수습하며 땅에 떨어진 사기를 회복시키기도 해야 할 테니 얼추 하루는 더 시간을 번 셈이다.

이제 하루만 더 시간을 벌면 될 것 같은데. 그건 어떻게 해야 하지? 막막하다, 진짜.

내가 한숨을 내쉬고 있을 때, 성의 뒤편 산줄기에 숨어서 있던 후성이 병사 셋과 함께 말을 몰아 내려오는 게 시야에 들어왔다.

녀석이 청동 거울로 이쪽에 빛을 반사하며 손을 흔들고 있었다.

📱

한 번은 계책을 써서 쫓아냈다지만 똑같은 방법이 두 번 통하지는 않을 거다. 나는 형님과 함께 장수들과 병사들을 이끌고 비성을 빠져나왔다.

그렇게 움직이길 잠시.

"그게 무슨……."

선두에서 나아가던 후성이가 얼굴을 굳히며 중얼거린다.

"뭐야. 왜 그래?"

"아, 장군. 십오 리 앞에 작은 마을이 하나가 있는데…… 시체가 사방에 깔려 있답니다."

"시체?"

녀석이 고개를 끄덕인다. 그 얼굴이 어둡기 그지없다.

후성이가 이런 식으로 반응할 만한 건 하나밖에 없다.

"백성들이 당한 모양이군."

거기까지 생각이 미치니 나도 모르게 가슴속에서 열이 뻗친다.

"가보자."

앞장서는 형님을 따라 그 마을로 향했다. 속도를 올려 약간 더 달리니 알싸한 피비린내가 코끝을 자극한다. 전장에서 전투가 한창일 때에도 느껴보지 못했던, 고약한 냄새다.

그 냄새로 가득한 마을 곳곳에 피투성이가 된 채로 아무렇게나 나뒹굴고 있는 시체가 가득했다.

"크으윽."

"……미친놈들."

"짐승만도 못한 놈들 같으니라고……."

그 광경을 지켜보던 병사들이 이를 악문 채 중얼거린다.

나한테는 제북으로 파견됐던 병사의 가족이라는, 남처럼 느껴지는 사람들일 뿐이다. 그러나 병사들에겐 자기 동료의 가족이니 좀 더 각별하게 느껴지는 거겠지.

"후……."

덤덤한 마음으로 이 모든 것들을 받아들이고 있는데 옆에서 형님이 한숨을 푹 내쉬는 소리가 들려왔다.

형님의 얼굴이 딱딱하게 굳어져 있다. 내가 지금까지 보아온, 그 어떤 때보다도 분노한 기색이 역력한 얼굴이다. 방천화극을 쥐고 있는 형님의 손이 부들부들 떨리기까지 하고 있었다.

그런 형님의 옆으로 다가가 그 손을 붙잡자, 형님이 천천히 내 쪽으로 고개를 돌린다. 형님의 눈동자가 마치 이글이글 불타오르는 것만 같았다.

"지금은 안 됩니다."

"나도 안다. 걱정하지 마라. 네가 생각하는 그런 일은 없을 테니."

"예."

지금까지 내가 보아온 대로라면 자기가 한 말은 지키는 양반이다. 갑자기 말도 없이 팍 튀어나가고 이러는 양반은 아니니 크게 걱정할 필요는 없을 거다.

내가 그렇게 생각하고 있을 때.

"으아아앙-! 응애애애애애애-!"

웬 아이의 우렁찬 울음소리가 들려왔다.

"아기다! 아기 울음소리다!"

내가 그 소리가 나는 쪽으로 고개를 돌림과 동시에 이 참혹한 광경에 이를 악물고 있던 병사들이 우르르 움직이기 시작했다.

저쪽이다. 피가 흘러 자그마한 개울을 만든 곳이다. 그곳에서 아기가 울고 있다.

"여기, 여긴 것 같습니다!"

병사 하나가 소리치자 후성이가 말에서 뛰어내리며 곧장 달려가 뭔가를 보호하겠다는 듯 엎드린 채로 죽어 있는 여인의 시신을 조심스럽게 옆으로 옮겼다. 그 여인의 시체 아래에서 붉은 비단으로 만든 포대가 나타났다.

포대가 꿈틀거리고 그 안에서 아기가 우렁찬 울음을 토해내고 있었다.

"자, 장군."

아이를 안아 든 채, 후성이가 내게 다가왔다.

"하⋯⋯."

조금 전까지는 그냥 사람이 죽어 있구나, 참 나쁜 놈들이다, 정도의 생각밖에 없었는데 갑자기 참 기분이 착 가라앉는다.

아이를 보는 순간, 지금쯤 제갈영과 함께 있을 내 아들 동건이가 환하게 웃던 얼굴이 머릿속에서 떠오르며 말로 표현하기 어려울 복잡한 감정들이 가슴속에서 치밀어 올랐다.

나도 모르게 후성이에게 아이를 건네받아 안는데 조금 전까지만 해도 정신없이 울기만 하던 녀석이 울음을 그치며 날 쳐다본다.

"어휴…… 이런 아기가 무슨 죄가 있다고……."

"그러게 말입니다."

"아무리 전쟁이라지만, 이 지옥도를 보기 싫어 주공을 따라 관중을 벗어났던 건데 여기에서 또……."

비교적 덤덤한, 분노를 꾹 눌러 삼킨 위월의 그것과 함께 후성이의 목소리가 들려왔다.

죽음이 코앞까지 다가온 상황에서도 나와 함께 웃고 떠들던 녀석들의 얼굴이 정말 불구대천의 원수를 눈앞에 두고 있기라도 한 것처럼 험악하게 일그러져 있었다. 나를, 이 아이의 모습을 지켜보고 있는 병사들의 얼굴 역시 마찬가지.

"총군사님! 적들에게 복수할 수 있게 해주십시오!"

"맞습니다! 우리 형제들의 가족에게 이런 짓을 한 놈들, 정말 용서할 수 없습니다!"

"갈기갈기 찢어 죽이고 말 겁니다!"

"복수하게 해주십시오!"

"기회를 주십시오, 총군사님!"

"아직은 때가 아니니 진정들 하라."

방천화극을 움켜쥔 채 적토마 위에서 우두커니 아기를, 사방에 널린 시체들의 모습을 지켜보던 형님이 나지막한 목소리로 말했다.

"하, 하지만 주공!"

"설령 너희가 원소를 용서하라 아우성친다 해도 내가 용서치 않을 것이다. 오늘부로 원소와 나는 한 하늘을 이고 살 수 없는 사이가 되었으니."

절절하기 그지없는 분노가 담긴 형님의 목소리가 주변으로 울려 퍼진다.

지금만큼은 나 역시 같은 느낌이다. 할 수만 있다면 북쪽으로 치고 올라가 원소고 나발이고 전부 쓸어버리고 싶은 기분이다.

"흠?"

내가 그러면서 아이의 배를 가볍게 쓰다듬어 주는데 뭔가 딱딱한 것이 만져진다. 뭔가 싶어서 아이를 감싸고 있던 포대를 풀어 헤치며 안쪽을 보는데 옥으로 만든 자그마한 호패 같은 것이 드러났다. 거기에 쓰여 있는 건……

"제갈탄?"

이 아이의 이름인 모양이다.

"네 가족은 내가 책임지고 찾아주마."

아이의 볼을 쓰다듬어 주고서 나는 말에 올랐다. 이동해야 할 시간이다.

다각, 다각, 다각.

말발굽 소리가 사방에서 들려온다.

그게 전부다. 전장의 죽고 죽이는, 고통에 가득 찬 목소리는 없다. 악에 받친 목소리도 없다. 그저 조용히 남쪽을 향해 나아갈 뿐이다.

좀 전의 마을에서 보았던 광경 때문에 아무도 말을 하지 않는다. 형님이고 후성이고 위월이고 할 것 없이 전부 마찬가지다. 아무래도 전쟁의 와중에서 죽고 죽이는 것보단 저항할 힘조차 없는 백성들, 그것도 동료의 가족들이 몰살당해 있는 모습을 보는 게 충격은 더 클 테니까.

괜찮았으면 좋겠는데.

"위속 장군. 궁금한 게 있습니다."

내가 그렇게 생각하며 한 손으로 아기 제갈탄을 품에 안고 움직이는데 조운의 목소리가 들려왔다.

그가 내 옆으로 다가오고 있었다.

"뭡니까?"

"원래 이렇습니까?"

"예?"

"아니, 의아해서 말입니다. 보통 병사가 죽거나 크게 다치는 것보단 군주의 몸에 생채기라도 나는 게 더 큰일인 것으로 취급되지 않습니까."

자기는 잘 이해가 되질 않는다는 얼굴이다.

이 시대를 살아가는 사람이라면 그렇게 생각할 수도 있을 거다. 아니, 그게 당연한 거겠지.

"형님께선 당신을 따르는 이들을 아낍니다. 병사며 장수며 할 것 없이 전부."

"과연…… 참으로 인의 군주십니다."

"하, 하하……."

나도 모르게 어색한 웃음을 흘릴 수밖에 없었다.

'인의 군주? 형님이?'

"빈말이 아닙니다. 소장이 보기에 온후께선 유현덕에 비견될 인의 군자이십니다."

'힘의 군자겠지. 인의 군자가 아니라.'

그 말이 목구멍까지 치밀어 올랐지만 일단 꾹 참았다. 상대가 착각해서 칭찬해 주는데 굳이 그걸 정정해 줘야 할 필요는 없을 터.

"그나저나 장군께선 어떻게 된 겁니까?"

"뭐가 말입니까?"

"유 장군이 조 장군을 찾고자 사방으로 사람을 풀었음에도 흔적조차 발견하지 못했다는 이야기를 들었습니다만."

"지금은 고인이 되신 주공의 가솔을 모시고 살아남기 위해 북방을 돌아다니고 있었습니다. 도망의 연속이었지요."

이번엔 조운이 쓰게 웃는다.

옛 주공이면 공손찬을 말하는 건가? 좀 더 물어보고 싶지만 별로 내켜 하지 않는 얼굴이다.

이쯤에서 멈춰도 될 거다. 나중에 무릉도원에 들어가서 조운의 이야기를 찾아보면 되겠지.

내가 입을 다무니 조운도 입을 다물었다. 뭔가 친분이 있던 것도 아니고, 그냥 어쩌다가 합류하게 된 거니 서로 뭔가 더 할 말이 있는 것도 아니다. 그저 함께 남쪽을 향해 움직일 뿐.

그러길 한참.

"……뭐지?"

저 멀리 지평선 쪽에서 뭔가가 움직이는 것이 시야에 들어왔다.

내가 인상을 찌푸리고 있는데 형님이 다가왔다. 위월과 후성, 조운 역시 마찬가지.

"뭐 같습니까?"

"적이다."

"적이라고요? 여기에서?"

장합과의 거리는 이제 적어도 하루 치 정도까진 벌어졌을 텐데 갑자기 적이라니? 이게 무슨 말도 안 되는 소리야?

하지만 형님의 얼굴은 진지하기 그지없다.

"내게는 보인다. 깃발에 뭐라 쓰인 것인지는 알 수 없지만 확실하게 원소군이다."

"하, 이게 무슨……."

"전투를 준비하라! 원수가 눈앞에 있다!"

"우와아아!"

형님이 방천화극을 들어 올리며 소리침과 동시에 병사들이 환호성을 내지른다. 적이 나타나면 일단 두려워하거나 짜증을 내거나 해야 하는데 오히려 좋아하는 눈치들이다. 다들 열이 받기는 한 모양.

"돌파하는 게 좋겠지?"

형님이 내게 다가와 말했다.

"적들의 숫자가 얼마나 되건 그게 유일한 방법이겠죠. 적장의 목을 벨 수 있으면 그게 최고일 테고요."

"나만 믿어라. 확실히 베어보마."

형님이 씩 웃는다.

좀 전의 마을에서 봤던 그 광경으로 쌓인 울분을 이번에야 말로 모조리 풀어버리겠다는 것처럼.

"과연 군사께서는 앉은 자리에서 천 리 밖을 내다보시는 모양이다."

방통의 명령으로 보병 이만과 기병 일만을 데리고 제북을 피한 채 길게 남쪽으로 우회하며 남쪽으로 내려가는 길목을 틀어막은 문추가 만족스러운 얼굴로 웃으며 말했다.

그런 문추의 뒤로 하북 팔준보다는 급이 떨어지지만 그에 못지않은, 하북 최강의 용사들이 모인 맹호대의 용사 백 명이 도열해 여포가 도착하기만을 기다리고 있었다.

뿌우우우우우-!

저 멀리에서 아련히 울려 퍼지는 뿔 나팔 소리와 여포군이 슬금슬금 속도를 올리고 있다. 문추의 옆에서 그 모습을 지켜보던 국의가 눈매를 가늘게 하며 창을 쥔 손에 힘을 더하고 있었다.

"쉽지 않을 것이오."

"당연히 쉽지 않겠지. 장합 장군이 무슨 수를 써도 위속을 어쩌지는 못할 것이라는 방 군사의 이야기가 왜 나온 것이겠소? 적은 날개 달린 호랑이나 마찬가지이니 우리 모두 각오를 해야 할 것이외다."

문추가 말을 몰아 자신의 뒤에서 방진을 펼치고 대기 중인 보병들 쪽으로 다가갔다.

전투의 방식은 명확하다. 버티고 있는 보병들을 향해 여포가 돌격해 오면 기병들로 에워싼 뒤 맹호대와 함께 그 목을 벤다. 간단한 방책이다. 여포가 방진을 향해 돌격하는 게 아니라 그대로 방진을 우회해 버린다면 적잖이 곤란해질 상황이지만 문추는 그에 대해서는 걱정하지 않았다.

'백성을 도륙한 것을 본다면 여포는 필시 분노해 싸움을 피하려 들지 않을 것이오.'

방통이 그렇게 이야기했으니까.

비록 몇 차례, 실수가 있어 패전을 하기도 했지만 그건 상대가 위속이기에 생긴 불상사일 뿐이다. 방통의 지략은 총군사인 저수 이상이고, 위속을 제외한다면 천하에서 따를 자가 없다. 문추는 그렇게 믿어 의심치 않았다.

"돌격하라! 너희의 가족을 도륙한 적들에게 복수해 주어라!"

시뻘겋기 그지없는, 노을의 붉은빛을 받아 불타오르기라도 하는 것처럼 보이는 적토마를 탄 여포가 선두에서 무서운 속도로 달리며 소리친다. 그에 화답하기라도 하듯, 그 휘하의 장졸들이 함성을 내지르며 질주해 오고 있다.

문추가 씩 웃으며 그 모습을 응시했다.

여포가 싸움을 회피하지 않겠다며 결심한 그 순간부터 이 싸움의 승패는 이미 결정된 것이나 마찬가지. 이제 자신이 해야 할 일은 적절한 순간에 맹호대와 함께 돌입해 여포의 목을 베는 것뿐이다.

"온다! 막아라! 죽을힘을 다해서라도 막아야 한다!"

"우오오!"

방진의 선두에서 백부장 하나가 소리쳤다.

그 모습을 지켜보며 문추는 여포의 목을 벨 기대를 하며 웃고 있었다.

📱

쿠아아앙~!

선두에서 달리던 형님과 원소군 보병 방진이 격돌한다. 듣는 것만으로도 섬뜩하기 그지없는, 부서지고 박살 나는 소리가 울려 퍼지는 것을 시작으로 우리 쪽 병사들이 일제히 원소군 보병 방진 속에 파고든다.

"으아아아아악!"

"쓸어버려라! 형제들의 원수를 갚자!"

"우와아아아아아아아!"

촘촘하게 모여서 밀집 대형을 형성하고 있던 보람도 없이 적 보병 방진이 한순간에 뚫려 버린다. 형님이 방천화극을 휘두를 때마다 적들이 셋, 넷씩 쓰러진다.

우리 쪽 기병들이 창을 휘두르는 것 역시 마찬가지. 다들 복수심에 눈이 돌아가서는 미친 듯이 휘두른다. 수적으로 상대가 되질 않는 우리 쪽이 오히려 적들을 압도하는 모양새다.

이런 와중에서 미친 듯이 무기를 휘두르는 건 나 역시 마찬가지.

살아남아야 한다. 그러기 위해서는 저들을 뚫어야 하고, 저들이 남쪽 너머에서 도강을 위해 움직이고 있을 우리 쪽 백성들을 향해 다가가는 것을 막아야 한다.

"응애애애애- 응애애애-!"

내 품속에 안긴 아기 제갈탄의 울음소리가 요란스럽게 울려 퍼졌지만 지금은 무시했다. 안타깝지만 아이에게까지 신경 써줄 수 있을 정도로 상황이 녹록지가 못하다. 그저 녀석이 괜찮기를 바라며 갑옷의 가슴 부분을 보호하고, 또 보호할 뿐이다.

그렇게 달리고 또 달렸다.

적 보병 방진을 돌파하고 나니 문(文)이 새겨진 깃발과 그 아래에서 모여 있는 적장 문추가, 그 뒤로 도열해 있는 족히 만 명은 되어 보이는 기병들의 모습이 시야에 들어왔다.

"멈추지 마라! 그대로 돌파한다!"

"주공께서 우리와 함께하신다! 젖 먹던 힘까지 끌어내라!"

형님의 목소리에 이어 병사들을 독려하는 위월의 목소리가 울려 퍼진다.

이렇게 달리니 약간은 걱정스럽다. 우리의 퇴로를 막기 위해 파견된 병력이라면 당연히 형님을 상대하기 위한 조커도 저들 중에 포함되어 있을 터. 내가 제대로 싸울 수 있을까?

"위속 장군! 아이를 주십시오. 움직이시는 게 몹시 불편해 보입니다. 아이는 제가 보호하며 싸울 테니 넘겨주십시오!"

내가 미간을 찌푸리고 있는데 조운의 목소리가 들려왔다. 그가 내 바로 옆까지 다가와 날 쳐다보고 있었다.

"아이를?"

"주공의 처자를 보호하며 싸운 지 여러 해입니다. 제겐 이골이 난 일이니 넘겨주십시오."

품속에서 울고 있는 아기 제갈탄을 보니 정말 당장에라도 기절할 것 같다. 얼굴이 새파랗게 질려 있다.

시발. 나도 모르게 너무 강하게 짓누르고 있던 모양. 이대로 있다간 쇠붙이에 죽는 게 아니라 나한테 짓눌려서 압사당할 꼴이다. 어쩔 수 없다.

"부탁합니다!"

잠시 절영의 속도를 줄여선 조운에게 아기를 넘겼다.

조운이 자연스럽게 왼팔로 아기를 안고, 그 손으로 말고삐를 잡는다. 나머지 한 손으로 창을 쥐는데 조운은 내가 뭐라 말하기도 전에 홀로 저 멀리 앞을 향해 말을 달려 나갔다. 자신에겐 이런 싸움이 정말 익숙하다는 것처럼, 그 움직임에 일말의 망설임조차 없었다.

조운이다. 관우, 장비에 버금갈 정도로 유명한 장수이니 괜찮겠지. 괜찮아야 한다.

내가 기원하고 있을 때.

"여포다! 맹호대의 용사들이여, 여포를 쓰러뜨려라!"

문추의 외침이 울려 퍼지고 문추의 주변에서 있던, 맹(猛)의 깃발이 움직인다.

저게 장군기가 아니라 부대기였어?

백 명 남짓한 기병. 그들이 형님을 에워싼다.

형님의 방천화극이 허공을 미친 듯이 허공을 수놓는데 뭔가 좀 묘하다. 비명 대신 쇠와 쇠가 부딪치는 소리만이 가득하다. 설마, 쟤들만 가지고 형님의 발목을 붙잡는 것에 성공했다는 건가?

내가 황당해서 그 광경을 쳐다보고 있는데 어느새 저 멀리 앞까지 질주해 나간 조운이 형님을 포위하고 있는 놈들을 향해 파고든다.

그런 조운의 창이 형님을 포위하는 것에 온 정신을 집중하고 있던 놈들의 등을 꿰뚫고 있었다.

"끄아아아악!"

다시 비명이 울려 퍼진다. 백 명 남짓한 숫자로 형님을 에워싸고 있던 백룡대의 사이로 조운이 파고 들어가고 있었다.

"장군, 돌격이 무뎌지고 있습니다."

위월이 딱딱하게 굳어진 얼굴로 말했다.

주변을 돌아보니 확실히 그랬다. 보병 방진을 돌파할 때까지만 해도 형님이 선두에서 길을 뚫는 통에 특별히 어려울 것 없이 그대로 쭉쭉 치고 나갈 수가 있었는데 지금은 그게 없다. 형님이 막혀 있으니 자연히 돌진도 점점 멈춰지는 상황. 적 기마가 우리 쪽의 진로를 막아서고선 가만히 서서 서로 공방을 주고받는 식이다.

이런 와중에서 후방의 보병들이 정신을 차리고 이쪽으로 달려오고 있었다.

"젠장."

이대로 있다간 앞뒤로 포위당해서 그대로 전멸하게 될 거다.

"길을 뚫자! 가자!"

"소장도 따르겠습니다!"

"장군! 같이 가요!"

내가 절영의 배를 걷어차며 저 앞의 기병들을 향해 달리니 위월과 후성, 그리고 뒤에서 달려오던 병사들이 날 따른다.

우리와 적 기마의 거리가 빠른 속도로 좁혀지고 있을 때.

"으, 으아아아아아악!"

"괴물이다! 괴물들이야!"

형님을 포위하고 있던 맹호대 쪽에서 비명과 함께 혼란스러워하는 목소리가 울려 퍼졌다. 굳건하기 그지없던 포위망이 안쪽에서부터 무너지고 있다.

서산 너머로 기울어가는, 형님의 방천화극과 조운의 창이 시뻘건 햇빛을 반사하며 번뜩일 때마다 맹호대의 기병들이 둘, 셋씩 쓰러진다.

그렇게 한 1분이나 지났을까?

"흐흐."

형님이 씩 웃으며 포위망을 뚫고 나왔다. 조운 역시 마찬가지.

그런 조운의 왼팔에는 내가 그에게 넘겼던 제갈탄이 안겨 있다.

황당해서 그 모습을 쳐다보고 있는데 조운이 내게 다가와 제갈탄을 건넸다.

"아이가 잠들었습니다."

"자, 잠들었다고요?"

조운이 고개를 끄덕인다.

황당해서 아기를 보는데 녀석이 새근새근 눈을 감은 채 편안하기 그지없는 얼굴로 잠들어 있었다.

"허."

이게 가능한 거야?

황당해져서 있는데 조운이 내게 포권하더니 어느새 저 멀리 앞으로 달려가고 있는 형님의 뒤를 따라 움직이기 시작했다.

그렇게 얼마나 지났을까?

"으하하하하, 나 여포가 적장 국의의 목을 베었다!"

쩌렁쩌렁하게 울리는 형님의 목소리가 들려왔다.

3장
누가 왔다고?

보병과 기병으로 겹겹이 쌓인 포위망을 꿰뚫고서 남쪽으로 내려가는 길. 아기 제갈탄을 품에 안고서 그 얼굴을 가만히 살펴보는데, 뭐랄까 갓난아기는 확실히 아닌 것 같다.

처음 이 녀석을 발견했을 땐 너무 경황이 없어서 제대로 보지도 못했는데 머리카락도 풍성하게 나 있고, 얼굴에도 갓난아기 특유의 그 느낌이 없다. 무게도 은근히 나가는 게 두 살 정도는 되는 것 같다.

"쯧……."

안쓰럽기가 그지없다.

어디 있는 집 자식인 것 같으니 그나마 좀 낫기야 하겠지만, 가족을 찾을 수가 있을지 모르겠다. 동평에 도착하면 와이프에게도 묻고, 공명이에게도 물어봐야지.

같은 제갈 씨이니 친척들을 통해 물어물어 알아본다면 얼추 가족을 찾을 수 있지 않을까? 싶기도 하고.

"그리 예쁘십니까?"

"엉?"

"계속 그 아이만 쳐다보고 계셔서 말입니다."

위월이 말을 몰아 내 옆으로 다가와 말했다.

피비린내 나던 그 비단 포대 대신, 비교적 상태가 멀쩡하던 깃발을 잘라내 만든 새로운 포대에 감겨 얼굴만 빼꼼히 내밀고 있는 그 녀석을 위월이 묘한 표정으로 쳐다보고 있었다.

"예쁘냐?"

"예?"

"귀엽고 예쁘고, 보호해 주고 싶고. 뭐 그런 느낌이 들지 않아?"

"그 비슷한 느낌이긴 합니다만."

"위월 너도 이제 결혼할 때가 된 모양이다."

"하, 하하……. 마음은 있습니다만 지금은 그럴 때가 아니질 않습니까."

녀석이 쓰게 웃는다.

"좀 있으면 다 안정될 거다. 그러면 너도 슬슬 결혼해서 가정을 꾸려. 자식도 낳고."

"생각해 보겠습니다."

"생각은 무슨 생각이야. 그냥 해. 결혼이 얼마나 좋은 건데, 인마. 꼭 해라. 두 번 해라."

내가 그렇게 말하는데 위월이 어색하게 웃는다. 그러면서 날 쳐다보는 게 마치 자기가 왜 이러는지 모르겠다는 것 같은 얼굴이다.

뭐야? 이거.

"소문이 파다합니다."

"무슨 소문?"

"총군사의 생활이 순탄치만은 않을 것이라고 말입니다."

"그게 무슨…… 아, 그걸 말하는 거냐?"

뭔 헛소리인가 했더니, 제갈영이 이 시대의 여자들과 다르게 기가 드세다는 둥 어쩌다는 둥의 이야기인 모양이다.

한 번씩 관리들이 수군거리는 얘기를 듣기는 했다. 뭐, 이 시대의 사람이면 그렇게 생각하는 것도 무리는 아니지.

"와이프가…… 아니지, 아내가 현명하고 지적이면 얼마나 좋아. 밖에서 나 혼자 고민해야 할 거 함께 고민하면서 도움도 받고 필요하면 같이 전장에 나가서 활약도 하고 그러는데."

"하, 하하……. 소장은 싫습니다. 자고로 여인이란 사내를 떠받들며 정원의 화초와 같이 아름답기만 하면 되는 것이질 않습니까?"

"그러면 네 평생을 함께할 동반자가 그냥 예쁘고 잘 떠받들어 주기만 하면 되는 거냐? 정신적인 교감 뭐 이런 건 필요 없고?"

"아주 그런 건 아닙니다만, 흠…… 소장은 잘 모르겠습니다. 나중에 다시 이야기하시지요."

군이 나하고 이런 이야기로 갈등을 만들고 싶지 않다는 투다. 이해를 못 하는구만, 쯧쯧.

"그나저나 어젯밤부터 주공께서 좀 이상하십니다."

내가 혼자 혀를 차고 있는데 위월이가 형님 쪽을 응시하며 말했다. 형님이 무표정한 얼굴로 앞만을 바라보며 움직이고 있다.

위월의 말대로 어젯밤부터 계속 저런 상태다. 마치 뭔가를 골똘히 고민하고 있기라도 한 것처럼.

"장군께서 주공을 좀 살펴주십시오."

"오냐."

위월이나 후성 같은 애들은 저런 상태의 형님에게 다가간다는 게 몹시 부담스러울 거다. 나나 되니까 뭐라고 말이라도 붙이지.

그나저나 진짜 왜 이러시는 건지 모르겠다. 백성들이 죽은 걸 봐서 충격이라도 받은 건가? 아무리 생각해도 그건 아닌 것 같은데…….

"저, 형님."

"……."

"형님?"

"어, 뭐냐?"

두 번이나 부르고 나서야 답변이 돌아왔다. 막 상념에서 깨어난 형님이 무슨 일이냐는 듯 날 쳐다보고 있었다.

"괜찮으신 겁니까?"

"내가 안 괜찮을 이유가 있어?"

"없습니까?"

"없지, 그럼. 뭐가 있겠어."

당연하다는 투로 그렇게 말하던 형님이 주변을 돌아본다.

병사며 장수며 할 것 없이 걱정스러워 하는 얼굴로 형님을 쳐다보고 있다. 심지어는 조운과 그 동료 그리고 그 수하들 역시 마찬가지.

그 시선을 느낀 형님이 씩 웃더니 말했다.

"지난 두 번의 싸움을 다시 한번 찬찬히 되짚어보고 있었다."

"싸움이요?"

"원소 놈 부하들한테 내가 밀렸잖아."

생각하는 것만으로도 분이 뻗친다는 듯 딱딱하게 굳어진 얼굴로 말하는 형님의 목소리가 착 가라앉아 있다. 그런 형님에게서 뿜어져 나오는, 그 묘한 기세에 나도 모르게 어색하게 웃었다. 옛날, 처음 형님을 만났을 때 느꼈던 그 압도적인 위압감이 다시금 느껴지고 있었다.

"언제고 그놈들을 다시 만나게 될 테니까. 만나면 어떻게 때려잡아야 하나 고민하고 있었다. 그런 합격술은 처음 겪어보는 거였거든."

"합격술이면…… 아아."

장합을 제외한 일곱 명이 함께 공격을 퍼부었던 하북 팔준 때도 그렇고, 문추 휘하의 맹호대도 그렇고 형님을 상대하며 뭔가 자신들만의 기묘한 방식을 사용하기는 했다.

앞에서 형님이 공격하는 것을 서로 도와가며 절묘하게 방어하고, 또 그 과정에서 후방이 비면 반대쪽에서 창을 찌르며 방어를 강요하기도 하고. 만약 내가 그런 공격을 당하는 입장이었다면 십 분도 채 버티지 못했을 거다.

"계속해서 되짚고 또 되짚었다. 그랬더니 이제 좀 알겠더군."

속이 다 시원하다는 얼굴이 되어서 형님이 씩 웃는다.

"그것들을 어떻게 때려 부숴야 하는지 이제 감이 좀 온다."

그러면서 형님이 방천화극을 쥔 손에 힘을 더했다. 또다시 하북 팔준이나 맹호대 같은 작자들이 자신의 앞을 가로막는다면 그 즉시 산산이 조각조각 내 부숴 버리기라도 하겠다는 것처럼.

내가 아는 형님은 간혹 터무니없는 소리를 할 때도 있긴 하지만 결코 거짓을 말하지는 않는다. 자신이 할 수 있는 것은 할 수 있다고 하고, 못 하는 것은 못 한다고 말하는 사람이다.

그러니까 이건…….

"미리 명복을 빌어놔야겠군."

나도 모르게 씩 웃으며 중얼거렸다.

조만간 장합이며 문추며 그 얼굴이 험악하게 일그러지다 못해 당장에라도 터져 버릴 것처럼 시뻘겋게 달아오르는 걸 볼 수 있겠어.

"서둘러라! 언제 적들이 들이닥칠지 모른다!"

"여기, 이쪽 좀 도와! 인력이 모자라다고!"

"떨어뜨린다! 셋, 둘, 하나!"

첨-벙!

장료의 이만 병사와 십만 명의 백성이 도착해 도강을 준비하고 있는 대청강 주변. 그곳에 도착하니 사방에서 요란하기 그지없는 소리가 들려온다.

한쪽에서는 뗏목 같은 것을 몇 척이나 만들어서 사람들을 강 저편으로 옮기고 있다. 또 한쪽에서는 목책을 만들어 일종의 방어선 같은 것을 형성하고 있고, 강변에 있던 숲의 나무란 나무는 다 벌목해서 진중으로 옮겨가기까지 하고 있다.

"이거 완전…… 공사판이구만."

"주공! 오셨습니까?"

내가 그 모습을 지켜보고 있는데 장료의 목소리가 들려왔다.

부장들을 데리고 이 모든 것을 지휘하고 있던 장료가 우리의 모습을 발견하고선 달려온다. 그런 장료의 얼굴에 피로감이 가득했다.

"고생하는군. 상황은?"

"백성 이천이 도강에 성공한 상황입니다. 남쪽으로 반나절 거리에서 산양을 출발한 이만 팔천의 병력이 북상해 올라오는 중이며 고순 장군 쪽에서는 추격이 없어 순조롭게 산양을 향해 이동하는 것으로 알고 있습니다."

"흠. 고순 쪽은 다행이긴 한데."

형님의 얼굴이 굳어진다.

이곳에 모인 백성이 십만 명이다. 도강을 시작한 지 얼마나 지난 것인지는 알 수 없지만, 강물 위를 분주히 움직이고 있는 뗏목은 기껏 해봐야 여섯 척밖에 안 된다. 저기에 태운다고 해봐야 열 명 남짓한 사람을 태울 뿐이고. 이 속도로 십만 명을 도강시킨다는 건 말도 안 된다.

형님의 시선이 이번엔 목책을 세우고 있는 쪽으로 향했다. 역시나 방어선을 형성하기엔 턱도 없는 수준이다. 백성들이 있는 쪽이나 간신히 방어하는 척이나마 할 수 있는 정도랄까.

형님이 한숨을 푹 내쉬고 있었다.

"내가 나서야겠군."

"하하…… 송구합니다, 주공."

정말로 죄송하다는 듯, 형님을 향해 포권하며 고개를 숙이던 장료가 이번엔 내 쪽으로 시선을 옮기며 말했다.

"장군, 수군의 지원은 언제 오는 겁니까?"

"나도 정확하게는 모릅니다. 배를 얼마나 빨리 모을 수 있느냐, 그리고 강의 얼음이 얼마나 많이 깨져 있느냐에 달린 문제이니."

"바람을 만들면…… 아닙니다."

답답하다는 듯 형님과 마찬가지로 한숨을 토해내던 장료가 입을 다문다.

백성들과 함께 도강을 해야 하는 상황이다. 배가 없으면 답이 없다. 다행히도 우리는 강물을 타고 군량을 보급하기 위한 수군을 만들어두기는 한 상태다. 온다고 해봐야 판옥선만 한 크기의 배 열 척에 자그마한 낚싯배 정도 크기로 백 척 정도나 될까 하는 수준이긴 하지만, 그거라도 오는 게 어딘가. 자칫 잘못하면 배수진을 치고서 싸워야 할 판이다.

원소가 밀고 내려오는 이런 상황만 아니면 느긋하게 배를 모으거나 뗏목을 계속 만들어서 도강을 하든지 상류로 올라가 얕은 곳을 지나면 되는 건데 지금은 둘 다 못할 상황이니까.

내가 그렇게 생각하고 있을 때.

두두두두두-!

저 멀리에서 말발굽 소리가 들려왔다. 열 명 남짓한 전령들이 정신없이 이쪽으로 달려오고 있다.

"오는구만."

굳이 녀석들이 도착할 때까지 기다리지 않아도 알 수 있다. 이렇게 황급히 달려올 만한 이유는 단 하나뿐이니.

내가 그렇게 생각하며 인상을 찌푸리고 있을 때, 서쪽 멀리에서 또 다른 전령이 달려와 내게 말했다.

"뭐야. 누가 온다고?"

"……후후. 역시 도망치지 못하고 있었어."

저 멀리 앞에 있는, 수도 없이 많은 백성과 함께 모인 여포와 그 휘하 병력의 모습을 발견하고서 장합이 씩 웃었다. 그런 장합의 옆에서 문추 역시 만족스럽기 그지없는 얼굴을 하고 있었다.

"이번에야말로 위속 그 꼴 보기 싫은 놈의 목을 베어버릴 수 있을 것 같다."

"여부가 있겠습니까, 흐흐흐."

위속을 베어버리는 것. 그걸 머릿속에서 떠올리는 것만으로도 기분이 좋아진다는 것처럼, 장합이 음침하게 웃기 시작했다. 눈 밑에는 퀭하게 다크서클이 져 있고, 낯빛은 시커멓게 죽어 있다. 위속의 공성계에 속은 이후로 생긴 변화다.

문추는 그런 장합의 모습을 응시하며 안쓰럽다는 듯 소리 나지 않게 혀를 찼다.

안타깝지만 어쩔 수 없다. 공성계라는, 정말 말도 안 되는 계책에 속아 심리적으로 타격이 큰 것일 터. 이곳에서 보란 듯이 여포와 위속의 목을 베면 장합도 상태가 좀 나아질 거다.

"기병이 삼만, 보병이 사만이니 충분히 가능하겠지."

일반적인 편제와는 사뭇 다른, 추격과 기동전에 오히려 특화되어 있는 병력이지만 문추는 신경 쓰지 않았다.

지금 여포의 휘하에 있는 병력은 고작 해봐야 이만을 약간 넘는 수준이다. 그것도 대다수가 보병이고 십만 명이라는, 싸우는 것에는 전혀 도움이 되지 않을 짐짝을 떠안은 상태였다.

"위속, 그놈이 독한 전술을 펼치는군. 배수진에 이어 인질까지 내세우는 겐가."

위속에 대한 원한으로 가득한, 시리도록 차가운 얼굴로 자신의 눈앞에 펼쳐져 있는 광경을 응시하며 문추가 말했다.

백성들은 저 멀리 강변의 한쪽으로 물러나 있다. 그리고 그런 백성들을 호위하기라도 하겠다는 듯, 그 바로 앞으로 장료와 그 휘하 보병들이 반원형의 방진을 펼치고 있다. 여포와 위속이 이끄는 기병은 방진의 사이에서 위험한 곳이 생긴다면 어디라도 지원하겠다는 모습으로 대기하고 있었고.

의아한 배치다.

하지만 장합은 무시했다. 지금 중요한 건, 저들이 궁지에 몰려 있다는 점일 뿐이다.

"백성들과 함께 몰살시키면 그뿐 아니겠습니까."

또다시 흐흐흐 기묘한 웃음을 흘리며 장합이 말했다.

문추가 고개를 끄덕였다.

"절박한 상황이니 한 번은 격렬하게 버티며 막겠지만 두 번은 안 될 터. 어쩌겠는가. 그대가 선봉에 설 것인가?"

"맡겨만 주십시오, 장군! 소장이 직접 선봉에 서서 여포와 위속, 저 씹어 먹어도 시원찮을 놈의 목을 베어 올 것입니다. 아니 그런가, 형제들!"

"옳소!"

하북 팔준이 한마음으로 소리친다.

문추가 고개를 끄덕였다.

"좋다. 그대들이 선봉에 서는 것을 허락하마. 단, 여포가 어디에서 나타날지 알 수 없으니 그대들은 함께 움직여야 할 것이다."

"좋습니다!"

얼마 지나지 않아 이곳에서 펼쳐질, 여포와 그 수하들이 죽어 나뒹굴 상황을 상상하며 장합이 창을 고쳐 잡고선 앞으로 나아갔다.

문추가 그런 장합의 뒷모습을 응시했다.

위속의 계략에 당해 있지도 않은 매복을 두려워하며 하루나 되는 거리를 물러났지만, 이번엔 그런 일은 벌어지지 않을 것이다. 이곳까지 오면서 이미 수차례나 매복이 있을 만한 모든 곳을 샅샅이 뒤졌다. 매복은 없다는 것에 자신의 목을 걸 수 있을 정도로 확실하게 확인한 상태. 이대로 밀어붙이기만 하면 된다.

"공격하라."

문추의 그 명령과 함께.

"가자아아아아아! 위속의 목을 따러 가자!"

"장합 장군을 따르라!"

"돌격! 아비 셋 종놈의 목을 베어라!"

뿌우우우우우-!

둥- 둥- 둥- 둥-

사방에서 돌격을 알리는 목소리가, 뿔 나팔 소리와 북소리가 울려 퍼지기 시작했다.

"와아아아아아아아아-!"

천지를 뒤흔드는 함성과 함께 칠만에 달하는 대군이 강변을 따라 질주해 나간다.

"이번에야말로 복수다! 드디어 복수다아아아!"

분노, 어쩌면 그보다 더한 것일지도 모를 광기를 닮은 목소리를 외치며 장합이 말을 채찍질했다. 그런 장합과 하북 팔준, 병사들은 자신들이 적들을 짓뭉갤 것을 의심치 않고 있었다.

그러던 차.

두둥, 두둥, 두두둥-!

저 멀리에서 요란하기 그지없는 북소리가 울려 퍼지는 것이 귓가에 들려왔다. 가장 선두에 있던 병사 하나의 가슴을 창으로 꿰뚫던 장합이 고개를 들어 올렸다.

적들의 진중에서 울려 퍼지는 소리라기엔 거리감이 너무 멀다. 장합이 의아해하며 미간을 찌푸리고 있을 때.

"자, 장군! 저기, 저기 좀 보십시오!"

부장 하나가 화들짝 놀라며 손을 들어 저 멀리 앞을 가리킨다. 필사적으로 방진을 구성하며 버티고 있던 여포군 병사들 너머, 지금껏 전혀 신경 쓰지 않았던 대청강 줄기를 타고 커다란 전함이 줄을 이어 다가오고 있다.

전함이다. 그 전함의 측면으로 잔뜩 나와 있는 병사들이 자신들을 향해 활을 겨누고 있었다.

"상관없다! 고작 해봐야 몇 척일 뿐이다! 쓸어버려! 최후의 발악일 뿐이다!"

미친 듯이 창을 휘두르며 장합이 소리쳤다.

전함 한두 척 나타나는 걸로는 전세를 뒤집을 수 없다. 턱도 없는 소리다.

하지만 그렇게 생각하며 소리치는 와중에서도 묘한 불안감이 가슴속 한편에서 고개를 쳐들고 있었다.

장합이 이를 악문 채, 억지로 그 불안감을 무시했다.

"쏴라!"

"모조리 퍼부어라!"

그리고. 희미하기 그지없는 외침과 동시에 솨사사사- 화살을 쏘는 소리가 들려왔다.

장합이 자신도 모르게 고개를 올려 하늘을 쳐다봤다.

화살이 날아온다. 수천 발, 어쩌면 만 발도 넘을 화살이 하늘을 가득 메운다. 일순간 벌건 대낮의 하늘이 어두워지며 그늘이 생겨났다. 장합이 그것을 인지함과 동시에.

"커허허허헉!"

"크아아아아악!"

카강, 카가강-! 피슉, 슈슈슈슈슉-!

섬뜩하기 그지없는 소리가 사방에서 울려 퍼졌다.

저 뒤쪽에서부터 질주해 오던 병사들을 향해 화살이 쏟아지고 있다. 돌격에 집중하느라, 화살이 날아오는지도 제대로 보지 못하고 미친 듯이 달리기만 하던 병사들 수천 명이 일순간 화살에 맞아 그대로 절명하고 있었다.

"이, 이게 무슨……."

지금이 전투가 벌어지는 와중이라는 것조차 잊은 채, 장합이 황당하다는 듯 중얼거렸다. 그런 장합의 시선이 저 뒤쪽에서 쓰러져 있는 병사들을 향했다.

뒤에서부터 계속해서 달려오는 통에 앞에서 급하게 멈춰 버리린다면 필시 무너지는 자들이 나오고, 곧 뒤에서부터 떠밀리는 그 압력에 못 이겨 밟혀 죽을 거다.

그것을 알면서도 병사들은 멈춰 서려고 했다. 그런 이들이 넘어지고, 짓밟히며 인간의 몸으로 된 자그마한 담벼락을 만들고 있다.

그 담벼락에 부딪힌 병사들이 또다시 무너지고, 뒤에서 달려오던 이들이 또다시 그 위를 밟고 오른다. 이 모든 것이 그저 돌격의 와중 예기치 못한 화살 공격에 선두가 혼란에 빠지며 생겨난 결과일 뿐이었다.

"쏴라-!"

피슈슈슈슈슉-!

멍하니 그 광경을 보고 있던 장합이 채 정신을 차리기도 전에 또다시 화살이 날아오기 시작했다. 이번에도 그 화살은 인간으로 만든 담벼락과 그 주변으로 쏟아지고 있었다.

"커억!"

"으아아아악!"

"막아, 막으라고! 화살을 막으란 말이야!"

뒤늦게 멈춰선 병사들이 어떻게든 화살을 피하고자 움직였지만 애초에 저들은 창병이다. 방패 같은 게 있을 리가 없다. 갑옷을 입고 있지만 그 역시 비처럼 쏟아지는 화살을 모두 막아내기란 역부족. 병사들이 또다시 고슴도치가 되어 쓰러지고 있었다.

어이가 없다. 정말 어이가 없다.

장합이 고개를 돌려 대청강을 응시했다. 조금 전까지만 해도 커다란 전선 두어 척만 있던 그 강물 위에 크고 작은 배들이 빼곡하게 들어차 있다.

아무리 작게 잡아도 수백 척이었다. 마치 예전, 산양에서 홍수가 났던 때에 그랬던 것처럼.

"흐흐, 흐흐흐흐……."

웃음이 나온다. 정말 웃음이 나온다.

심장이 미친 듯이 쿵쾅거리고 머릿속이 울컥울컥한다.

"으하하, 으하하하하하하!"

수도 없이 많은 병사가 죽어 나가고, 조금 전까지만 해도 방어에만 주력하던 여포군 병사들이 공세로 전환하는 그 와중에서 장합은 웃었다. 그저 웃을 수밖에 없었다.

그러던 때.

"커헉!"

머릿속에서 뭔가가 펑- 터져 버리는 것 같은 느낌이 듦과 동시에 장합은 눈을 까뒤집고서 말에서 쓰러졌다.

📱

두두두두-!

"장군을 보호하라!"

"장군을 보호해야 한다!"

"적들을 막아라!"

쓰벌?

장합이 쓰러졌다. 형님과 함께 기분 좋게 병사들을 몰아 장합을 보호하고 있는 놈들을 향해 나가려는데 갑자기 저 뒤에서 대기하고 있던 기병들이 당장에라도 사방에서 돌격해 올 것처럼 산개하고 있다. 장합을 호위하고 있던 병사들은 어디에서 난 건지 방패를 들고, 죽은 병사의 시체를 들어 쉼 없이 쏟아지는 화살을 막아내는 중이다.

그런 와중에서 검과 방패로 무장한, 검병들이 검 대신 방패를 두 개씩 들고 화살의 비가 쏟아지는 그곳을 향해 달려오고 있었다.

"저거 아무래도 못 잡겠는데요?"

"우리가 밀고 나가면 백성들이 다치겠지. 어쩔 수 없다. 돌려보내 줄 수밖에."

적토마 위에서 주변을 돌아보던 형님이 마음에 들지 않는다는 듯 말한다.

백성들만 아니었으면 그대로 밀고 가면서 싹 쓸어버렸을 거다. 그러면 원소가 자랑하는 장수 중 하나 정도는 확실하게 베어버릴 수 있었을 터.

"히…… 아깝다, 아까워."

"스승니이이이임!"

내가 한숨을 푹 내쉬고 있을 때, 저 멀리에서 익숙한 목소리가 들려왔다. 어느덧 소년과 남자의 중간쯤에 있는, 앳된 모습의 고딩이 되어버린 손권이가 날 향해 손을 흔들고 있다.

그리고 그 옆에 있는 것은.

"뭐야. 쟤도 왔어?"

공명이다. 녀석이 백우선을 살랑이며 서 있다.

그런 두 녀석을 태운 판옥선 크기의 전선이 무척이나 빠른 속도로 강변을 향해 다가오고 있었다.

"위월."

"예, 장군. 걱정하지 마십시오. 소장이 확실히 챙기겠습니다."

"내가 뭘 말하려는 줄 알고?"

"적이 물러나는 것을 지켜보며 방비에 만전을 기하고, 백성들을 배에 태워 강 건너로 옮기라는 것이잖습니까?"

사실 내가 말하려는 건 앞부분일 뿐이었다. 나머지는 내가 직접 신경 쓰면서 챙기려고 했는데 위월이가 이렇게까지 얘기한다면 뭐, 더 신경 쓸 필요가 없겠지.

"오케이. 너만 믿는다."

"맡겨주십쇼, 장군."

"가시죠, 형님."

형님과 함께 병사들과 백성들의 사이를 지나 군선으로 향했다. 어느덧 배에서 내린 손권이와 공명이가 우릴 향해 걸어오고 있었다.

"야. 공명. 어떻게 된 거야?"

"예? 뭐가 말입니까?"

"기주에서 퇴각하는 중이라며. 그쪽에서도 백성들이 적잖이 따라붙었을 텐데 벌써 퇴각에 성공한 거야?"

"하하, 만약을 대비해 두었던 탓입니다. 여러 병사와 백성들을 동원해 두 달 전부터 수레를 만들고 있었습니다. 그것을 이용해 짐과 백성을 옮기도록 했고요. 이제 저도 스승님만큼은 아니어도 앞날을 내다볼 줄은 알게 됐으니까요."

그러면서 공명이가 계속해서 백우선을 펄럭이는데……. 아, 느낌이 묘하다. 나는 무릉도원을 보면서도 예상하지 못했던 걸 얘는 그 전부터 준비하고 있었단 얘기가 되는 건데. 확실히 제갈량은 제갈량인 건가?

"그러면 배는 어떻게 한 건데? 끽해야 백 척이나 될까 싶었더니, 몇 대야? 이거."

"대선이 열 대, 소선이 사백칠십 댑니다."

"문숙 네가 예상했던 것보다 다섯 배가 더 많다?"

"그러게요. 어떻게 한 건데? 갑자기 배를 만들어서 가지고 왔을 리는 없고."

"아니, 스승님. 배를 만드는 건 당연히 아니죠. 이제 와서 배를 만든다고 해봐야 얼마나 만들겠어요. 병력도 얼마 안 되는데."

뭐 그런 소리를 하느냐는 것처럼 공명이가 날 쳐다보며 말한다. 그러면서 녀석은 자기가 무슨 짓을 했는지 한번 맞춰보라는 것 같은 얼굴을 하고 있다.

음, 이거 살짝 내가 후달리는 느낌인데. 여기에서 이걸 못 맞추면 스승으로서의 권위가 무너져 버릴 것 같은 느낌적인 느낌이 든다.

"그렇지? 뭐, 그러면 미리 예상하고 사람을 보내서 배를 모으라고 한 거냐?"

"당연하죠. 저도 이제 스승님처럼 천 리 밖을 내다보지는 못해도 백 리 밖 정돈 볼 수 있으니까요. 미리 거야호 쪽으로 사람을 보내 주변의 어민들을 전부 모았습니다. 그래도 급하게 모은 터라 이게 전부였고요."

시간만 충분했으면 지난번처럼 천 대 가까이 모일 수 있었을 텐데. 아쉽다니까요?

굳이 그 말까지 덧붙이며 녀석이 혼자 후후 웃는데 등 뒤에서 식은땀이 난다. 이번엔 얼추 그냥 넘어간다고 쳐도 다음번까지 이럴 거라는 보장이 없으니까.

하, 아래에서 쌩쌩한 후배들이 치고 올라오는 걸 보는 직장인들의 고뇌라는 게 이런 건가?

"뭐 어쨌든…… 다들 고생했다. 이제 백성들 도강시켜서 돌아가자."

오백 척에 가까운 배들이 잔뜩 모여 있다. 그 선체엔 적들이 화살을 쏠 것에 대비해 설치한, 나무로 된 커다란 방패도 설치되어 있고. 문추는 이 모습을 보고서 상대하기가 쉽지 않겠다는 생각을 했는지 병사들을 몰아 뒤로 물러나고 있었다.

"백성들을 강 너머로 옮겨라!"

손권이가 그렇게 외치는 것을 지켜보며 난 절영에서 내려 땅에 털썩 주저앉았다.

어쨌든, 살아남았다. 백성도 살렸고.

하아…… 힘들다.

일단은 동평을 목표로 다들 움직이긴 했지만, 진짜 우리가 향해야 할 곳은 산양이다.

북연주 일대는 전략적인 선택으로 인해 포기해야 하는 곳이니 가장 안전한 건 우리 세력의 수도나 마찬가지인 산양과 그 인근이 될 수밖에 없다. 그렇기 때문에 우리는 계속해서 남쪽으로 내려갔다.

장료의 이만 병력과 마침내 동평에서 합류하게 된 후발대 병력 이만 팔천이 합쳐졌다. 여전히 십만에 달하는 백성을 적습으로부터 보호하기엔 턱없이 부족한 병력이지만 다행스럽게도 문추와 장료의 추격은 대청강에서가 끝이었다.

"진짜 큰 고비 하나 넘겼네요."

저 멀리 산양성이 보이기 시작하니 나와 함께 움직이던 후성이가 말했다.

내가 고개를 끄덕였다.

"아직 진짜 전쟁은 시작도 안 한 상태지만 뭐…… 그렇지."

원소군에게 도륙당할 운명이었던 사람들을 전부 구해냈다. 이로 인해 우리 쪽 병사들의 사기가 땅에 떨어질 일은 일단 피한 셈이다. 오히려 형님이 동료들의 가족을 위해 발 벗고 나섰다는 것에 감격해 사기가 올라가기까지 하는 중이니까.

"그래서 말인데요, 장군."

"엉?"

"다음 계책은 뭡니까?"

"뭔 소리야. 뭔 계책?"

"원소와 조조의 대군이 견성 쪽에서 집결하고 있다잖습니까. 아까 전령이 와서 그렇게 얘기했잖아요."

"그랬지."

"그러니까 계책도 머릿속에 있으실 거 아닙니까."

후성이가 눈빛을 빛내며 날 쳐다본다.

이 자식은 내가 무슨 계책 박스인 줄 아나. 톡 누르면 계책이 톡 튀어나와 무슨?

황당해서 그런 녀석을 쳐다보고 있는데 나누고 있던 이야기가 이야기여서인지 좌중의 시선이 날 향해 집중되어 있다.

위월이나 장료, 손권이와 공명이까지. 심지어는 조운과 그 동료라던 전예라는 장수까지 날 쳐다보고 있었다.

"스승님. 저도 이번엔 꼭 뭔가 역할을 맡고 싶습니다."

"권이 너는 보급을 맡아라. 나는 별가가 되어 스승님께 계책을 진상하마."

"아, 사형! 저도 그런 역할을 좀 맡아서 해보고 싶단 말입니다. 이 날을 위해 그리도 열심히 공부를 해왔는데."

"네가 아무리 공부한다고 해도 군략으로 스승님께 도움이 되겠느냐? 이 사형이 판단했을 때 네가 재능이 있는 건 치국이다. 군을 부리는 게 아니야. 안 그렇습니까? 스승님."

얼굴이 울상이 되어버린 손권의 어깨를 가볍게 두드리며 공명이가 확신에 가득 찬 얼굴로 날 쳐다본다. 자신의 말이 맞지 않느냐는 것처럼.

저 표정이 묘하게 신경 쓰인다. 자기가 상상치도 못한 뭔가를 내가 이야기할 것이 당연하다는 것처럼 기대하는 기색이 서려 있는 얼굴이었다. 저 기대에 부응하지 못하면 조금씩 스승으로서의 권위가 깎여 나갈 거다.

쓰읍, 나도 진짜 빡시게 공부를 좀 해야 하는 건가?

"맹장이 장수의 전부가 아니듯 군략이 전부 역시 아니다. 우리 손권이는 문무겸전의 지장이 될 녀석이야. 당장은 어려워도 좀 혹독하게 굴리고 나면 잘할 수 있을 거다."

예전, 무릉도원에서 손권이에 대해 검색하며 보았던 그 댓글들의 내용을 떠올리며 내가 말했다. 울상이 되었던 손권이의 얼굴이 밝아지고 있었다.

"스승님이 아니라고 하시잖습니까, 사형."

"혹독하게 굴리고 난 다음이라고 하시잖아. 당장에는…… 어?"

뭔가 계속해서 말을 이어나가려던 녀석의 눈이 동그래진다. 그 시선을 따라 고개를 돌리던 손권이 역시 마찬가지.

"뭐야. 뭔데…… 어라?"

왜 저러나 싶어서 보니 산양성의 성문이 활짝 열려 있고 그 성문 쪽으로 산양성에 머물고 있던 관리들이 전부 몰려나와 있었다.

"주공께서 오신다!"

"저쪽, 저쪽이야"

"와아아아- 총군사님이시다!"

그런 성문의 위쪽, 성벽에서 병사들이 내지르는 환호성 역시 함께다. 성벽의 서쪽 끝에서 동쪽 끝까지 전부 병사들로 가득 차 있다.

내가 그 모습을 쳐다보고 있는데 병사들이 이쪽을 향해 손을, 깃발을 흔든다. 그런 녀석들은 정말로 기쁨이 가득한 환호성을 내지르고 있었다.

그래서일까?

"와아아아아! 우리가 왔다!"

"하하, 살아남았다고! 주공과 총군사께서 우릴 도와주셨어! 이렇게 안 죽고 가족들과 함께 몸 성히 돌아왔다고!"

"반갑다, 형제들!"

우리와 함께 제북에서 물러나 산양에 도착한 병사들도 함께 환호성을 내지르고 있다. 그런 녀석들이 정말 행복해하는 얼굴을 하고 있다. 제북에서 가정을 꾸린 녀석들 역시 마찬가지.

가만히 주변을 둘러보니 몇몇은 제북에서 만난 아내와 손을 붙잡고서 마냥 행복하다는 듯 웃고 있기까지 했다.

"흠……."

이걸 지켜보고 있노라니 뭐랄까, 느낌이 좀 묘하다. 괜히 가슴속 깊숙한 곳에서부터 찡한 뭔가가 올라오는 것 같은 느낌이랄까?

나도 모르게 저 뒤의 마차에서 급한 대로 구한 유모의 품에
안겨 있는 아기 제갈탄 쪽으로 시선을 옮겼다. 녀석이 포대에
쌓인 채 새근새근 잠들어 있었다.

묘한 성취감이 느껴진다.

처음 산양을 나설 때까지만 해도 철저하게 군사적인 관점에
서, 내가 살아남기 위해 병사들을 구해야겠다고 생각했었다.
백성들을 구하는 것도 그런 마음에서였고.

그랬는데 이 광경을 보니 꼭 그런 계산적인 관점이 아니라고
해도 충분히 할 만한 일이 아니었을까 싶은 생각이 든다.

다들 좋아하고 있잖아. 행복해하고 있고. 이걸로 충분한 거
아닐까?

"괜찮지 않으냐?"

그 모습들을 지켜보며 내가 뿌듯하게 웃고 있는데 형님이
다가와 말했다.

내가 고개를 끄덕였다.

"그러게요."

"지금의 이 느낌을 잘 기억해 놔라. 우린 이걸 위해 싸우는
것이기도 하니까."

형님이 그렇게 말하며 내 어깨를 툭 두드리더니 턱짓으로
저 앞을 가리켰다.

"가자."

그런 형님의 뒤를 따라 성에 도착하니 익숙한 얼굴들이 시
야에 들어왔다.

제갈근, 최염이 함께 성문 앞에서 우릴 기다리고 있었다.

"주공!"

"참으로 노고가 크십니다, 주공."

둘이 그렇게 말하며 우릴 향해 읍하니 주변에 있던 다른 관리들 역시 함께 허리를 굽힌다. 형님은 그저 가볍게 고개만을 끄덕이고 있을 뿐이었다.

내가 그 모습을 지켜보고 있는데.

"상공!"

정말 반갑기 그지없는 목소리가 들려왔다. 제갈근의 바로 뒤에 제갈영이 서 있고 그 옆으로 우리 아들내미가 함께였다.

"아부지!"

말에서 번쩍 뛰어내리며 곧장 동건이를 안아 올렸다. 녀석이 꺄르르 웃는다. 그러면서 우리 와이프를 보니 눈가에 눈물이 글썽글썽했다.

"얼마나 걱정했는지 알아요?"

"걱정은 무슨. 자기 남편이 어떤 사람인지 빤히 알면서."

"그걸 아니까 걱정하죠. 고생했어요, 정말."

와이프를 보고, 아들을 보니 정말 지금까지의 피로가 눈 녹듯 사라지는 느낌이다.

"보기 좋은 광경이오."

위속이 가족과 상봉하는 장면을 응시하며 조운이 말했다. 그 목소리에 조운의 동료 장수, 전예가 고개를 끄덕이고 있었다.

"난세이기에 더욱 보기가 좋은 광경이지. 그나저나 참으로 의외이지 않은가? 무지막지함의 대명사나 마찬가지였던 그 여장군이 이리 진심에서 우러나오는 환호성을 받다니."

"저들의 가족을 구했으니까. 그나저나 유비 장군께선 지금 어디쯤에 계실지 모르겠구려. 어서 유 장군을 도우러 가야 할 것인데."

"이곳 산양으로부터 이백 리 떨어진 곳에서 원술의 후방을 교란하고 계시다는 이야기를 들었네."

"이백 리?"

"예주 양국과 패국의 사이를 오가며 적의 보급을 끊는 중이라더군."

"그렇다면…… 늦어도 내일 새벽에는 출발해야겠군."

애초부터 유비의 휘하에서 합류하기 위해 북연주로 향했던 것이었다. 이제 당장의 코앞에서 발생했던 비극도 깔끔하게 해결했겠다, 하루 정도 병사들을 푹 쉬게 하고선 곧장 유비를 찾아가면 되리라.

조운은 그렇게 생각하며 전예와 함께 성문을 통과했다.

그리고 그때.

"……이, 이게 무슨?"

성문에서부터 산양성 중앙, 태수부를 향해 일직선으로 올곧게 나 있는 대로 주변으로 나와 있는 수많은 사람들의 시선이 들어왔다.

백성이다. 하나같이 행색이 초라하기가 그지없지만 족히 만 명은 넘어 보일 백성들이 일제히 저 앞에서 움직이는 여포를 향해, 위속을 향해 절하고 있었다.

"감사합니다, 주공!"

"저희 말똥이를 살려주셔서 참으로 감사합니다!"

"주공께 저희 가문이 죽어서도 잊을 수 없는 은혜를 입었습니다! 이 은혜는 이 보잘것없는 목숨을 바쳐서라도 꼭 갚을 것입니다!"

"위속 장군 천세! 여포 장군 천천세!"

"천천세!"

사방에서 감사하다며 두 사람을 향해 소리친다. 적지 않은 숫자가 눈물을 글썽이기까지 하고 있었다.

"무엇인가…… 이건."

여포와 위속이 위험을 무릅쓰고 백성을 구했다. 단순히 그렇게만 생각하던 조운이 멍해진 얼굴로 주변을 돌아보았다.

여포와 위속라 하면 기본적으로 가지고 있던, 난폭하면서도 백성을 생각지 않고 전쟁을 통해 영토를 늘리는 군웅이자 할거하는 제후 정도로만 생각하던 머릿속의 그 이미지가 와장창 깨지는 느낌이다.

동시에 떠오르는 생각 한 가지.

'유비 장군이라면…… 이렇게까지 할 수 있었을까?'

조운이 산양성 밖을, 저 앞에서 움직이는 여포와 위속의 뒷모습을 번갈아 쳐다봤다.

그러길 잠시. 조운이 뭔가 결심했다는 듯 말을 몰아 위속과 여포의 뒤를 따라 움직이기 시작했다. 전예를 포함한 나머지 인원들 역시 마찬가지였다.

4장
두려운 자다

"하, 일단 돌아오기는 했는데……."

답이 보이질 않는다.

오랜만에 돌아온 내 집, 마당에 서서 하늘을 올려다보는데 정말 답이 안 나오기는 지금의 이 순간 역시 마찬가지다.

백성들을 얼추 무사히 데리고 돌아오기는 했지만 아직도 우릴 위협하고 있는 것들이 해결된 것은 아니다. 남쪽에서는 원술과 주유가 이끄는 대군이 산양으로 오는 길을 뚫고자 진궁과 학맹, 성렴이 지키고 있는 광락성을 연신 공격하고 있을 거다. 북쪽에서는 원소와 조조, 둘의 대군이 호시탐탐 남하할 타이밍을 노리고 있을 것이고. 저것들을 전부 치워 버리지 않으면…….

"흠?"

생각이 여기까지 미치니 일전에 진궁이 했던 그 이야기가 머릿속에서 떠올랐다.

균형이라…….

"초, 초, 초, 총군사님!"

내가 홀로 앉아서 생각에 잠겨 있는데 저 멀리에서 위월 휘하의 백인장이라던 녀석 하나가 황급히 달려온다. 녀석의 낯빛이 새하얗게 질려 있었다.

"적들이 움직이는 거냐?"

"예, 예! 지금 견성에 집결해 있던 조조와 원소 연합군이 남하해 내려오고 있다는 소식이 들어왔습니다!"

"쓰읍……."

올 게 왔구만.

와이프와 함께 곧장 말을 몰아 태수부 외당으로 향했다.

평소 같으면 나 혼자 가겠지만 이번만큼은 다르다. 지난번, 일차 연주 대전이 벌어지던 때보다 더 절박한 만큼 쥐어짜 낼 수 있는 건 모조리 쥐어짜 내야 한다.

그래서일까? 제갈영과 함께 외당 회의실로 들어가니 다들 자연스럽게 인사를 건네온다. 게다가 제갈영이 올 것도 이미 예상해 두었던 듯 자리가 모자라지 않게 준비되어 있었다.

"스승님, 누님. 이야기는 들으셨습니까?"

"어. 오면서 대충은 들었다."

"그러면…… 이야기하기 편하겠네요. 선택해야 합니다. 되도록 빠르게요. 북쪽의 사흘 거리에서 조씨와 기주 원씨의 연합군이 내려오고 있습니다. 그 규모가 약 삼십만이고요."

이미 조금 전, 백부장을 통해 전해 들었던 이야기다.

새로울 것도 없는 만큼, 내가 고개를 끄덕이는데 주변에서 한숨을 푹 내쉬는 소리가 들려왔다. 장료가 듣는 것만으로도 질린다는 듯 인상을 찌푸리고 있다. 위월 역시 마찬가지였다.

공명이는 그 모습을 잠시 응시하더니 다시 내 쪽으로 시선을 옮기며 말을 이었다.

"남쪽으로 이틀 거리의 광락성에서는…… 다들 아시는 것과 같은 상황인데 아마 그쪽에서도 오래 버티지는 못할 겁니다. 길어봐야 앞으로 열흘 정도일 테고요."

그것을 마지막으로 공명이가 입을 다물었다.

하지만 그런 공명이가 내게 말하려는 바는 명백했다. 이제 어떻게 할 것인지, 어떤 선택을 내리는 것이 현재 상황에서 가장 효율적으로 적을 막아낼 수 있을지 내게 방법을 요구하는 것이었다.

"제가 봤을 땐 좀 더 쉬운 쪽을 되도록 짧은 시간 내에 격멸한 후에 대적을 상대하는 게 최선입니다, 스승님. 그래서 제가 상중하로 나뉘는 계책을 만들어보았습니다."

약간의 시간이 지났을 때, 내가 아무런 말도 하지 않자 공명이가 백우선을 팔랑이며 그렇게 말했다.

"벌써 계책을 만들었어?"

"저도 밥값 정도는 해야죠. 뭐가 좋으시겠습니까? 상중하 중 뭘 먼저 들려 드릴까요?"

"나는 상책이 끌리는데?"

가만히 회의가 진행되는 것을 지켜보고만 있던 형님이 말했다. 공명이가 자리에서 일어나 형님에게 짧게 읍하더니 입을 열었다.

"지금 광락성을 공격 중인 원술의 대군은 연이은 전투로 엄청나게 피로할 것입니다. 게다가 원술에겐 이름난 장수랄 자가 없고요. 그러니 주공과 스승님, 허저 장군, 감녕 장군, 마초 장군이 직접 이만 기마를 이끌고 야음을 틈타 광락성을 포위하고 있는 원술을 급습하시는 게 상책입니다."

"이만 명으로 십이만을 격파하자는 거냐?"

"지원을 나가는 이만 병력, 그리고 성내에서 버티고 있을 삼만 병력과 함께 싸우는 겁니다. 비록 규모 면에서 적들이 압도적일 것이나 주공께서 움직이시고, 그 뒤를 여러 장군이 따른다면 충분히 승리할 수 있을 것이고요."

"그럼 중책과 하책은 무엇이냐?"

"장수들만 은밀히 산양을 빠져나가 예주와 진류 일대에 있는 병력을 끌어모아 광락성을 돕는 게 중책이고, 야음을 틈타 대군을 이끌고 남하해 정면에서 원술을 공격하는 것이 하책입니다. 어찌 되었건 가장 중요한 건 속도니까요. 얼마나 신속하게 움직일 수 있느냐에 따라 상중하를 구분한 것입니다."

"그렇군."

형님이 고개를 끄덕인다. 그러면서도 날 쳐다보는 게 나는 어떻게 생각하느냐는 듯 묻는 느낌이다.

내가 그 말에 뭐라고 대답해야 하나 고민하고 있을 때.

"소생 역시 아우와 같은 생각입니다. 비록 소생이 병법에 대해서는 문외한이라 하나 삼십만에 이르는 북적을 상대하기엔 당장 아군이 동원할 수 있는 병력은 팔만이 전부일 뿐입니다. 원술에겐 주유라는 책사가 있으니 나름의 방책을 세워두기는 했겠으나 서로 협력하고 있는 두 북적을 치는 것보단 승산이 높을 것입니다."

그리고 그에 이어서 들려오는, 제갈근의 진지하면서도 건조하기 그지없는 목소리까지.

"내 보기에도 공명과 자유 선생의 의견이 옳을 듯싶습니다."

"아무래도…… 이런 상황에선 약한 적을 먼저 쫓아 보낸 뒤에 수성을 통해 강적을 상대하는 게 낫겠지요."

장료와 고순 역시 마찬가지.

위월은 그저 내 의견을 기다리겠다는 듯, 아무런 말 없이 조용히 있을 뿐이다. 형님도 어서 내 계책을 이야기해 보라는 것처럼 계속해서 날 쳐다보고 있었다.

"당신도 그렇게 생각해?"

"상공께선 다르게 생각하시는 건가요?"

짧은 이야기일 뿐이지만 제갈영도 공명이나 제갈근과 같은 생각이라는 의미다.

"지금 당장에 보이는 것만을 놓고서 생각한다면 확실히 그렇기야 하겠지……."

조조와 원소는 강대하다. 반면 원술은 남쪽에 홀로 고립되다시피 한 상태로 전력을 다해 광릉성을 공략 중이다. 병력도 반절이고, 장수도 얼마 없다.

상식적으로 생각해 본다면 공명이나 제갈근이 이야기한 것처럼 비교적 손쉬운 원술 쪽을 먼저 쫓아내며 잠시나마 산양이 원소와 조조의 공격을 버텨내길 기대하는 것이 맞다. 그게 현실적인 이야기이고, 타당한 방법이다.

그렇기는 하지만…….

"난 계속 걸려."

"걸리다니요? 뭐가 말입니까?"

"가후. 그리고 조조."

"예?"

공명이가 고개를 갸웃거린다. 제갈근은 내가 뭘 말하려는 건지 전혀 모르겠다는 얼굴을 하고 있었다.

"오히려 공격한다면 남쪽이 아니라 북쪽을 쳐야 할 것 같다는 생각이 든다."

"흐, 역시 내 아우답군."

"……위속 장군까지 그러면 어쩌자는 겝니까. 이런 상황에서 북쪽을 공격하자고요?"

형님이 씩 웃음과 동시에 장료가 한숨 섞인 목소리로 반문한다.

"지금은 적 세력을 하나라도 전선에서 이탈시키는 것이 급선무인 상황이 아닌가요? 상공의 계획은…… 너무 무모해요. 삼십만 대군, 그것도 조조와 원소가 심혈을 기울여 조직한 정예를 팔만 병력만으로 상대한다는 건."

"아니, 그런 건 아닌데."

"예?"

"아니, 북쪽으로 올라간다는 게 삼십만을 상대하러 가는 거지. 그게 아니면 뭐란 말입니까?"

제갈영이 갑자기 무슨 소리를 하느냐는 것처럼 날 쳐다봄과 동시에 장료가 반문했다.

"총군사께서 어떤 마음이신 줄은 알고 있으나 과욕은 좋지 않습니다. 총군사께서 내시는 계책 하나하나에 십 수만의 목숨이 달려 있다는 것을 양지하여 주십시오."

제갈근도 내가 무슨 헛소리를 한다고 생각하는 모양이다. 그러니 저런 소리가 나오지.

주변을 돌아보았다. 내가 흙으로 쌀밥을 만든다고 해도 믿어줄 형님을 제외한다면 다들 비슷한 얼굴들이다.

그중에서 다른 건 오직 한 명, 공명이일 뿐이다. 녀석은 내가 북쪽으로 치고 나가자는 말을 한 그 순간부터 심각하기 그지없는 얼굴로 얼굴을 굳히며 뭔가에 대해 골똘히 고민하고 있었다.

어쨌건 간에 남쪽으로 내려가는 것은 안 된다.

《여포네가 너무 쉽게 망해서 가후가 한탄했던 적이 좀 있음. 만약 여포가 좀 더 버텼으면 원소가 그렇게까지 압도적으로 크진 않았을 거라. ㅇㅇ》

예전, 무릉도원에서 봤던 댓글의 내용이다. 이렇게 해도 망하고, 저렇게 해도 망한다는 이야기들을 읽으며 대응책을 보완하고 또 보완하다가 발견한 것인데 이 외에도 가후가 우리 때문에 안타까워했다는 언급들이 좀 있었다.

그렇다는 건 결국 진궁이 이야기했던 그 균형이라는 것 때문이 아니었을까.

거기까지 생각이 미치니 머릿속이 팽팽 돌기 시작했다. 지금껏 내 생각이 미처 닿지 못했던 곳의 이야기들이 머릿속에서 그려진다. 가후의 의도가 어떠할지, 조조가 어떤 마음으로 가후의 제안을 수락했을지에 대한 것까지.

"조조나 가후는 우리가 망하는 걸 원하지 않을 겁니다."

"아니, 총군사. 갑자기 또 그건 무슨 말씀이십니까?"

"우리가 망하는 것을 바라지 않는 자들이 대군을 이끌고 이리 숨통을 조여온단 말이외까?"

"어불성설이오."

어지간하면 감정의 변화를 드러내 보이지 않는 제갈근에 이어 장료가, 고순이 말했다.

나는 고개를 돌려 제갈영 쪽으로 시선을 옮겼다. 그녀가 뭔가 생각이 날 듯 말 듯 한다는 얼굴로 그 고운 이마를 찌푸리고 있다. 공명이는 아예 눈을 감아버린 채, 자신의 머릿속 생각에 집중하고 있기까지 했다.

그러길 아주 잠시, 생각이 정리되었다는 듯 공명이가 눈을 떴다. 그 눈에서 빛이 감도는 것 같다. 감추려야 감출 수 없을, 동양의 수천 년 역사 전체를 통틀어 가장 천재스러운 인물로 남을 그 제갈량이 현기 가득한 눈으로 날 쳐다보고 있었다.

"스승님, 그럼 스승님께선 가후의 움직임, 나아가 조조군 전체에 변화가 있을 수도 있다고 보시는 겁니까?"

"내가 보기엔 그렇다."

"허, 이게…… 이게 정말 말이 되는 거였나?"

얘도 대략 내가 뭘 생각하고 있는지 알아차린 모양이다. 확실히 공명은 공명인 모양.

"뭔데 그러는 겐가?"

"장군, 스승님께서 말씀하시는 것이 맞으면 우리는 지금 가후가 짠 거대한 판 위에서 놀아나는 것일지도 모르겠습니다."

"판이라니? 이해할 수 있게 좀 쉽게 풀어서 설명해 보시게."

"놀아나고 있다는 것이 도대체 무슨 소리이더냐?"

장료가, 제갈근이 반문하자 공명이가 한숨을 푹 내쉬었다.

'그래, 네 그 마음이 내 마음이랑 똑같다.'

내가 씁쓸하게 웃으니 공명이가 백우선을 우리가 마주 앉은 원탁 위에 탁 소리가 나게 내려놓으며 마른세수를 하고 있었다.

"그러니까, 스승님께서 말씀하시는 건 이런 겁니다. 가후는 지금 우리의 역량을 시험함과 동시에 일종의 도박 수를 건 겁니다. 그 조조와 함께요."

"도박 수라니?"

"비록 지난 대전에서 스승님의 계책으로 기주의 일부와 연주 전역을 석권하는 데 성공하였다고는 하오나 천하에서 가장 강대한 것은 여전히 원소였습니다. 조조와 가후는 그러한 점을 확실하게 인지하고 있을 것이고요."

"그거야 그렇겠지. 총군사도 그렇고 공명 자네도 그렇고 누누이 이야기했던 바가 아닌가."

"예, 지금과 같은 추세로 간다면 남과 북, 양쪽에서 쉼 없이 공격해 오는 통에 우리는 점점 쇠락해 갈 수밖에 없습니다. 전투에서 대승을 거두며 이긴다 한들, 점차 누적되는 그 피해는 연주와 예주 둘만으론 감당키 어려운 수준이니까요. 그것이 일정한 수준을 넘게 되면 그 어떤 군략으로도 어쩔 도리가 없이 무너지게 될 것이고요. 소생이 참담한 이야기를 지껄임을 용서하십시오, 주공."

"괜찮으니 계속 얘기해 봐라."

역시 우리 형님은 쿨하다. 원소나 원술이었으면 망한다는 얘기가 나오는 것만으로도 심기가 잔뜩 불편해졌겠지.

공명이도 형님은 신경 쓰지 않을 것이라는 점을 인지하고서 말을 꺼냈던 듯, 계속해서 설명을 이어나갔다.

"만약 우리가, 스승님께서 조조와 가후가 기대하는 만큼의 역량을 보인다면 그들은 우리의 편을 들 것입니다. 원소를 쇠락게 하고, 우리를 강대하게 만들어 균형을 맞추고 천하에 삼국이 정립도록 하겠지요."

"······공명, 네가 지금 삼국 정립이라 하였느냐?"

가만히 이야기를 듣고만 있던 제갈근이 더없이 싸늘하게 식어버린 목소리로 말했다.

"예."

"비록 역도에 의해 형언할 수 없을 정도로 통탄할 상태에 놓이셨다고는 하나 엄연히 황상께서 살아계시거늘 어찌 그런 이야기를 입에 담을 수가 있다는 것이냐."

"삼국(三國)이 아니라 삼부(三府)라 하면 되겠군."

제갈근이 그러기가 무섭게 형님이 나서서 한마디를 하니 상황이 깔끔하게 정리된다. 나라가 아니라 장수에게 허락된 권한에 따라 지방의 자치 정부 같은 걸 세운다는 식으로 표현을 틀어버린 거다.

공명이가 감사하다는 듯 형님에게 한차례 읍하고선 계속해서 말을 이었다.

"가후는 어차피 우리가 오래 버티지 못할 것이라 생각했을 겁니다. 그러니 기왕 무너질 것이라면 조금이라도 이득을 챙기고, 그게 아니라면 역으로 우리를 도와 원소의 힘을 깎아내고자 하겠죠. 안 그렇습니까? 스승님."

"네 말이 옳다. 내가 보기에도 그러니까."

"허어······."

"가후 그자가······ 그 정도였단 말입니까?"

"원소나 원술이 이런 기분이었던 것인가."

사방에서 탄식하는 소리들이 들려오고, 뒤이어 위월과 장료도 중얼거리고 있었다.

확실히 무서운 자다. 지난달의 무릉도원에서 보지 못했던 것이 이번 달에 갑자기 바뀌었다면 뭔가 변수로 인해 조조와 가후의 행동이 달라졌다는 의미.

이만한 계획을 겨우 한 달도 안 되는 시간 동안에 세운다? 미친 수준이다. 어쩌면 공명이가 장성하고 나서도 가후를 상대하려면 꽤나 애를 먹을지도 모른다. 어디에서 그딴 책사가 튀어나와서…….

"이런 무시무시한 흉계를 사전에 간파하다니 참으로 대단하십니다, 장군."

"위월의 말이 옳소. 이건 정말 대단하다고 할 수밖에 없겠군."

장료가, 고순이 그렇게 말하는데 가후의 그 압도적인 존재감 때문에 칭찬이 귀에 들어오질 않는다. 내 머릿속은 앞으로 가후라는 이 책사를 어떻게 상대해야 할지, 그에 대한 생각으로 가득 차버린 상태니까.

막막하다. 이번에 한번 무릉도원이 변수로 인해 갑자기 달라지는 것을 겪은 이상, 앞으로도 이런 일이 다시 또 벌어지지 말라는 법이 없다. 그렇다는 건 결국엔 내 기본기도 일정 수준 이상으로는 끌어올려야 한다는 것인데…….

"일복 터지게 생겼군, 젠장."

"저, 스승님. 그 일복을 제가 조금 줄여 드릴까 합니다만."

"엉?"

공명이가 조심스럽게 자신의 계획을 이야기했다.

그리고 그 이야기가 끝났을 때.

"좋아. 문숙, 네 이야기대로 하마."

형님이 자리에서 벌떡 일어나며 말했다.

"그놈들은 이번에야말로 확실하게 박살을 내버릴 것이다."

하북 팔준과 맹호대, 그들을 떠올리며 형님이 서릿발 풀풀 풍기는 차가운 목소리로 말했다.

미리 묵념해 줘야겠군.

불쌍한 자식들. 하필이면 찍혀도 우리 형님한테 찍혀?

"상황이 어떻다 합니까?"

연주 성양현. 예주에서는 하루 거리일 뿐인 그곳의 영채에서 가후가 조인을 향해 반문했다.

"산양에서 기병 삼만, 보병 오만이 출격해 나오는 중이라 하오. 원술 놈이 아니라 우리 쪽으로 이동해 오는 모양이외다."

"호오…… 그렇습니까?"

가후의 눈매가 가늘어졌다. 그런 가후의 입꼬리가 한쪽으로 살짝 치켜 올라가 있었다.

"난 솔직히 이래도 되는지 잘 모르겠소."

"이미 모든 논의를 끝마친 사안입니다. 지금으로선 이것이 최선입니다."

"군사가 그리 말씀하면 확실히 그런 것이기는 하겠소만 아무리 그래도 이 상황에서 여포를 공격한다는 건."

정말 내키지 않는 일이다.

그런 얼굴로 말하던 조인의 귓가에 다급한 말발굽 소리가 들려왔다. 그가 고개를 돌리니 웬 전령 하나가 황급히 달려오고 있었다.

"장군! 조인 장군!"

"무슨 일이냐?"

"위속이 보낸 사자가 도착했습니다!"

"사자? 위속 그자에게서?"

"만나보시지요."

황당하다는 듯 반문하던 조인에게 가후가 말했다. 조인이 잠시 고민하더니 고개를 끄덕였다.

"내 막사로 데리고 오너라."

"예!"

"내 막사로 갑시다."

전령을 보내고서 조인은 가후를 자신의 막사로 데리고 갔다.

그곳에서 잠시 기다리고 있는데 여포군의 갑옷을 입은 사자가 긴장한 기색이 역력한 얼굴로 걸어 들어와 조인의 앞에서 한쪽 무릎을 꿇고 앉았다.

"그래, 뭘 전하고자 온 것이냐?"

"총군사께서 말씀하시길 이리 먼 거리를 오셨으니 좋은 선물을 하나 대접하겠다고 하셨습니다."

"선물?"

이게 또 무슨 소리란 말인가?

조인이 반문하고 있을 때, 사자가 품속에서 자그마한 비단 두루마기를 꺼내 건넸다.

"이게 무엇이냐?"

"남기주의 지도라 하셨습니다."

"······정말로 이게 지도라고?"

생각지도 못한 선물이다. 지도라니?

조인이 황급히 두루마기를 펼쳤다. 사자가 이야기한 것처럼 그 비단 천에는 기주의 여러 성들과 강, 군량 집결지, 수로 등 모든 정보가 기록되어 있었다.

"이것을 그대의 총군사가 우리에게 전하라 했다는 것이냐?"

"예."

"다른 이야기는 없고?"

"그렇습니다."

"알았다. 내 잘 받았다고 전하도록."

사신을 내보내고서 조인은 다시 한번 지도를 살폈다.

다시 본 지도는 조금 전에 확인했던 것 이상으로 상세했다. 온갖 크고 작은 길이며 병력의 주둔지며 성의 상태에 대한 것까지 소상하게 기록되어 있었으니까.

"이거 참······ 일이 어렵게 되었군요."

그런 조인의 옆에서 지도를 응시하던 가후가 나지막이 중얼거렸다.

"아니, 일이 왜 어렵게 되었단 말이오?"

"소생이 이야기하는 것은 당장의 일이 아닙니다. 당장은 쉽지요. 하나…… 대계를 본다면 어려울 것입니다. 이리 사람의 머릿속을 훤히 들여다보는 자였을 줄이야…… 허허."

허탈하다. 그리고 당혹스러우면서도 한편으론 두렵기까지 하다.

홀로 수염을 쓰다듬으며 가후는 그렇게 생각하고 있었다.

📱

"주공, 여포가 북상해 올라오고 있습니다."

하북군, 원소의 영채. 저수와 전풍, 방통을 비롯한 책사와 여러 장수를 모아놓고서 이야기를 나누던 원소를 향해 황급히 달려온 부장이 말했다.

원소가 어이가 없다는 얼굴로 피식 웃고 있었다.

"여포가 역으로 우릴 요격하러 온다? 상상했던 것 이상이로군. 아니 그런가?"

"맞습니다, 주공. 비록 동평과 그 인근에서 자그마한 패배를 당했다고는 하나 이는 어디까지나 소소한 싸움이었을 뿐, 우리 주력은 조맹덕의 것을 포함해 삼십만이나 됩니다. 그것도 정예병으로 말입니다. 그런 아군을 상대로 고작 팔만밖에 안 되는 병력으로 밀고 올라오다니……. 궁지에 몰리니 정신이 나간 게지요."

"소장에게 기회를 주십시오, 주공! 소장과 맹호대 용사들이 함께 여포의 목을 베어 오겠습니다!"

"아닙니다, 주공. 비록 장합 장군께서 와병 중이시기는 하나 소장을 포함해 하북 팔준의 나머지 장수들은 모두 건재합니다. 이 곽원을 전면에 세워주십시오. 저희가 직접 여포와 위속, 둘의 목을 따서 바치겠습니다!"

"맞습니다, 주공! 소장들을 보내주십시오!"

"여포와 위속뿐만 아니라 그 휘하 장수 모두의 목을 베겠습니다!"

자신의 군막에 모인 장수들이 자신감 넘치는 목소리로 떠들어대는 그 모습을 지켜보며 원소는 흐뭇하게 웃었다.

"아무리 여포라 해도 각각 따로 있는 하북 팔준과 맹호대를 어쩌지 못함이 천하에 드러났다. 그런 둘이 함께 모여 있으니 이제는 여포의 목을 노려봄직도 하겠지. 아니 그런가? 총군사."

"주공의 말씀이 참으로 지당하십니다."

"맹덕이 대군을 보냈으니 이번 달이 지나기 전에 여포의 목을 벨 것이다. 연주를, 나아가 예주를 복속시키고 나면 너희들에게도 공에 따라 포상이 있을 터."

원소의 그 목소리에 장수들이 눈을 번쩍였다.

그 모습을 빙 돌아보며 원소는 이미 전투에서 승리하기라도 한 것처럼 자신만만한 얼굴로 웃고 있었다.

원소와 장수들이 모두 군막을 빠져나간 이후.

"아무리 봐도 위속이 어쩔 방법이 없는 싸움인데…… 불안하군."

저수가 나지막한 목소리로 중얼거렸다.

그런 저수의 눈가가 파르르 흔들린다. 총군사로 제수되며 원소에게 직접 건네받은 지휘봉을 쥔 채, 저수는 불안하다는 듯 그것으로 자신의 허벅지를 끊임없이 탁탁탁 두드리고 있었다.

묘한 행동을 하기는 전풍과 방통 역시 마찬가지. 전풍은 계속해서 수염을 쓰다듬고 있고, 방통은 곡주가 담긴 자그마한 호리병을 만지작거리는 중이었다.

"위속이 이렇게 대담하게 나온다는 것은 뭔가 방법이 있어서 이길 것이라 생각하기 때문일 겁니다. 지금까지 그놈이 해온 짓거리들을 생각한다면 아무리 봐도……."

"내 생각도 그러네. 그 귀신같은 놈이 승산 없는 싸움을 할 리가 없지. 뭔가 있어. 확실하게 뭔가 있어. 그런데 그게 뭔지를 알 수가 없으니……."

전풍의 목소리에 저수가 고개를 끄덕이며 말했다. 피로하면서도 걱정스러운, 심지어는 불안해하는 기색이 역력한 목소리다.

그 와중에서 방통이 자리에서 벌떡 일어나더니 군막 안쪽을 이리저리 움직이기 시작했다.

평소 같으면 정신 산만한 행동을 하지 말라며 이야기했을 것이다. 그러나 지금은 전풍도, 저수도 방통을 저지하지 않았다. 정신이 산만하든 어쩌든 간에 위속이 뜻하는 바가 뭔지를 알아낼 수만 있다면 아무래도 상관없는 일이니까.

"……군을 물리는 건 안 되겠죠?"

한참의 고민 끝에, 자기는 도저히 안 되겠다는 듯 호리병을 따 벌컥벌컥 술을 들이켜던 방통이 말했다. 전풍이 실소하며 고개를 저었다.

"주공께서 받아들이시겠나?"

"그렇죠……. 받아들이실 리가 없습니다. 그렇다면 결국엔 너무 늦기 전에 위속, 그 미친놈이 무슨 짓거리를 벌이려 하는 것인지를 알아차려야 하는 건데."

방통이 거칠게 제 머리를 벅벅 긁으며 있는 대로 얼굴을 일그러뜨린다. 그런 방통의 눈 밑이 퀭하기 그지없었다.

"허…… 위속 그놈에게 시달리느라 다들 참 많이 늙었구먼."

"예? 아니, 총군사님. 갑자기 그게 무슨 말씀이십니까?"

"막 약관이 되었을 즈음 주공을 찾아온 자네나 나 그리고 여기 원호까지. 아무나 붙잡고 우리 나이를 물어보게. 못 해도 우리의 원래 나이보다 열 살은 더 많게 이야기할 게야."

씁쓸하기 그지없는 얼굴로 말하는 저수의 목소리에 방통이 눈매를 좁히더니 군막 한쪽에 놓여 있던, 청동 거울에 비치는 자신의 모습을 응시했다.

"하……."

안색은 초췌하기 그지없고, 눈 밑은 시커멓다 못해 퀭하니 죽어버렸으며 수염은 엉망진창 덥수룩한 데다 온갖 뾰루지며 잡티며 하는 것들이 얼굴에 가득하다. 비록 잘생겼다고 할 수 있는 외모는 아니었으나 눈빛만큼은 범상치 않다는 이야기를 들었던 자신이지만 지금은 그 눈빛조차 죽어버렸다.

그것은 저수와 전풍 역시 마찬가지. 두 사람은 벌써 몇 년째 이마에 하얀 천을 둘러 감고서 다니고 있다. 그 얼굴 역시 중병을 앓고 있는 환자의 그것과 별반 다를 바 없었다.

"이 씹어 먹어도 시원찮을……."

빠드득, 방통의 이 가는 소리가 울려 퍼진다.

그러던 찰나.

주르륵-

방통의 코에서 시뻘건 액체가 주르륵 흘러내렸다.

"에이, 이런! 큭."

코피가 나오는 것을 인지한 방통이 짜증을 확 내며 그것을 닦아내려 했을 때, 가슴속에서 뜨거운 뭔가가 왈칵 치밀어 오르는 것이 느껴졌다.

알싸한 혈향이 입안을 감돈다. 뜨겁고 시뻘건 피가 목구멍 안쪽에서부터 올라온 거다.

퉤, 그것을 뱉어버리며 방통은 대충 옷소매로 입가를 쓱쓱 닦아버리고선 호리병 뚜껑을 따 술을 벌컥벌컥 들이켰다.

멀쩡하던 사람이 피를 토하는 것을 목격한다면 보통은 놀라서 다가오게 마련이다. 의원을 부르기도 할 것이고.

그러나 이미 몇 차례나 방통이 피를 토하는 걸 목격한 저수, 전풍은 반쯤 체념한 얼굴로 그저 그러려니 앉아 있을 뿐이었다.

"후…… 정말 제가 요즘 무슨 생각을 하는지 아십니까? 위속,

그놈이 진짜 사람이 맞나 싶습니다."

"그놈이 사람이지, 사람이 아니면 뭐란 말인가."

"귀신이지요, 귀신! 아니, 지가 사람 새끼라면 어떻게 그럴 수가 있단 말입니까? 우리가 뭘 어떻게 준비하건 다 알아차리고 말도 안 되는 수를 써가면서 뒤통수를 후려갈기잖습니까? 그게 어떻게 사람 새낍니까? 우리가 이야기하는 것을 전부 홀라당 전해주는⋯⋯."

간자가 있는 게 분명합니다!

목구멍까지 올라온 그 말을 억지로 눌러 삼키며 방통은 의심스럽다는 눈초리로 주변을 둘러보았다.

가만히 그 모습을 응시하던 저수가, 전풍이 피식 웃고 있었다.

"우리라도 그런 생각을 안 해본 줄 아나?"

"혹시 모르는 것이잖습니까."

저수가 고개를 저었다.

"지금껏 우리가 솎아낸 자들만 백 명이 넘네. 그러나 조사하면 할수록 아무런 혐의도 없음이 밝혀지더군. 그놈이 우리의 움직임을 알아차리는 건 순수하게 지략일세. 간자 따위가 아니야."

"아니, 아무리 그래도 말이 안 됩니다."

"안 될 게 뭔가? 현실이 그러한 것을. 그자는 강자아와 장자방, 악의와 관중 하여튼 우리가 알고 있는 옛 현인들을 모두 합친 것과 진배없는 자일세. 인정해. 인정하면 자네도 편해질 게야."

뒤이은 전풍의 그 이야기까지.

방통은 어이가 없다는 듯, 지쳐 있는 두 사람의 모습을 쳐다보며 땅이 꺼져라 한숨을 푹 내쉬었다.

의심되는 이들을 솎아내긴 방통 역시 수도 없이 반복한 일이다. 더는 의심할 수 있는 사람 자체가 없을 정도. 덕분에 이제는 자신의 눈앞에 앉아 있는 저수나 전풍, 둘 중 하나가 위속과 내통하고 있는 게 아닌가 하는 말도 안 되는 생각마저 떠오르고 있었다.

'말도 안 되지.'

정말 말이 안 된다. 그저 그만큼 답답하기에 드는 생각일 뿐이다.

방통이 재차 한숨을 내쉬며 말을 이었다.

"그래서 어쩔 겁니까. 위속이 노리는 바를 알아차려야 우리가 대응하지 않겠습니까?"

"논의를 해봐야지. 방책이 나올 때까지. 별수 있겠는가."

정신을 맑게 해야겠다는 듯 저수가 냉수를 벌컥벌컥 들이켰다. 그런 저수의 옆에서 전풍이 인상을 찌푸리고 있었다.

"아무리 봐도 기책 같은 건 쓸 상황이 안 됩니다. 화공을 펼칠 수도 없고, 매복할 수도 없어요. 이건 너른 평야에서 전력으로 부딪치는 것이잖습니까."

"돌파…… 일까요?"

"돌파라니?"

"그, 있잖습니까. 우리는 여포만 막으면 된다고 생각하고 있지만 그 아래에 장수가 좀 많습니까? 여포 하나만으로도 머리가 지끈지끈 아파 오는데 허저에 마초에 감녕까지 있습니다.

하나같은 맹장 아닙니까. 그들이 한데 모여서 돌격해 오기라
도 한다면……."

"생각하기도 싫어지는군."

가만히 듣고만 있던 저수가 인상을 찌푸렸다.

그들이 모두 모인다면 장합이 없는 하북 팔준과 지난 전투
로 적잖은 희생을 낸 맹호대 전원이 모인다고 해도 쉬이 막을
수 없을 것이다.

결국 돌파당할 것이다. 그리고 그다음부턴 종횡무진, 미친
듯이 날뛰겠지.

하지만 그뿐이다.

"한 지점에서는 이길 수 있어도 대국을 뒤집지는 못할 걸세.
뭔가 다른 게 있을 거야."

"다른 것이라고 해도……. 반란? 우리가 예상치 못한 지원
군? 이런 건 아닐 것이고."

뒤통수를 벅벅 긁적이며 방통이 중얼거렸다.

반란에 대해서는 정말 병적일 정도로 삼엄하게 감시하고 또
감시해 온 덕택에 걱정할 이유가 없다. 저 멀리 북방에서라면
그나마 가능성이 있지만 기주와 청주에선 아예 가능성 자체
가 없으니까.

게다가 자신들이 파악하지 못한 지원군의 존재 역시 마찬가
지. 원술은 남쪽에서 예주를 돌파해 산양으로 갈 길을 뚫는 중
이고, 유비는 지리멸렬한 상태다. 조조는 지원군으로 와 있고.
뭔가 이쪽으로 지원군을 보낼 자라곤 존재하지조차 않는다.

"유표가…… 아, 그자는 무릉만 때문에 골머리를 썩고 있다 하였었죠."

뭔가 생각났다는 듯 입을 열었던 전풍이 다시 조용해졌다.

저수가 쓰게 웃고 있었다.

"주공근이 무릉만의 왕을 움직이지 않았으면 지금처럼 후방을 걱정하지 않고 전력으로 여포를 공격하지도 못했을 걸세."

"하, 이러면 진짜 뭐가 없잖습니까."

"없지. 사원 자네의 말대로 당장엔 보이는 게 없네. 그러니 그것을 알아낼 때까지 이곳에 있어야지. 별수 있겠나? 자, 이거나 마시게. 이제부터 체력 싸움이 될 터이니."

저수가 한쪽에 있던, 냉수가 가득 담긴 호리병을 방통에게 내밀었다.

"현인을 상대하려면 우리 같은 범인들은 몸을 갈아서 하는 수밖에. 어디, 오늘도 한번 뜬눈으로 지새워 보세나. 전투가 벌어진다면 동이 틀 무렵일 터이니 그전에 위속이 노리는 게 뭔지를 알아차려야지."

"하아…… 알겠습니다."

방통이, 전풍이 고개를 끄덕였다. 능력이 부족하다면 그만큼 시간을 투자할 수밖에 없다.

📱

다각, 다각.

온 사방에서 말발굽 소리가 들려온다. 그 뒤로 이어지는 척척, 병사들의 발소리까지.

산양성에 주둔해 있던 병력 중, 딱 만 명만을 남겨놓고서 모두 끌고 나온 거다. 그 숫자가 총 팔만 명. 팔만밖에 안 되는 숫자로 삼십만이나 되는 적들을 향해 나아가는 거다.

"장군, 괜찮을까요?"

후달린다. 진짜 엄청나게 후달린다. 그런 마음을 최대한 숨기며 아무렇지도 않은 척 절영을 타고 달리는데 후성이의 목소리가 들려왔다.

"괜찮아야지, 안 괜찮으면 뭐 어쩌려고?"

"아니…… 적들이 너무 많잖습니까. 삼십만이라고요, 삼십만."

"아니, 장군. 설마 우리 스승님께서 이기지도 못할 싸움을 하겠다고 이렇게 나오시겠습니까? 다 어련히 스승님께서 생각이 있으니 전투를 시작하려는 거 아니겠어요?"

내가 뭔가 말하려는 찰나, 내가 원래 타고 있던 초롱이를 물려받은 공명이가 고개를 절레절레 저으며 말했다.

"으, 으응?"

"이길 수 있다고요. 그러니까 장군은 마음 푹 놓고, 우리 스승님께서 말씀하시는 대로만 움직이시면 됩니다. 아셨죠?"

"아, 알았다."

후성이가 고개를 끄덕이더니 말을 몰아 자신의 만인대 쪽으로 돌아간다.

어째 쟤…… 공명이한테 완전 잡아먹힌 느낌이다. 나이는

지가 훨씬 더 많으면서 왜 공명이를 어려워해?

"잘될 겁니다, 스승님."

"잘 안 되면 너나, 나나 다 죽는 거야. 당연히 잘 돼야지."

"아니, 잘될 수밖에 없잖습니까. 이미 다 알고서 움직이는 건데 뭘 걱정하고 그러시는지. 전 이제 제가 지휘해야 할 병사들 쪽으로 가보겠습니다. 이따 뵙겠습니다!"

그러면서 이번엔 공명이가 좌익 쪽으로 향한다.

중앙은 나와 형님, 허저와 위월, 후성이 맡기로 했다. 좌익은 공명이와 마초, 감녕이 가기로 했고 우익은 장료와 고순에 급한 불 먼저 끄겠다며 눌러앉은 조운과 그 동료 장수 전예가 합류하기로 한 상태.

잘될지 모르겠다. 시부랄.

📱

"왔군."

약간의 시간이 지났을 때, 저 멀리 앞에서 진을 펼치며 버티고 서 있는 원소군의 모습을 보고서 형님이 씩 미소 지었다.

원(袁)의 깃발과 함께 수도 없이 많은, 온갖 장수들의 장군기가 펄럭이고 있다. 저쪽에선 장합이 빠진 하북 팔준과 맹호대 놈들이 형님을 잡겠다고 대기하고 있을 터.

"형님."

"어?"

"조심하셔야 합니다. 진짜 만반의 준비를 갖췄을 거예요."

"그래야 더 손맛이 있겠지. 아, 그리고 문숙."

"예?"

"너 진짜 건드리면 안 된다. 하북 팔준이랑 맹호대, 그거 내 거야. 알지?"

"하, 하하…… 알죠. 절대 안 건드리겠습니다."

저걸 못 막으면 내가, 형님이, 그리고 우리 가족이 다 죽을 판이라 이렇게 나온 것일 뿐이다. 굳이 내가 선봉에 서지 않아도 될 상황에서 위험을 자처할 생각은 눈곱만큼도 없다.

내가 그렇게 생각하면서 우리 쪽 병사들이 진을 펼친 채 기다리는 것을 지켜보고 있을 때.

"워, 원소다!"

누군가 외치는 목소리가 들려왔다.

원소다. 놈이 스무 명도 넘는 장수들을 끌고 말을 몰아 앞으로 나오고 있다. 그 뒤로는 맹호대임이 분명한 100기에 가까운 기병까지 함께 따르는 중이었다.

"뭐 하자는 거야? 저거."

얘길 하자고 나오는 거면 최소한의 호위만 대동하든지 해야지. 저러면 누가 같이 얘기하자고 받아들……

"가자, 문숙."

"예?"

"얘기하자고 오는 거잖냐. 가서 무슨 소리를 지껄이나 들어나 봐야지."

"아니, 형님. 저거 호위가 너무 많잖아요. 까딱 잘못하면 그대로 공격당할 수도 있다고요. 저거 딱 봐도 맹호대랑 하북 팔준이잖아요?"

내가 그렇게 말하는데 형님이 씩 웃으며 방천화극을 고쳐 잡는다.

"그럼 나야 좋지. 넌 구경만 하고 있어라. 내가 다 때려잡고서 전투를 끝내마."

"하, 하하……. 그러지 마시고 같이 가시죠. 싸우지 말고 일단 얘기나 해보자고요. 무슨 소리를 지껄이려고 하는 건지. 우리도 확인해서 알려줄 게 있기도 하니까."

형님 혼자만 내보냈다간 진짜로 싸움이 날지도 모른다. 아무리 형님이라고 해도 맹호대를 상대하면서도 밀렸고, 하북 팔준을 상대하면서도 밀렸었으니까. 그냥 막무가내로 싸웠다간 이번엔 진짜 위험할 거다. 내가 같이 가서라도 말려야지.

나는 그렇게 생각하며 형님과 함께 둘이서 원소를 향해 나아갔다. 그런 우리의 모습을 지켜보며 원소가 입꼬리를 비틀어 올리고 있다.

그러고 들려오는 원소의 외침은.

"여포! 지금이라도 무기와 갑옷을 버리고 말에서 내려 무릎을 꿇는다면 목숨만은 살려주마! 위속, 네놈 역시 마찬가지다!"

"응?"

"잔뜩 업됐구만."

잘못 들은 것은 아닌가, 형님이 고개를 갸웃거릴 때, 내가 작게 중얼거렸다.

전에 봤을 땐 근엄하기만 하던 원소의 얼굴이 지금은 싱글벙글하다. 자기가 이번 전투에서 이길 거라고 확신하는 얼굴이다.

망할, 너무 자신만만하니까 오히려 내가 더 후달리는데?

"어서 말에서 내려 무기와 갑옷을 버리지 않고 뭣들 하는 것이냐! 우리 주공께서 하해와 같은 은혜를 베풀어 너희 역적들의 목숨을 살려주겠다 말씀하고 계시질 않느냐!"

그런 원손의 옆에서 웬 장수 하나가 쩌렁쩌렁한 목소리로 소리친다.

형님이 피식 웃고 있었다.

"무슨 소리를 하려고 나오나 했더니, 겨우 이런 거였어?"

"이번이 마지막 기회다. 항복하라. 그리한다면 북방에 유배하는 것으로 끝낼 것이니. 하나 그렇지 않으면…… 네놈들의 구족을 멸할 것이다."

재차 이어지는 원소의 목소리까지.

두두두두-!

내가 고개를 절레절레 젓는데 저 뒤에서 말발굽 소리가 들려왔다. 우리 쪽 부장 하나가 정신없이 달려오고 있다.

그런 와중, 원소 쪽에서도 부장인지 뭔지 알 수 없는 놈 하나가 웬 책사 하나와 함께 있는 힘을 다해 달려오고 있었다.

"총군사님! 급보입니다, 확인되었습니다!"

"어. 어떻게 됐냐?"

"조조군이 북쪽을 향해 나아가고 있습니다!"

됐다.

"시부럴. 됐구만. 크흐흐."

내가 기분 좋게 웃는데 우리 쪽에서 보고하는 목소리를 들은 원소의 얼굴이 딱딱하게 굳어지는 게 시야에 들어온다. 원소가 자신도 모르게 조조군의 영채가 자리하고 있을, 서쪽을 응시하고 있다.

서쪽에서는 흙먼지가 자욱하게 피어올라 있지만, 이쪽으로 접근해 오는 조조군 병사의 모습은 보이질 않는 상황이었다.

"흐흐흐. 야, 원소. 아까 뭐라고 했냐?"

"주공. 주공! 지금 이러고 있을 때가 아닙니다!"

내가 기분 좋게 소리칠 때, 원소의 바로 옆에서 땅딸보만 한 키에 참 못생겼다 싶은 책사가 다급하기 그지없는 목소리로 소리치는 게 들려왔다.

"이러고 있을 때가 아니라니?"

"조조, 조조군 병력이 기주를 향해 말 머리를 돌리고 있습니다!"

"뭐라? 뭐라고?"

잘 이해가 되질 않는다는 얼굴이다.

"조조가 우릴 배신했단 말입니다!"

"그럴 리가 없다! 조맹덕이 어찌, 어찌 나를!"

"어쩌긴 뭘 어째. 우리가 너네 때려잡는 동안 기주를 먹으려고 그러는 거지. 내가 지도도 다 보내줬거든. 엄청 좋아하던데?"

원소의 얼굴이 시뻘겋게 달아오른다. 그 눈가가, 볼살이 파르르 떨리기까지 하고 있다.

그런 얼굴로 원소가 날 죽일 듯이 노려보고 있었다.

"네놈, 위속 이노오오옴!"

"원소. 지금이라도 무기와 갑옷을 버리고 말에서 내려 무릎을 꿇는다면 목숨만은 살려주마. 몹시 관대한 제안이라고 생각하지 않아?"

조금 전, 들었던 그 말을 그대로 돌려주니 채찍을 쥔 원소의 손이 부들부들 떨린다.

"지금 항복하면 살아남은 똥쟁이가 되겠지만 그게 아니면 죽은 똥쟁이가 되는 거야. 그래도 살아남은 똥쟁이가 되는 게 낫지 않겠어? 흐흐흐."

"위속! 개소리 집어치워라! 이곳엔 우리 하북의 십오만 대군이 와 있다. 네놈들의 병력은 우리의 절반밖에 안 되거늘 내 어찌!"

"굳이 죽은 똥쟁이가 되겠다면 뭐, 어쩔 수 없지."

내가 우리 쪽 병사들을 향해 손을 들어 올렸다.

그와 동시에.

"조조가 기주를 공격한다!"

"조조가 기주를 공격한다!"

"조조가 기주를 공격한다!"

위월 쪽 애들, 만 명이 외치는 소리가 요란하게 울려 퍼진다.

"조조가 후방을 공격한다니?"

"자, 장군! 이게 어떻게 된 것입니까?"

"조조군과 함께 싸우기로 되어 있는 것이 아니었습니까?"

"장군!"

"장군! 이제 어찌해야 합니까!"

"우리 혼자서 여포를 어떻게!"

저 멀리, 원소군 쪽에서 혼란스러워하는 목소리들이 터져 나오는 게 들려온다.

질끈 깨문 원소의 입술이 터지며 피가 주르륵 흘러나온다.

그리고 그와 동시에.

둥- 둥- 둥- 둥-

뿌-우-우-우-우-우-

우리 쪽에서 공격을 알리는 뿔 나팔 소리와 함께 북소리가 울려 퍼지기 시작했다.

"주, 주공! 일단 물러나셔야 합니다!"

"맞습니다, 주공! 물러나십시오!"

"놔라, 이놈들아! 놔라! 내 오늘에야말로 위속 저놈의 목을 베고야 말 것이다! 그래, 지금이다! 여포와 위속 두 놈의 목을 베어라! 지금이 기회야!"

뭐라고?

분노로 이성을 잃기 직전의 원소가 부장에게 거의 끌려가다 시피 하며 소리치자 하북 팔준과 맹호대의 눈빛이 달라진다. 놈들이 나를, 형님을 번갈아 쳐다보며 창을 고쳐 잡고 있었다.

저 뒤에서 병사들이 오고 있지만 이번 전투의 시작은 보병과 보병의 싸움이다. 여기까지 오려면 오 분은 걸린다. 그냥 도망쳐야 할 것 같⋯⋯.

"누굴 죽인다고? 하, 이것들이 진짜 누굴 물로 보나."

"형님, 일단 물러나시죠. 우리가 불리하다고요."

"됐다, 문숙. 그러지 않아도 돼."

"형님!"

"잘 지켜봐라. 내가 파훼법을 알아냈다고 했지?"

"아니, 진짜. 형님! 위험하다니까요!"

내가 형님의 팔을 붙잡고자 절영과 함께 달리는데 형님이 방천화극을 들고서 그대로, 어떻게 해야 하나 고민하고 있던 맹호대와 하북 팔준을 향해 질주하기 시작했다.

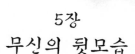

5장
무신의 뒷모습

"쳐라!"

창끝으로 형님을 겨누며 문추가 소리치자 주변에서 대기하고 있던 맹호대의 용사들이 일제히 달려들기 시작했다. 거기엔 장합이 빠진 하북 팔준 역시 마찬가지.

"적 보병이 도착하기 전에 끝장을 내야 한다! 그동안 익힌 합격술을, 피와 땀과 눈물을 기억하라!"

"여포와 위속의 목만 베면 전쟁은 끝이다! 가자!"

"와아아아아아아아!"

"네놈들이 내 동생의 털끝 하나 건드릴 수 있을 줄 아느냐!"

부웅-!

"크악!"

놈들을 향해 사자후를 토해내며 형님이 방천화극을 휘두른다. 그와 동시에 선두에서 질주해 오던 맹호대원 한 놈이 방천 화극을 막아내려다가 피를 흩뿌리며 쓰러졌다.

"끄아악!"

그 바로 뒤에서 함께 달려오던 놈 역시 마찬가지.

고무적이긴 하지만 아직 제대로 된 싸움은 시작되지도 않 았다. 우르르 달려오던 놈들이 합격술을 펼치기도 전에 둘 정 도 숫자가 줄어들었을 뿐.

"여포보다 위속을 먼저 베어라! 여포의 목 따위, 위속의 목 에 비할 바가 아니다!"

그런 와중에서 조금 전에 뛰쳐나왔던 책사가 날 손가락으 로 가리키며 소리친다. 형님을 향해 질주하던 맹호대원 몇 놈 이 내 쪽으로 말 머리를 돌리고 있었다.

시벌. 갑자기 불똥이 왜 나한테 튀어?

"덤벼! 니들 말이 빠른가, 내 말이 빠른가 한번 보자!"

"하, 어이가 없군. 나 여포가 너희 앞에 와 있는데도 다른 곳 으로 시선을 돌린다 이거냐?"

말고삐를 쥐어 잡고서 당장에라도 우리 쪽 병사들을 향해 도망갈 준비를 하고 있는데 형님의 그 목소리가 들려왔다. 그 런 형님이 족히 50명은 넘을 맹호대원에게 둘러싸여 있었다.

"형님! 전 신경 쓰지 마시고 일단 버티십쇼! 병사들이 올 때 까지만 버티면 됩니다! 제 말이 더 빠르다고요!"

사방에서 찔러져 오는 맹호대원의 창을 쳐내며 방천화극을 휘두르는 형님을 향해 소리쳤다.

솔직히 기대는 안 된다. 지난번에 그랬던 것처럼, 버티기 정도만 가능할 거다. 그렇게 생각하며 날 향해 달려오는 놈들을 피해 우리 쪽 병사들을 향해 도망가려는데.

"사, 살려줘!"

"괴물이다!"

"합격술이 통하질 않아!"

"으아아아악!"

낯선 비명이 연이어 터져 나왔다. 형님을 포위하고 있던 맹호대 놈들이 잠깐 사이에 몇 놈이나 나자빠지고 있다. 내가 그 모습을 지켜보는 중간에도 계속해서 맹호대 놈들이 몸에서 피를 뿜어내며 낙마하고 있다.

"뭐, 뭐야?"

"나 여포가 한번 당했던 수에 또 당할 줄 아느냐!"

방천화극이 햇빛을 반사하며 허공에서 번쩍인다. 그럴 때마다 맹호대 놈들이 착실하게 한 놈씩 말에서 떨어져 내린다.

그래서일까?

"위속, 위속을 노려라! 기회는 지금뿐이다!"

문추일 것이다.

뒤쪽에서 맹호대를 지휘하던 놈이 발악하듯 소리친다. 날 향해 달려오던 놈들의 말달리는 속도가 더더욱 빨라지고 있었다.

"쓰읍. 이거 도망가기가 싫어지네."

피가 뜨거워진다. 백 명에 가까운, 일반 병사도 아니고 장수의 그것만큼이나 고강한 무예를 지닌 놈들을 형님이 홀로 상대하고 있다.

그 모습을 보고 있었기 때문인지 도망가고 싶지가 않다. 저것들을 압도하는 것이라면 또 모르겠지만 나도 잠깐 정도는 버틸 수 있다. 잠깐 정도는!

"죽어라!"

속도를 있는 대로 끌어올리며 날 향해 질주해 오던 맹호대원이 창을 찔러 온다.

빠르다. 근데 보인다?

나도 모르게 말고삐를 부여잡은 채 몸을 뒤로 눕혔다. 내 등이 말 등에 닿는 게 느껴짐과 동시에 얼굴 바로 위쪽으로 창끝이 지나가는 모습이 마치 슬로우 비디오 영상처럼 느껴진다.

동시에 내 손이 움직였다. 나는 아무렇지도 않게 창을 바닥에 떨어뜨리며 허리춤의 검을 뽑아 옆으로 휙 찔러 넣는데 뭔가 기묘한 감각이 손끝을 타고 전해졌다.

내가 정신을 차렸을 때.

"커허억!"

낯선 비명과 함께 조금 전의 그 맹호대원이 입에서 피를 토하며 말에서 떨어져 내리고 있었다.

"시, 시부럴."

역수로 쥐고 있던 검을 원래대로 고쳐 쥐며 나는 거친 숨을 몰아쉬었다. 심장이 미친 듯이 두근거린다. 마치 처음 전장에 나서던 그때처럼, 혼란스러우면서도 기이한 감각이 몸속에서 넘실거린다.

그 감각 속에서 내가 혼란스러워하고 있을 때, 방금 놈의 바로 뒤에서 따라오던 또 다른 놈이 창을 찌르는 것이 시야에 들어왔다.

내가 반사적으로 그 창을 옆으로 쳐냈을 때.

부웅-!

어디에선가 창이 날아와 정확히 놈의 옆구리를 꿰뚫었다.

놈이 외마디 비명조차 남기지 못하고 말에서 떨어져 내리고 있었다.

"내 경고하였을 텐데!"

형님의 목소리가 들려왔다. 어떻게 한 건지 맹호대 사이를 돌파해 나온 형님이, 시뻘건 적토마가 이쪽을 향해 미친 듯이 질주해 오고 있다.

"여, 여포다!"

"괴물이 온다!"

그 모습에 계속해서 날 향해 달려들고자 하던 맹호대 놈들이 말 머리를 돌려 도망치기 시작했다.

내가 주변을 돌아보았다. 시간이 정말 얼마 지나지도 않은 것 같다. 싸움을 위해 전진해 올라오던 우리 쪽 병사들조차 아직 여기까지 도착하지 않았으니까 5분이 채 안 된 시각…….

피슝-!

"큭."

"혀, 형님?"

뭔가 발견하기라도 한 것처럼 갑자기 허공을 향해 쭉 뻗어

졌던 형님의 왼팔을 화살이 꿰뚫는다. 갑옷 너머, 뼈까지 관통한 화살이 왼팔 안쪽까지 뚫고서 튀어나와 있다.

"하, 이젠 이런 비겁한 암수까지 쓴다는 건가."

망, 망할. 이거 날 노리고 쏜 거야?

나도 모르게 살짝 굳어서 멍하니 있는데 형님은 고통스럽지도 않은 것인지 내가 들고 있던 창을 뺏다시피 해서 들더니 그대로 허공을 향해 힘껏 던졌다.

그 창이 허공을 가르며 부웅 날아가더니 저 멀리에서 있던 맹호대원 한 놈의 가슴을 꿰뚫고 있었다.

"쳇. 엉뚱한 놈이 맞은 건가."

"주, 주공을 보호하라! 주공께서 부상을 당하셨다!"

마음에 안 든다는 듯, 형님이 중얼거리는데 위월의 목소리가 울려 퍼졌다. 어느덧 우리의 바로 코앞까지 도착한 병사들이 화들짝 놀라선 방패를 들고 우릴 향해 달려오고 있었다.

"형님! 일단 방천화극 두시고요, 부상 먼저 치료합시다. 그거 가만히 놔두면 감염됩니다. 큰일 난다고요!"

"감염? 그게 뭔지는 모르겠지만……."

쿵! 우드득!

방천화극의 한쪽을 땅에 내리꽂은 형님이 왼팔에 꽂힌 화살을 뚝 부러뜨린다. 밖에서 한 번, 안쪽에서 한 번. 손톱 한 가닥만 한 길이만을 남긴 채 형님이 씩 웃고 있었다.

"이따위 상처, 전장을 전전하다 보면 수도 없이 얻는 것이다."

"주공! 존체를 살피셔야 합니다!"

"됐고, 지금은 있는 힘을 다해서 공격해야 할 순간이다. 내 감각이 그렇게 말하고 있어."

형님의 미소가 한층 더 진해진다. 그런 형님이 오른손으로 방천화극을 집어 들고서 허벅지의 힘만으로 균형을 유지하며 슬금슬금 적토마를 몰아 앞으로 나아가고 있다.

"와……."

전투의 와중에서 풀어 헤쳐진 형님의 머리카락이 바람에 흩날린다. 그런 형님의 뒷모습을 보고 있노라니 무신이라는 게 존재한다면 저런 모습이지 아닐까 싶은 생각이 든다.

그것은 저 멀리에서 형님의 모습을 지켜보고 있는 원소군 역시 마찬가지인 모양.

"여포, 여포가 온다!"

"인중룡이 오고 있다! 흐아아악!"

"절대 못 이겨. 여포를 상대론 절대 못 이긴다고!"

"도망치지 마라! 도망치는 놈들은 목을 베어 군율을 세울 것이다!"

"도망치는 놈들의 목을 베어라!"

사기가 땅에 떨어져 도망치고자 하는 놈들이 나오고, 장수들은 그들 중 일부의 목을 베며 본보기로 삼고자 고래고래 소리를 질러가며 악을 쓰고 있다.

저쪽의 사기가 땅에 떨어졌다는 증거나 마찬가지. 형님의 말대로 지금이 기회다.

"장군, 어찌하리까?"

"공격해야지. 뭘 어떻게 해? 바로 신호 보내! 형님이 만들어 주신 기회다! 모조리 쓸어버려!"

"주공과 총군사의 명이시다! 원소의 개들을 모조리 쓸어버려라!"

두둥, 둥-! 두두둥, 둥-! 두둥, 둥-! 두두둥, 둥-!

위속의 그 외침과 동시에 돌격을 알리는 우리 쪽 북소리가 사방으로 퍼져 나가기 시작했다.

자욱한 흙먼지 사이로 우리 쪽, 중앙뿐 아니라 좌익과 우익의 모습이 슬금슬금 비친다. 그물을 펼치기라도 하는 것처럼, 좌익과 우익이 우리 중앙보다 약간 더 북쪽으로 펼쳐져 올라온 형상이었다.

"흐흐."

여기에서 저것들을 쓸어버리기만 하면 당분간 북쪽은 편해질 거다. 의심의 여지가 없다.

내가 주변을 돌아보았다. 병사들이 앞을 향해 나아간다.

겁을 잔뜩 집어먹은 병사들을 데리고 원소군 장수들이, 부장들이 어떻게든 막아보겠다며 버티고 있지만 내 눈에도 보인다. 툭 치기만 하면 도미노처럼 전부 무너질 거다. 적들을 때려잡을 시간이다.

"나를 따르라! 돌격!"

"우와아아아아아아아아아아아!"

내가 검을 들고서 앞장섬과 동시에 병사들이 정말 우레와 같은 함성을 내지르며 뒤따라 달려오기 시작했다. 지금껏 병사들을 지휘하며 돌격할 그 순간만을 기다리고 있던 허저와 위월, 후성 역시 마찬가지.

"마, 막아라! 무슨 수를 써서라도 막아야 한다!"

"방어를 굳건히 하라! 숫자는 우리가 적들보다 배는 더 많다!"

"평정심만 유지한다면 우리가 이길 수 있는 전투다! 질 수가 없는 전투란 말이다!"

적장들이 외치는 소리가 울려 퍼지지만.

"와아아아아아아아아아!"

함성을 내지르며 미친 듯이 달려드는 우리 쪽 병사들이 창을, 검을 내지른다.

우리 쪽 애들이 돌격해 가는 것을 본 그 순간부터 전의를 상실하다시피 한 원소 쪽 병사들의 최전방 병력이 녹아내린다. 수백, 어쩌면 천 명도 넘을 병사들이 한순간에 우리 쪽의 공격에 아스라지는 순간부터는 더 살펴볼 것도 없었다.

"으아아악!"

"사, 살려줘!"

"살고 싶어! 죽기 싫단 말이다!"

"도망치지 마라! 멋대로 전선을 이탈하려는 놈은 목을 베어…… 커헉!"

흉흉하기 그지없는 기세로 적병들이 도망치려는 것을 막아서던 적 부장들이 하나둘 쓰러진다. 위월이 창 대신 활을 들고서 그런 놈들을 조준해 활을 쏜 것이다.

그렇게 한 다섯 놈 정도가 화살을 맞고 쓰러진 시점부터는 막아설 것도 없었다.

"으아아악! 밀지 마, 밀지 말라고!"

"비켜, 비키란 말이다! 적들이 오고 있다고!"

원소군 병사들이 자기들끼리 밀고 밀리며 쓰러지고, 밟고 밟히는 지옥도를 만들어내기 시작했다.

나는 병사들을 지휘하며 그 모습을 흐뭇하게 지켜봤다.

살아남았다. 안 죽고 살아남았다!

□

"으하하하하하!"

원소군이 버리고 도망간, 그들 영채에서도 가장 중심부에 있던 원소의 군막에서 앉아 있던 내게 익숙한 웃음소리가 들려왔다.

"주공! 위속 장군! 장료가 고순 장군과 함께 돌아왔소이다!"

곧이어 활짝 걷혀진 휘장 너머로 장료, 고순의 모습이 시야에 들어왔다. 그들이 환하게 웃으며 성큼성큼 군막 안쪽으로 들어와 형님의 앞에서 한쪽 무릎을 꿇으며 포권하고 있었다.

"그 수를 정확하게 헤아리지는 못하였으나 못해도 일만은 벤 것 같습니다, 주공! 대승입니다! 감축드립니다!"

"감축드립니다, 주공!"

장료에 이어 고순이 말하자 형님이 고개를 끄덕였다.

날 향해 날아오던 화살을 팔로 막은 탓에 부상당한 형님이다.

지금은 간신히 화살을 제거하고, 펄펄 끓였다가 식힌 물로 상처를 소독한 후 깨끗한 비단으로 팔을 칭칭 감은 상태.

왼팔엔 아예 힘도 주지 말라는 의미에서 팔 깁스를 한 환자들처럼 깁스 걸이를 만들어 목에다가 걸어버린 탓에 형님은 못마땅하다는 얼굴로 한 번씩 날 쳐다보고 있었다.

"부상은 괜찮으십니까? 주공."

"어, 괜찮다. 우리 문숙이가 확실하게 치료해 줘서 이대로만 있으면 오래잖아 툴툴 털고 회복할 수 있을 것 같다."

"참으로 다행입니다. 이만하길 망정이지, 정말 큰일 날 뻔했습니다."

전투의 와중에서도 형님이 날 살려줬다는 이야기를 전해 들은 모양이다. 장료의 그 살짝 과장된 어조에 형님이 쓰게 웃고 있었다.

"쯧. 이것만 아니었어도 내가 직접 적들을 쓸어버렸을 텐데."

"형님, 그게 불만이신 겁니까?"

"모든 전투, 모든 전쟁에서 선두에 서는 건 나여야 한다. 그런데 그 기회를 놓쳐 버렸으니 좋을 수가 없지. 덕분에 문숙 너만 좋은 꼴을 시켜줬잖아? 어때, 손맛은 좋더냐?"

"손맛이요? 하, 하하……."

내가 어색하게 웃는데 저 밖에서 또 다른 말발굽 소리가 들려왔다.

곧이어 성큼성큼 막사로 걸어 들어오는 것은 공명과 마초, 감녕에 조운과 전예였다. 아직 돌아오지 않았던 이들이 전부다 도착한 것.

공명이가 내 모습을 보더니 씩 웃으며 다가와 포권했다.

"가후의 책략을 간파하고, 이번에도 원소의 콧대를 눌러 버리셨군요. 감축드립니다, 스승님. 대승을 참으로 감축드립니다, 주공."

"오냐."

형님이 고개를 끄덕이자 공명이 내 옆으로 성큼성큼 걸어왔다. 그런 녀석이 진지하기 그지없는 얼굴을 하고 있었다.

"스승님께서 말씀하신 대로 몸이 날래 기마술이 좋으며 활을 잘 쏘는 자들을 사방 삼백여 리에 흩어놓았습니다. 지금쯤 남쪽으로 내려가는 전령들을 하나도 남김없이 모조리 쓸어버리고 있을 것입니다."

"몇 명이나 풀었는데?"

"총 천백서른두 명입니다."

"많이도 풀었군."

"확실하게 해야 하니까요."

"광락성의 상황은?"

자신만만하게 이야기하던 녀석이 고개를 젓는다.

날 대신해 계속해서 광락성의 상황을 살피던 녀석이다. 그런 공명이가 저런 반응을 보일 정도라면……

"위급한 겁니까?"

"그런 것 같습니다."

장료의 반문에 내가 고개를 끄덕였다.

동시에 사방에서 나지막한 한숨 소리가 퍼지기 시작했다. 한번, 승전을 거둬 원소를 대패시키긴 했지만 아직도 우리에겐 앓는 이가 하나가 더 있다는 것을 다들 떠올린 거다.

"이제 어찌해야 하겠습니까? 총군사. 길을 알려주시지요."

더없이 정중하기 그지없는 목소리로 장료가 날 향해 말했다. 그리고 좌중의 시선이 날 향해 집중됐다.

"다들 고생 많았습니다. 원소를 대패시켰으니 이제 푹 쉬고 싶은 마음도 들 만하겠지만⋯⋯. 조금만 더 움직이면 됩니다."

"그럼 이제 원술을 치고, 광락성을 구하러 가는 것입니까?"

"장료 장군의 말씀대롭니다. 그러나 광락성까지는 강행군을 해야 할 겁니다. 성이 위급한 만큼, 적들은 성을 함락시키기 위해 온 힘을 다하고 있을 터. 원소가 대패했다는 소식이 주유에게 전해지기 전에 우리가 먼저 도착해서 놈들의 뒤통수를 깨부숴야 할 겁니다."

"오오⋯⋯."

장수들의 눈빛이 달라진다.

이제 남은 건 원술 하나뿐이다. 그놈만 처리하면 당장의 위기는 모조리 해결된다.

"병사들을 배불리 먹이고 잠시 재운 뒤, 곧장 남하할 것이니 준비들 해두세요. 공명이 너는 산양성으로 사람을 보내 우리 병사들이 먹을 야참을 준비해 두라고 하고."

"예, 스승님."

"다들 움직입시다! 지금부턴 촌각을 다투는 싸움이니까 낭비

할 시간이 없어요. 자자, 얼른들 움직입시다!"

이번에야말로 원술을 끝장낸다.

광락성에서 버티고 있을 성렴과 학맹 그리고 진궁을 구하는 것도 구하는 것이지만 원술에게 치명타를 가해 다시는 우리의 후방을 공격하지 못하도록 만들어줘야 한다.

그러기 위해 원소를 추격해서 패잔병들을 모조리 쓸어버릴 기회를 포기하면서까지 이렇게 움직이는 거니까.

이번에야말로 끝이다. 원술도, 주유도.

"올라가라! 올라가서 놈들을 쓸어버려라!"

"물러서지 마라! 물러나는 놈들은 목을 벨 것이다!"

"조금만 더 밀어붙이면 된다! 힘을 내라! 가장 먼저 우리의 깃발을 세우는 자에겐 주공께서 큰 상을 내리겠다고 하셨느니라!"

병사들을 독려하는 목소리가 사방에서 울려 퍼진다.

그 목소리를 들으며 원술은 딱딱하게 굳어진 얼굴로 광락성에서 멀찌감치 떨어진 곳의 자리에 앉아 여전히 여(呂)의 깃발이 펄럭이는 성을, 그 위로 올라가기 위해 고군분투하는 자신의 병사들을 번갈아 쳐다보고 있었다.

"답답하군. 저 코딱지만 한 성 하날 점령하는 데 도대체 며칠이나 필요하다는 것이냐?"

"주공, 여포의 숙장 학맹과 성렴이 진궁과 함께 죽음을 각오하고 지키는 성입니다. 이곳에서 이럴 것이 아니라 위험을 감수하고서라도 북쪽으로 올라가야…….""

그런 원술의 옆에서 피곤한 기색이 역력한 얼굴로 주유가 말했다.

원술의 시선이 이번엔 주유를 향해 옮겨지고 있었다.

"안 그래도 유비 놈들 때문에 후방을 교란당하는 중인데 여기에서 또 후환을 두고 북상하자고? 지금까지 유비 놈들 때문에 죽은 병사가 얼마고, 잃은 군량이 얼마인지 알기나 하느냐?"

"하지만 주공. 지금 우린 전쟁을 치르는 중입니다. 대업을 쟁취하기 위해서라면 작은 것을 포기해야 할 수도…….""

"네놈이 감히 지금 날 가르치려 드는 것이냐?"

자신을 향한, 원술의 그 싸늘하기 그지없는 목소리에 주유가 이를 악물었다.

"주공, 우리가 상대하는 것은 위속입니다. 강남의 호족도 아니고, 가진바 힘이라곤 변변찮기 그지없는 산월 같은 족속이 아니라 작금의 천하에서 최고의 명장이라 할 수 있는 위속이란 말입니다. 그런 자를 상대하는 일에서 위험을 감수하지 않으면."

"우리가 위험을 감수하면 위속 그놈은 그 틈을 파고들 거다. 지금껏 몇 번이고 당했음에도 모른다는 것이냐?"

"지금까지와는 다릅니다! 이번엔 조맹덕과 원본초가 모두 나서질 않았습니까!"

"시끄럽다. 병사들을 시켜 더욱더 몰아붙여라. 모든 방향에 걸쳐서 몰아붙여. 밤이고 낮이고 상관없다. 사다리를 걸고, 병사들을 올려 보낼 공간이 있다면 성이 떨어질 때까지 쉬지 말고 공격해. 알겠느냐?"

"야간에까지 공격을 퍼붓는 것은 좋지 못합니다, 주공! 성과도 없이 애꿎은 병사만 죽어 나갈 것이란 말입니다!"

"전쟁에서 병사가 죽는 게 뭐 대수라고? 저놈들이 여기에서 다 죽는다고 한들 백성을 훈련시켜 데리고 나오면 그만이다. 온 천하에 장정이 수두룩한데 뭐가 걱정이란 말이냐?"

"하오나!"

"지금 내 명령에 반항하겠다는 것이더냐?"

원술의 목소리가 더욱더 차가워진다.

고개를 숙인 주유가 이를 악물고 있었다.

"……주공의 말씀대로 하겠습니다."

"꼴도 보기 싫으니 성이 떨어지기 전까지는 내 눈에 띄지도 마라. 무능한 놈 같으니라고."

자신을 향해 비아냥거리는 원술의 그 목소리에 주유는 최대한 정중하게 포권하며 재차 고개를 숙여 보이고서 뒤로 물러났다.

원술과의 거리가 충분히 멀어졌을 때, 주유는 땅이 꺼져라 한숨을 내쉬며 하늘을 올려보고 있었다.

"아무리 난세라고 해도 천하의 근본은 곧 백성이거늘 어찌……."

"어이, 공근! 또 한숨이야?"

답답하기 그지없는 가슴을 어떻게 할 바를 모르고 탄식하던 주유의 귓가에 익숙한 목소리가 들려왔다.

손책이다. 자신만큼이나 피곤한 얼굴을 한 손책이 성큼성큼 다가오고 있었다.

"야간에도 상관없으니 무조건 공격해서 성을 점령하라 말씀하시더군."

"주공이?"

"그럼 누구겠나."

"어이가 없네. 낮에는 화살이든 돌이든 뭐가 날아오는지 보이기라도 하지, 밤에는 속수무책으로 당할 수밖에 없는데 그래도 공격을 강행하라고? 우리 주공, 정말 막 나가시는구만."

저 멀리, 가만히 앉아 전투가 벌어지는 광경을 무료한 얼굴로 지켜보고 있을 원술의 모습을 힐끔 쳐다보며 손책이 말했다.

"주공이 그러한 게 어디 어제오늘 일인가."

"쯧, 뭐 그렇기는 해도 우리 쪽 병사들이 체력의 한계치에 도달한 것은 안 보인단 말인가? 저쪽도 저쪽이긴 하지만 여기에서 더 몰아붙였다간 우리 쪽 병사들이 먼저 죽어나갈 거라고."

그러면서 손책이 주변을 돌아보았다. 광락성을 점령하기 위해 사다리를 타고 올라가서 무기를 휘두르는 병사들뿐 아니라 전선에서 물러나 물자를 나르고 밥을 하며 부상자를 치료하는 자들조차 얼굴에 피로감이 가득하다.

전투를 치르고 후방으로 물러난 병사들은 정말 아무것도 하지 못하고, 땅에 눕기가 무섭게 죽은 듯이 잠드는 게 일반적이다. 그런 이들은 옆에서 누가 몸을 치고 지나가도 깨어나지 못하고, 전투에 투입될 즈음이 돼야 간신히, 정말 간신히 몸을 일으키는 형편이다.

이런 상태에서 밤낮을 가리지 않고 끊임없이 공격을 퍼붓는다? 말도 안 되는 짓이다. 손책과 주유는 그렇게 생각하고 있었다.

"그런데 공근. 북쪽에서는 아직도 소식이 없는 건가? 원소와 조인의 삼십만 대군을 요격하겠다고 여포와 위속이 북상했다면서? 지금쯤이면 벌써 전투가 벌어졌어도 몇 번은 벌어졌을 건데. 안 그런가?"

주유가 고개를 저었다.

"아직 소식이 전해진 게 없어서 내 이상하게 생각하던 참이네. 오늘까지도 전령이 도착하지 않으면 뭔가 변고가 벌어진 것이라 봐야겠지."

"설마, 아무리 그래도 그렇지…… 또 위속이 이겼으려고?"

상상하는 것만으로도 끔찍하다는 듯, 손책이 인상을 찌푸린다.

"예전 같았으면…… 그럴 리가 없으리라 생각했을 걸세. 그런데 서주에서 한 번을 당하고, 강남에서 또 당하고 나니 이제는 무슨 일이 벌어져도 놀랍지 않을 것 같군."

"이번엔 위속 그놈이라고 해도 별수 없어. 놈이 무슨 강자아의 현신이라도 되는 게 아니고서야. 말도 안 된다고. 그러니까 너무 걱정하지 말게."

손책이 그렇게 얘기했을 때, 저 멀리에서 말발굽 소리가 들려왔다.

주유와 손책의 시선이 그 소리가 들려오는 쪽으로 향했다. 전령 하나가 전력을 다해 그들 쪽 방향으로 달려오고 있었다.

"총군사님! 급보입니다! 급보요!"

"무슨 일인데 그렇게 호들갑을 떠는 것이냐?"

날듯이 말에서 뛰어내리며 자신의 바로 앞에 선 전령을 향해 말하던 주유의 눈매가 가늘어졌다. 전령의 낯빛이 새하얗게 질려 있었다.

"설마?"

"여, 여포군이 남하해 내려오고 있습니다!"

"뭐? 야, 그게 무슨 소리야? 지금 북쪽에서 원소랑 조인이 연합해서 산양성 쪽으로 남하해 내려가는 중 아니었던가? 삼십만이나 되는 대군인데 여포가 그걸 격파했다고?"

옆에서 듣고 있던 손책이 황당하다는 듯 반문했다.

"저, 저는 자세하게는 알지 못합니다! 여(呂)와 위(魏)가 새겨진 깃발들을 든 병력이 이곳에서 두 시진 거리까지 접근해 온 것을 발견했다는 이야기를 듣고서 보고하러 왔을 뿐입니다!"

"뭐, 뭐라? 두 시진?"

손책의 얼굴이 딱딱하게 굳어졌다.

그런 와중에서 주유는 인상을 찌푸린 채 뭔가를 골똘히 고민하고 있었다.

"고, 공근. 갑자기 왜 그러는 것인가?"

"아무래도 이거…… 내가 짜놓은 판 위에 다른 놈이 덧칠을 해놓은 모양이야."

"덧칠이라니?"

"여포와 위속의 병력은? 어느 정도나 되지?"

손책의 얼굴을 잠시 쳐다보던 주유가 전령을 향해 말했다.

"그, 그 숫자가 십만에 육박한다 하였습니다."

"그런가. 알았다."

전령을 보내고서 주유는 어이가 없다는 듯, 혼자 고개를 절레절레 저었다. 손책이 애가 탄다는 얼굴로 그런 주유를 응시하고 있었다.

"얘기를 좀 해봐. 뭐가 어떻게 됐다는 건데?"

"내가 짜놓은 판은 자네도 알겠지."

"그야 당연하지."

"거기에 가후, 그자가 끼어들어서 덧칠한 거야. 내 계획대로 기주 원가와 강남 원가가 힘을 합쳐 여포를 멸하고 나면 하북은 천하의 패자가 될 터. 가후는 우리와 여포를 상잔시키고, 그 틈에 기주 원가의 세력을 약화시키려는 모양이군. 이거 참……."

겉으로는 아무렇지도 않은 척, 태연하게 이야기하고 있지만 그런 주유의 목소리가 파르르 떨리고 있다.

위속을 상대했을 때와는 또 다른 느낌이 주유의 전신을 지배하고 있다. 온몸의 솜털이 곤두서고, 소름이 돋는 느낌이다. 생각지도 못한 방향에서 있는 힘껏 뒤통수를 얻어맞은 것처럼 머릿속이 얼얼하기만 했다.

"고, 공근. 이러면 어떻게 해야 하는 거야? 방어해야 하는 건가? 아니면 우리가 역으로 공격을?"

"영채로 돌아가 병사들이 휴식을 취하도록 하면서 적의 공격을 막아낸 이후, 최대한 질서 정연하게 강남으로 돌아갈 수밖에. 지금 방법은 그것뿐일세. 서둘러야 해. 자네가 주공께 현재의 상황을 아뢰게. 나는 병사들을 움직이도록 하지."

지금부터는 한시도 낭비할 시간이 없다. 주유가 황급히 말 위에 올라 움직이기 시작했다.

📱

두두두두두-

말발굽 소리가 사방에서 울려 퍼진다.

연주에 있던, 사실상 우리가 보유하고 있는 기병을 모조리 싹싹 긁어모은 전력이다. 지금쯤이면 제갈영과 제갈근이 이끄는 본대가 남하해 내려오는 것이 원술 쪽에도 알려졌을 터. 하지만 정반대 쪽으로 빙 돌아 내려오고 있는 우리까지 발견하지는 못했을 거다.

이대로 가기만 하면 된다. 광락성을 함락시키기 위해 원술 군은 병사들을 체력의 한계치까지 내모는 중이다. 놈들이 정신을 차리기 전에 급습해 버린다면 굳이 본대가 도착하기 전이라고 해도 단박에 격파할 수 있다.

일단 한번 그렇게 격파하고 나면 그다음부턴 유비 삼 형제와 함께 추격, 섬멸전을 벌이는 것만으로도 충분할 터.

시간과의 싸움이다. 적들이 준비를 끝내기 전에 도착하면 우리가 이긴다. 그러나 적들이 준비를 끝낸 다음이라면 싸움은 길어질 거다. 무조건 기회를 살려야 한다.

내가 그렇게 생각하며 절영을 재촉하는데 형님의 모습이 시야에 들어왔다. 부상당한 왼팔은 여전히 사용하지 않으며 오른손으로 말고삐만을 쥐고 있다.

그런 형님을 허저가 방천화극을 들고서 뒤따르고 있었다.

"형님! 괜찮으신 겁니까?"

"괜찮다! 크게 다친 것도 아닌데 무슨."

"느낌이 이상하면 바로 멈추셔야 합니다! 자칫 잘못하면 팔을 못 쓰게 될지도 몰라요!"

"오냐, 알았다!"

제대로 된 진통제도 없고, 깁스라고 할 만한 것도 없는 시대다. 부상당한 지 며칠 지나지 않아 출혈만 간신히 좀 멎었을 뿐, 아직 상처는 제대로 아물지도 않은 상황이고.

그런 와중인데도 형님은 자기가 빠질 순 없다며 억지로 적토마를 몰아 원술을 향해 나아가는 중이었다. 형님의 회복을 위해서라도 전투는 최대한 짧고 간결하게 끝내야 한다.

그때.

둥- 둥- 둥-

저 멀리에서 북소리가 들려왔다. 전투의 시작을 알리는 북소리. 그 소리가 광락성 쪽에서 시작되고 있었다.

"장군! 공대 선생께서 호응하시려는 모양입니다!"

"그렇겠지. 다른 사람이면 몰라도 공대 선생이 저쪽에 계시는데 당연한 거잖아? 다들 마음의 준비를 해둬라! 곧장 적진으로 돌격해서 원술의 목을 딴다!"

"예!"

후성이가, 내 주변에서 달리던 여러 부장과 기병들이 힘차게 소리쳤다.

"저, 적들이 다가오고 있습니다! 성문이 열렸습니다!"

"으아아악! 적들이 밀려온다!"

"주공께서 오고 계시다! 원술의 목을 베자!"

"나 성렴이 선두에 설 것이다! 나를 따르라!"

끼이익- 하는, 성문이 열리는 소리와 함께 여포군이 미친 듯이 뛰쳐나오기 시작했다. 그 모습을 발견한, 멀찌감치 떨어진 곳에서 병사들을 지휘해 물러나려던 주유의 얼굴이 험악하게 일그러지고 있었다.

"태사자! 성에서 뛰쳐나오는 놈들을 막아라! 본대가 물러날 수 있도록 시간을 벌어야 한다!"

"알겠습니다!"

"여몽! 너는 영채로 가서 궁병을 지휘해라. 성에서 저렇게 병력이 쏟아져 나오는 것을 보면 오래잖아 여포군의 기병대가 들이닥칠 거다. 놈들이 우리 영채에 접근해 오는 것을 막아야해. 알겠느냐?"

"예!"

"나머지는 최대한 많은 병사들을 영채로 후퇴시켜야 한다. 서둘러라!"

장수들에게 명령을 내리며 주유는 원술 쪽으로 달려갔다. 원술은 주유만큼이나 험악하게 일그러진 얼굴로 성에서 뛰쳐나오는 여포군의 모습을 응시하고 있었다.

"도대체 어떻게 된 것이냐!"

"주공, 적들이 다가오고 있습니다. 일단 피하십시오. 물러나야 합니다."

"도대체 뭘 어떻게 했기에 일이 이 지경이 되도록 아무것도 모르고 있었다는 말이냐! 네놈이 그러고도 총군사라 할 수 있더냐?"

"벌은 나중에 달게 받겠습니다. 그러니 어서……."

움직이십시오. 영채로 가야 합니다.

그 말을 하려던 찰나, 성 뒤편에서부터 뿌옇게 하늘을 가득 메우기 시작한 흙먼지가 주유의 시야에 들어왔다.

기병이 다가오는 것이다. 그것도 이쪽에서 보이지 않도록, 성 뒤쪽으로 숨어서.

주유가 이를 악물었다.

"돌겠군."

앞에서는 학맹, 성렴이 이끄는 광락성을 지키던 병사들이 미친 듯이 날뛰고 있다. 그 공격에 안 그래도 적의 지원이 도착한다는 소식에 사기가 떨어진 병사들이 허망하리만치 손쉽게 쓰러지고 있었다.

태사자를 보내긴 했지만 지금과 같은 상황에선 시간을 끄는 것조차 제대로 되지 않을 터. 결단을 내려야 한다.

"주공, 아무래도 물러나는 것은 어려울 것 같습니다."

더없이 조심스럽고, 더없이 정중한 어조로 주유가 말했다.

"그게 무슨 개소리더냐! 당연히 물러나야지!"

"지금은 결사 항전을 해야 할 때입니다. 이 상황에서 무리하게 병력을 퇴각시키려 들었다간 전열이 무너져 대패하게 될 겁니다. 각자가 서 있는 자리를 굳건히 지켜야 합니다."

"빌어먹을…… 알았다."

짜증스러운 기색이 역력한 얼굴로 원술이 답하자 주유가 검을 뽑아 들었다.

"적들이 밀려오고 있다! 방진을 꾸려라! 이곳에서 결사 항전한다! 적들은 먼 거리를 달려오느라 적잖이 지쳤을 터, 한 번만 버티면 우리가 이긴다!"

주변의 병사들, 부장들을 향해 그렇게 소리치며 주유는 전령을 보내 새로운 명령을 전달했다.

그러던 찰나.

두두두두두-!

대지를 울리는 말발굽 소리가 들려오기 시작했다.

주유와 원술의 주변에서 방진을 형성하고 있던 병사들의 시선이 그 소리가 들려오는 방향을 향했다. 병사들은 긴장한 기색이 역력한 얼굴로 굵은 침을 꿀꺽꿀꺽 삼키고 있었다.

"두려워하지 마라! 기병이라고는 하나, 그 숫자는 얼마 되지 않을 것이다! 충분히 막을 수 있다!"

원술의 곁에서 그를 지키던 손책이 쩌렁쩌렁한 목소리로 소리쳤다. 그 때문일까? 병사들이 각자의 위치에서 서로 간의 간격을 좁히며 좀 더 밀집된 방진을 형성하고 있었다.

"옵니다!"

그 와중에서 누군가가 소리쳤다.

여(呂)와 위(魏), 허(許), 감(甘)에 심지어는 조(趙), 전(田)까지. 온갖 깃발들과 함께 척 보기에도 이만 명은 되어 보이는 기마가 미친 듯이 돌격해 오고 있다.

"여포에 위속, 허저에 감녕까지……."

그 모습을 지켜보던 원술이 중얼거렸다.

그런 원술의 안색이 창백하게 변해갔다. 기병들의 돌진 방향이, 여포를 포함한 장수들이 돌격해 오는 방향이 정확하게 자신 쪽을 향하고 있다는 걸 인지한 것이었다.

"주유, 손책! 너희들이 후방을 막아라! 난 병사들을 지휘해서 적들을 포위하마!"

"예? 아니, 주공! 갑자기 그게 무슨 말씀이십니까! 주공께서 움직이신다면 병사들의 사기가 떨어질 것입니다! 그렇게 되면 아군 전체가 이곳에서 와해될지도 모른단 말입니다!"

"시끄럽다! 적들을 막아라! 나는 후방으로 물러나서 대군을 지휘할 것이다! 무조건 막아라! 알겠느냐?"

그렇게 소리치며 원술이 말을 몰아 후방으로 움직이기 시작했다. 주유가, 손책이 어이가 없다는 듯 그 모습을 지켜보고 있었다.

그러던 때.

"돌격! 원술이 저기에 있다!"

익숙하기 그지없는 목소리가 주유의 귓가에 들려왔다. 위속의 목소리다.

여러 장수와 함께 선두에 서서 돌격해 오던 위속이 정확히 원술이 도망치고 있는 곳을 창끝으로 가리키며 소리치고 있다. 그런 위속의 주변에서 허저와 감녕 그리고 처음 보는 얼굴의 두 장수가 미친 듯이 무기를 휘두르고 있다. 그 휘하의 기병들 역시 마찬가지.

"으아아아악!"

"비, 비켜! 비키라고!"

가뜩이나 지친 데다 원술이 도망치다시피 하는 모습을 보고선 사기가 땅에 떨어지기 시작한 원술군 병사들은 차마 그 공격을 막아낼 엄두조차 내질 못한 채 겁에 질려 자기들끼리 사방으로 흩어지고 있었다.

"하……."

"총군사! 피해야 합니다!"

어처구니가 없다.

주유가 한숨을 푹 내쉬고 있을 때, 광락성 쪽에서 밀려 나오는 여포군 병사들을 막아내고자 나아갔던 태사자가 병사들을 이끌고 달려와 소리쳤다. 그런 그들의 멀찌감치 앞을 위속과 여포를 비롯한 장수들이 기병들을 이끌고 돌파하고 있었다.

"추풍낙엽이로군."

막아서려는 병사도 없지 않지만 저항이 무의미할 정도로 일방적이다. 여포군은 죽이고, 원술군은 죽어간다. 그런 상황 속에서 도망치고 있는 원술과 여포군의 거리가 점점 더 좁혀지고 있었다.

"으아악! 저것들을 막아라! 저놈들이 내게 오지 못하도록 막으란 말이다!"

당황한 원술이 쉴 새 없이 소리치고 있지만 그 명령이 병사들에게 먹힐 리가 만무하다.

이 전투는 진 거다. 패잔병을 수습한다면 어찌어찌 살아남을 수는 있겠지만 오늘 이후로 원술에게 미래는 없을 거다.

주유가 그렇게 생각하고 있을 때.

부웅-!

적토마와 함께 달리던 여포가 있는 힘을 다해 창을 던지는 것이 시야에 들어왔다. 그 창은 허공을 가르며 날아가고 있었다.

그리고 그 창이.

푸욱!

정확히 원술의 가슴을 꿰뚫었다.

체면이고 뭐고 다 버린 채로 도망치는 것에만 열중하던 원술은 가슴을 꿰인 채 피를 토하며 말에서 떨어졌다.

6장
이렇게 쉽게?

"이야, 결국 이렇게 되는 모양이네."

히죽 웃으며 손책이 말했다. 그런 손책의 주변으로 주유와 태사자, 여몽, 장흠을 비롯한 장수들과 만 명 남짓한 병사들이 모여 방진을 형성하고 있었다.

"비록 덕 없는 주공이었다고는 하나, 어쨌든 주공은 주공이시다. 주공의 목숨을 취한 자에게 항복할 수는 없는 노릇. 절개를 지킬 자들만 모이거라!"

혼란스러운 와중이다.

적지 않은 병사들이 무기와 갑옷을 벗어 던지고 무릎을 꿇어 투항하는 와중에 마지막까지 전의를 잃지 않은 이들이 하나둘 모이고 있다. 그런 이들을, 손책과 주유를 성에서 나온 성렴과 학맹의 삼만 병사들이 슬금슬금 포위하고 있었다.

"하, 느낌이 좀 이상하긴 했는데. 그래도 이렇게 빨리 망하게 될 줄이야. 그냥 그때 우리가 독립하겠다고 하는 게 맞을 뻔했어. 안 그래? 공근."

"……끔찍한 소리는 하지도 말게. 곧 죽을 상황에서 그렇게 얼굴에 먹칠을 하고 싶은가?"

"뭐 어때? 죽으면 다 끝인데. 그냥 후회스럽다는 거지. 그때 독립해서 우리끼리 잘 먹고 잘 살았으면 이렇게 되진 않았을 거 아냐? 여기 있는 애들 중에서도 살아남는 애들이 적잖았을 거고."

손책이 그렇게 이야기하자 주유의 눈매가 가늘어졌다.

"턱도 없는 소리. 주공이 그 이야기를 받아들여 줬을 것 같나?"

"아니, 뭐 화를 내? 그냥 그렇다는 거지. 좀 있으면 죽을 마당인데 이런 말도 못 하는 건 너무 빡빡하잖아? 갈 때 가더라도 하고 싶던 말은 다 하고서 웃으면서 가자고."

"자, 장군. 정말로 그런 생각을 하고 계셨습니까?"

정말로 웃자는 듯, 씩 미소를 지어 보이던 손책을 향해 여몽이 눈을 동그랗게 하고선 반문했다. 손책이 그런 생각을 했다고는 정말 꿈에도 몰랐다는 것처럼.

손책은 피식 웃고 있었다.

"이제 와 말하는 거지만 우리 주공이 좀, 그랬잖아? 백성들도 안 아끼지, 병사들 알기를 언제든 간단하게 보충할 수 있는 소모품 정도로 생각하지. 원씨 집안사람이라는 걸 제외하면 내세울 것도 없는 사람인데 뭘 믿고 미래를 맡기겠냐. 안 그래?"

"하⋯⋯. 뭔가 내색을 좀 해주지 그러셨습니까. 그랬으면 저도 그렇고, 여기 장흠 형님도 그렇고 장군의 편을 들었을 텐데요."

"뭐야. 그랬었어?"

"그랬습니다. 태사자 장군도 비슷한 마음이지 않으셨습니까?"

어깨엔 활을 메고, 커다란 검 한 자루를 손에 쥔 채 마지막 싸움을 준비하고 있던 태사자의 시선이 손책을 향했다.

"원씨보단 손씨가 낫지. 애초부터 그렇게 생각하고 있었다. 사정이 여유치 않아 원씨에게 항복하긴 했었다만."

"아오, 씨. 그런 거였어?"

손책이 인상을 찌푸리며 반문과 동시에.

"저희도 비슷한 마음이었습니다, 장군!"

"맞습니다! 애초부터 원술은 저희의 주공이 아니었습니다! 장군께서 저희의 주공이셨지요! 안 그런가?"

"맞네! 나 역시 오래전부터 그리 생각하고 있었지. 그러니 이제라도 장군을 주공으로 모시겠습니다!"

"주공! 마지막 가는 길, 저희가 충실히 모시겠습니다!"

주변에 모여 있던 부장들이 같은 마음이라는 듯 소리치기 시작했다. 그것은 병사들 역시 마찬가지였다.

"그래, 좋다! 기왕 이렇게 된 거, 군신이 아닌 형제가 되어 모두 함께 장렬하게 싸우다 가자!"

"와아아아아아!"

📱

"허. 저것들 진짜로 죽으려는 건가?"

자기들끼리 함성을 내지르며 전의를 다지는 것이 아무래도 죽음을 각오한 것 같은 모습이다.

무릉도원에서 본 글들에 의하면 원술과 주유의 관계는 그다지 좋지 못했다. 손책 역시 마찬가지이고.

그런데도 죽으려고 해? 미친 거야? 아니면 나나 형님이 죽기보다 더 싫은 건가?

"스, 스승님. 스승님!"

어이가 없어서 방진을 형성한 채, 죽음을 기다리고 있는 놈들의 모습을 지켜보고 있는데 손권이의 목소리가 들려왔다. 녀석은 당장에라도 울음을 터뜨릴 것 같은 얼굴을 하고서 달려오고 있었다.

"어, 권아."

"약속하셨잖습니까! 형님을 살려주시기로요! 그 약조, 지켜주십시오! 꼭이요! 이렇게 부탁드릴 테니까요, 네?"

녀석이 무릎을 꿇으며 소리친다. 그러면서 간절하기 그지없는 눈으로 날 쳐다보고 있었다.

"권아. 너 설마, 내가 쟤들을 다 죽여야 한다고 말할 줄 안 거냐?"

"저, 적들이잖습니까. 지난 몇 년간 스승님뿐만 아니라 주공을 괴롭히기까지 했던 적들이요. 스승님께서 저희 형님께, 공근 형님께 원한이 사무치신 것은 저도 이해하지만 제 얼굴을 봐서라도, 예? 목숨을 거두는 것만은 참아주시면 안 될까요? 예?"

애가 뭔가 좀 심각하게 오해하고 있는 것 같다.

"야. 내가 쟤들을 왜 죽여? 죽일 이유가 없는데."

"어…… 정말요?"

당장에라도 그렁그렁하게 맺힌 눈물을 뚝뚝 흘릴 것처럼 굴던 손권이의 표정이 달라졌다.

"능력 있는 장수잖아. 능력 있는 군사고. 안 죽이고 잘 데려다가 부려먹기만 하면 내 할 일이 줄어드는데 뭣 하러 죽여? 걱정하지 마. 형님께는 내가 잘 얘기해 둘 테니까."

"가, 감사합니다! 감사합니다, 스승님!"

"오냐. 네가 가서 얘기만 잘해봐라. 아니지, 나랑 같이 가자."

"예!"

주유가 어떤 인물인지 모른다면 또 모를까, 알고 있으면서도 그 목을 베어야 할 이유가 없다. 더욱이 원술이 죽으며 따라야 할 주인을 잃기까지 했으니 더더욱 그렇고.

"총군사. 괜찮겠소?"

내가 그렇게 생각하며 저만치 앞서 달려가고 있는 손권이의 뒤를 따라 움직이는데 진궁이 다가와 말했다.

얼굴에 피로한 기색이 역력하다. 광릉성을 지키느라 온갖 고생이란 고생은 다 한 얼굴이지만 그 눈동자의 총기만큼은 확실했다.

"주유를 죽이지 않는 것 말입니까?"

"주유는 참으로 오랫동안 우리를 괴롭혀 온, 숙적이나 진배

없소. 게다가 그자는 총군사에게 적지 않은 원한을 가지고 있을 터. 지금껏 원술과 전쟁을 치르며 주유는 총군사에 의해 말로는 다할 수 없을 고초를 겪지 않았소이까. 후환이 될 수밖에 없는 자요."

"그렇게 볼 수도 있겠죠."

방법이 없다면 분명 그럴 거다. 믿을 수 없는 자로서 낙인이 찍혀 죽을 때까지 감시당하고, 중용되지도 못하겠지.

역사 속의 사례들을 뒤져가며 생각해 볼 필요조차 없다. 오랜 세월 서로를 원수처럼 여기며 경쟁해 온 회사가 망하고, 자신들을 망하게 한 회사로 이직해 오는 직원을 믿고 회사의 운명을 가를지도 모를 일들을 맡기는 꼴이 될 테니까.

하지만 내게는 방법이 있다.

"어떤 선택을 내리건 간에, 선생께서 걱정하시는 상황이 벌어지지는 않을 겁니다. 제가 장담할 수 있습니다."

진궁이 날 응시한다. 그 햇빛을 반사하며 그 눈동자가 번뜩이고 있었다.

"총군사께서 그리 이야기한다면…… 결국엔 그러한 것이겠지. 알겠소. 내 저들의 처우에 대해서는 더 이야기하지 않으리다."

"감사합니다."

"갑시다."

내가 고개를 숙여 보이며 포권함과 동시에 진궁이 말 머리를 돌렸다.

그런 우리가 향하는 것은 손권이가 달려간, 학맹과 성렴이 광락성의 병력 일부를 움직여 포위하고 있는 잔병들 쪽이었다.

📱

"아무래도 우리가 어떤 꼬라지가 됐는지를 구경하다가 끝내려는 모양인데?"

계속해서 굳건해지는 포위망의 모습을 응시하며 손책이 말했다. 이만 명에 달하는, 광락성의 보병이 포위망을 굳건히 하는 그 너머로 여포와 그 휘하의 장수들이 지휘하는 기병들이 몰려오고 있다.

애초부터 포위망을 돌파해 이곳을 탈출하는 건 생각지도 않고 있었지만 상황이 이래서는 진지하게 그런 마음을 먹는다고 해도 탈출한다는 건 불가능할 것이었다.

"위속이니까. 후환을 남겨두고 싶지 않다는 것이겠지."

피곤하다는 듯 인상을 찌푸리며 주유가 저 앞을, 조금씩 이쪽을 향해 다가오고 있는 위(魏)와 진(陳)을 비롯한 여러 깃발들의 모습을 응시했다.

그러던 찰나.

"어?"

이곳에 있을 리가 없는 깃발 하나가 주유의 시야에 들어왔다. 손책 역시 마찬가지.

"손(孫)?"

손책의 눈이 동그랗게 커졌다.

그가 혹시나 하는 마음에 주변을 돌아보고 있을 때.

"형님! 백부 형님! 공근 형님! 접니다! 중모가 왔어요!"

낯설면서도 익숙하며 반가우면서도 슬프며 안타깝기까지 한 그 목소리가 들려왔다. 몇 년 만에 처음으로 들어보는 목소리다. 하지만 손책과 주유는 그 목소리의 주인이 누구인지 너무도 확실하게 알아차릴 수 있었다.

"궈, 권아?"

포위를 굳건히 하는 병사들의 사이를 헤치고 달려오는 손권의 모습이 손책의 눈에 들어왔다. 손책이나 주유가 느끼는 것만큼이나 온갖 감정들이 한데 뒤섞여 복잡하기 그지없는 얼굴을 한 손권이 그들을 향해 달려오고 있었다.

"멈추어라! 네 녀석은 여포의 수하를 자처하지 않았더냐!"

"아니다. 놔둬라. 내 아우다! 내 아우라고!"

부장 중 하나가 서릿발처럼 냉랭한 목소리로 손권을 막아 세웠지만 손책이 그를 옆으로 밀어내며 방진 너머로 나아갔다.

손권이 환하게 웃으며, 그러나 한쪽으론 안타깝기 그지없어 하는 눈으로 손책을 응시하며 그 손을 붙잡았다.

"형님! 제가 스승님과 다 이야기를 끝냈습니다! 이곳에서 죽음을 자초할 필요가 없어요! 투항하세요, 스승님께서 관대한 처분을 내리겠다고 하셨다고요!"

"위속이?"

손책이 쓰게 웃으며 손권을, 그 뒤에서 말을 몰아 다가오고 있는 위속과 진궁의 모습을 응시했다.

그가 한숨을 푹 내쉬더니 고개를 저었다.

"미안하지만 그것은 안 되겠다, 권아. 저 뒤에 모인 이들이 보이지? 모두가 나와 함께 죽기를 선택하며 살길을 마다했다. 내가 어떻게 저들을 버리고 내 살길을 찾아 나서겠어?"

"하, 하지만 형님!"

"죽기 딱 좋은 날이다. 내 먼저 아버님을 뵙고 네가 잘 자랐음을 말씀드리마. 아마 내가 일찍 아버지 곁에 왔다고 화는 내셔도 네가 이렇게 멀쩡하게 잘 자랐다는 이야기를 들으면 꽤 좋아하실 거다. 그러니……."

"백부."

손권을 향해 담담하면서도 유쾌한 어조로 이야기하던 손책의 어깨에 손을 올리며 주유가 말했다. 왜 그러냐는 듯 돌아서는 손책을 향해 주유가 고개를 젓고 있었다.

"위속이라면 자네와 나뿐만 아니라 저 뒤에 모인 모두의 목숨을 구제해 줄 걸세. 항복하게. 살 방도가 없다면 모르되, 방도가 있음에도 자네와 나의 욕심을 위해 생목숨을 죽음으로 이끌고 갈 수는 없네."

"공근. 그게 진심이야? 정말 그래도 괜찮은 것이고? 상대가 다름 아닌 위속인데도?"

"위속이기에 이런 이야기를 하는 걸세. 우리의 시대는 갔지만 위속과 여포의 시대는 아직 오는 중일세. 그들과 함께 천하를 안정시켜 백성들이 더는 고통받지 않는 세상을 만들어보세. 백성을 귀히 여기지 않는 기주 원가보단 여포가 천하의 패자로 우뚝 서는 것이 천하를 위해 더 나을 테니."

주유는 그렇게 말하더니 손권을 향해 고개를 끄덕여 보이
며 성큼성큼 자신들을 포위하고 있던 병사들의 사이를 지나
혈혈단신으로 위속을 향해 걸어갔다.

그러고선 말 위에서 묘한 얼굴로 자신을 내려다보고 있는
위속을 향해.

"투항하겠소."

정중하면서도 느릿하기 그지없는 움직임으로 읍하며 말했다.

"투항할지도 모른다고 생각하긴 했지만 이렇게 쉽게 얻게
될 줄은 몰랐는데……."

진짜 의외다. 그 주유가 손책과 함께, 휘하의 장수들과 병사
들을 이끌고 투항해 올 줄이야.

광릉성의 태수부에 마련된 임시 회의실. 주유와 손책은 나
와 형님 그리고 진궁과 제갈근이 지켜보는 앞에서 자신들이
항복할 것임을 다시 한번 확실하게 밝혔다.

'기나긴 전란으로 강남은 물론이고 서주와 연주, 예주의 백성들
이 적잖이 고통스러워하고 있습니다. 소생이 서신을 쓸 수 있도록
해주십시오. 강남과 서주의 여러 성을 지키고 있는 태수들이 투항
하도록 권유하겠습니다.'

주유의 말대로 원술의 잔당이 저항 없이 항복해 온다면 우리는 연주와 예주뿐만 아니라 서주 일부, 그리고 강남의 대부분을 점유하게 된다. 명실상부한 천하삼분지계의 한 축으로서 모자라지 않을 영토와 인구를 얻게 되는 것이었다.

만족스럽다. 정확한 것은 좀 더 시간이 지나는 것을 기다리며 지켜봐야 알 수 있겠지만 일단 천하의 한 축으로서 확고하게 자리 잡게 된 것만은 확실하다. 연주 하나만을 가지고서 툭하면 망하고, 툭하면 죽는다는 식의 불길하기 그지없는 미래 예지도 이제는 더 이상 볼 일이 없을 거다.

나는 그렇게 생각하며 꿈속에서 핸드폰을 꺼내 무릉도원에 접속했다.

그런 내 시야에 'If_위속이_주유의_계책을_받아들였다면?'이란 제목의 글이 하나가 들어오고 있었다.

〈내가 삼국지 시대에서 제일 좋아하는 게 2차 연주 대전 합종군 스토리인데 위속이 주유를 너무 경계해서 계책을 안 받아들인 게 너무 안타까움. 이거만 받아들였으면 서주 쪽 다 수복하고 원소한테 2연차 먹이고서 좀 편하게 강남 안정시키고 형주 흡수할 수 있었을 것 같은데 그러질 못해서…….〉

└위탄제갈탄: 우리야 주유가 배신 안 하고 죽을 때까지 여포 밑에서 충성했다는 걸 아니까 이렇게 얘기하는 거지; 님이 위속 입장이라고 생각해 보셈. 믿을 수 있겠나;;

└백발주유: 몇 번이나 자기 뒤통수 후려갈기고 전쟁했던 주유가 갑자기 다 포기하고 항복한다고 믿어주면 그게 더 이상하지. ㅎ 주유빠 입장에서도 이건 위속 못 깜. 당연한 거임.

　└위속동생주유: 그래도 이건 좀. ㅋㅋㅋㅋㅋㅋ 위속이 합종군때까지만 해도 클라스 오지고 지리고 레릿고였는데 하필 주유가 계책 낼 때만 폼이. —— 진짜 그때 주유 계책만 받아들였어도. ㅋㅋㅋㅋㅋㅋ ㅋㅋㅋㅋㅋㅋㅋㅋ

　└여봉봉선: ㄹㅇ…… 판도를 바꿀 수 있는 마지막 기회였는데 그거를 날려먹어서…… 개아쉬움. ㅠㅠ

"뭐지?"

주유가 뭔가 계책을 진상한다는 것까지는 알겠다. 그런데 그 계책이 뭐기에 천하의 판도가 오간다는 얘기까지 나와?

찾아봐야겠다. 조금 전까지만 해도 이번 연주 대전에 대해 떠들어대는 이야기들을 한 번씩 보면서 후세의 평가가 어떤지를 구경해 보고 싶었는데 지금은 그럴 시간이 없다.

천하의 판도다. 내 말년이 얼마나 평온할지가 걸린 일이다. 무조건 찾고, 확인해서 우리에게 유리한 쪽으로 처리해야 한다.

쏴아아아아-

꿈에서 깨어나 눈을 뜨니 기분 좋게 바람 불어오는 소리가 들려온다.

침상에서 몸을 일으켰다. 낯설기 그지없는 방의 모습이 시야에 들어왔다.

여긴 우리 집이 아니다. 광락성에서 원술의 목을 벤 직후, 우리는 원술의 옛 근거지였던 수춘성에 들어온 상태. 이곳은 수춘에 있는, 원술 휘하의 고관이었던 자의 장원이었다.

"후…… 계책이라."

무릉도원에서 봤던 것들을 다시 한번 떠올려 머릿속으로 되새기며 나는 침실을 나섰다.

서늘한 공기를 맞으며 아직 덜 깬 잠을 쫓으려는데 저 멀리에서 대충 보기에도 눈이 번쩍 뜨일 미모의 여인이 걸어오는 게 시야에 들어왔다.

나도 모르게 히죽 입꼬리가 올라간다. 우리 와이프다.

"일어났어요?"

"응, 무슨 일 있어? 오늘따라 색다르네."

평소 나와 집에 있을 땐 이 시대의 여인들과 별반 다르지 않은 평범한 옷차림을 하던 제갈영이다.

하지만 지금은 마치 무협 영화 속 여주인공이라도 되는 것처럼 몸의 라인이 드러나는 새하얀 장삼을 걸치고 그 기다란 머리카락을 풀어 헤친 상태다. 거기에 허리춤엔 한 자루 검이 매달려 있다.

예쁘지, 나올 곳 나오고 들어갈 곳 들어간 사기적인 몸매지, 어지간한 놈들은 간단히 쩜 쪄 먹을 검술 실력에 어디 가서 절대 빠지지 않을 지략까지. 이건 뭐…… 진짜 영화 속 여주인공이다.

"그렇게 예뻐요? 눈에서 꿀 떨어지겠네."

"앞으로는 그냥 그렇게만 하고 다녀도 되겠다. 당신한테는 그게 어울리는 것 같아."

"그래도 괜찮아요? 주변의 시선이라는 게."

"내가 언제 그런 거 신경 쓴 적이 있나? 내가 좋으면 장땡이지. 신경 쓰지 마. 뭐라고 할 사람도 없으니까."

까놓고 말해서 형님을 제외한다면 내게 뭔가 싫은 소리를 할 수 있는 사람이란 아예 없는 거나 마찬가지다. 공대 선생이나 공명이와 손권이 그리고 후성과 위월 정도가 전부일 뿐.

하지만 그들은 내 스타일이 어떤지 다들 아니까 뭐, 진짜 신경 쓸 필요가 없다.

"종종 해볼게요, 그럼."

제갈영도 싫지만은 않은 눈치고.

"그리고 조금 전에 주공께서 보내신 사람이 다녀갔어요. 오시부터 회의를 시작할 거니까 참석하라고요."

"회의? 또 무슨 일이 생긴 건가?"

제갈영이 고개를 끄덕이며 말을 이었다.

"항장 주유가 상공께 계책을 제안하고자 한대요. 공대 선생이 먼저 자신에게 이야기해 보라고 했는데도 상공을 뵌 자리에서 이야기해야겠다고 고집을 부리는 중이라나 봐요."

"계책이라…… 그렇구만."

다른 사람도 아닌 주유의 계책이다. 충분히 회의가 소집될 만한 사유다.

다들 표정이 어떨지 벌써부터 눈앞에 선하다.

오시가 되었을 무렵, 나는 제갈영과 함께 태수부로 향했다.

다들 먼저 와서 날 기다리기라도 한 것 같다. 형님과 진궁, 주유와 손책이 모두 와서 있는데 벌써 한바탕 말싸움이라도 벌였던 건지 분위기가 싸하기만 하다.

그런 와중에 진궁이 날 보고선 작게 고개를 끄덕였다.

"……오셨소이까? 총군사."

"오셨습니까."

손책과 함께 서 있던 주유가 날 향해 포권하며 고개를 숙인다.

전에 봤을 땐 몰랐는데 이렇게 가까이에서 보니 얼굴이 많이 상했다. 머리카락도 나이에 어울리지 않게 하얀색으로 탈색되어 가는 중이고.

"와……. 마음고생 엄청 심했나 보네. 그 머리는 나 때문에 그렇게 된 건가?"

"큭……. 그걸 정말 몰라서 묻는 겁니까?"

"응? 아니, 아 뭘 그렇게 또 정색을 해. 그냥 걱정돼서 물어보는 건데. 화내지 마, 화내지 마. 화내면 또 피 토하고 쓰러진다니까? 심호흡하고. 후욱, 후욱. 알지? 내쉬고 들이마시고."

"후우…… 후우……."

와, 진짜로 하네. 화가 올라오긴 한 모양이다.

"총군사님. 이 녀석 정말 매우 안 좋습니다. 그러니 부탁 좀 드리겠습니다, 예?"

옆에서 손책이 주유가 걱정스럽다는 듯 간절하기 그지없는 얼굴로 날 쳐다보고 있다. 확실히 형은 형인 모양이다. 애, 얼굴에서 손권이가 보이네.

"알았어, 알았어. 내가 일부러 화 돋우려고 하는 건 아니었으니까 너무 담아두진 마. 전에야 적이라서 막 놀리고 그랬던 거지, 아군한테 인성질 할 이유가 없잖아? 심호흡 꼭 하고, 화가 치밀어 올라서 못 참겠으면 소리라도 질러. 화병 그거 진짜 괴로운 거거든. 내가 잘 알지."

쿡쿡.

내가 그렇게 말하는데 제갈영이 옆구리를 툭툭 건드리는 게 느껴졌다. 고개를 돌려 보니 제갈영이 꼭 그래야겠냐는 얼굴로 날 쳐다보고 있었다.

"이건 진짜 그냥 걱정돼서 한 얘기였는데."

"진짜로 누구 죽일 일 있어요?"

제갈영이 턱짓으로 주유를 가리킨다. 주유의 얼굴이 진짜 당장에라도 뻥 터져 버릴 것처럼 시뻘겋게 달아올라 있었다.

위험하네.

"누가 냉수 좀 가지고 와라!"

"예, 총군사님!"

밖에서 대기하고 있던 부장 하나가 헐레벌떡 냉수를 한 사발 가지고 들어왔다. 내가 그걸 주유에게 건네니 녀석이 속이 탄다는 듯, 그것을 벌컥벌컥 들이켰다.

"후…… 감사합니다."

"예전에야 어쨌건 간에, 이제는 한솥밥 먹게 됐으니까 잘 지내보자고."

녀석의 어깨를 다시 한번 가볍게 두드려 주고서 나는 제갈영과 함께 자리에 가 앉았다.

진궁이 날 쳐다보고 있었다.

"저자가 계책을 내겠다고 하오. 그것도 총군사와 대면한 자리에서나 이야기하겠다고 고집을 부리더군. 내 참, 어이가 없어서…… 참으로 당돌하지 않소이까?"

"당돌하죠. 전 그래서 마음에 듭니다."

"마음에…… 든단 말이오? 저자가? 지금껏 저자에게 어떤 일들을 당해왔는지 벌써 잊은 게요? 아니, 옛일은 그렇다 치더라도 상황에 떠밀려 살아남고자 투항한 자요. 그를 어찌 믿을 수 있단 말이외까?"

진궁이 황당하다는 듯 반문한다. 형님은 이런 내 반응이 흥미롭다는 듯 쳐다보고 있고 제갈영은 도무지 내가 무슨 생각을 하는지 모르겠다는 얼굴을 하고 있다.

그런 와중에서 주유와 손책은 반쯤 포기한 것 같은 얼굴로 조용히 날 응시하고 있었다.

"신뢰할 수 없습니다. 확실히 그렇죠. 그래도 이용 가치는 충분합니다."

"이용이라니? 신뢰할 수 없는 자들을 어찌 이용한단 말이오?"

"주유. 너는 서주를 지키던 진란과 진기, 유훈이 네가 하는 항복 권유를 받아들이지 않고 원소에게 넘어갈 것으로 생각하고 있지?"

"그렇습니다."

주유가 고개를 끄덕인다. 여기까지는 원술과 그 휘하의 장수들에 대해 아는 이라면 누구나 예상할 수 있다. 원술이 죽었다고 해서 그놈의 부하가 무슨 게임 속 NPC들처럼 전부 형님께 항복하는 것도 말이 안 되는 일이고.

"그래서 너는 고육지책을 제안하려 했겠지."

"……그걸 어찌?"

주유가 날 쳐다본다. 그 얼굴에 당황스러워하는 기색이 역력하다. 바로 옆에 서 있던 손책 역시 마찬가지.

"고육지책이라니? 주유가 제안하고자 하는 계책이 고육책이란 말이오?"

"예, 자신이 어쩔 수 없이 우리에게 투항했음을 알리고, 부당한 대우를 받아 분노한 것으로 꾸며 청주에서 십오만 대군을 이끌고 서주를 접수하기 위해 남하해 내려올 원담에게 호응을 약속하겠다는 계책입니다."

"어, 어찌 그것을 당신이……."

주유의 눈동자가 튀어나오기라도 할 것처럼 주유의 눈이 동그랗게 커져 있다. 그런 주유의 옆에서 손책이 나를, 주유를 번갈아 쳐다보고 있었다.

"공근. 설마 권이에게 계책을 알려준 거야?"

"그럴 리가…… 그럴 리가 없잖은가!"

"권이가 알려준 것도 아니고, 우리가 이야기한 것도 아닌데 심중에 있던 계책을…… 이렇게 훤히 꿰고 있다고?"

믿을 수가 없다는 듯 손책이 중얼거린다.

그런 손책의 옆에서 주유가 내 얼굴을 뚫어지라 쳐다보고 있다. 마치 내가 더 세부적인 것까지는 짐작하지 못할 거로 생각하고, 바라기라도 하는 것처럼.

치트 키를 쓸 생각이 없었다면 또 모를까, 이미 사용하기 시작했는데 굳이 어중간하게 끝내야 할 이유가 없다.

"원담이 그 고육책에 넘어갈 수밖에 없도록 하기 위해 권이를 점찍었을 거다. 마치 내가 지난날의 원한을 잊지 못해 권이를 핍박하고, 너희를 핍박하는 것처럼. 권이가 주유 너를 묶어 두고 매질하는 그림이 만들어지고 나면 원담이 아니라 원소라도 고육책에 넘어갈 수밖에 없겠지."

"……"

내가 거기까지 이야기하니 주유는 숨을 쉬는 것조차 잊은 듯 경악하며 날 쳐다본다. 그런 주유의 이마에 식은땀이 송골송골 맺히기 시작했다.

"어, 어떻게 그렇게까지 자세히 내 머릿속을 들여다볼 수 있단 말입니까?"

떨리는 목소리로 반문하는 주유를 향해 나는 가볍게 어깨를 으쓱어 보였다.

말해 뭐 하겠어. 당연히 무릉도원이지.

하지만 무릉도원에 대해 알 리 없는 주유는 한참이나 말없이 날 쳐다보더니 균형을 잃으며 몸을 휘청거렸다.

"고, 공근! 괜찮은가?"

"으ᄒᄒᄒ. 으ᄒᄒᄒᄒᄒᄒ. 이런 거였어. 이런 거였구만. 애초부터 이길 수가 없는 싸움이었어. 으ᄒᄒᄒᄒᄒᄒ."

그러고선 실성한 사람처럼 혼자 음습하기 그지없는 웃음을 흘리기까지.

나는 아무런 말도 하지 않았다. 진궁과 제갈영, 손책에 이어 형님 역시 마찬가지. 우리는 그저 미친 듯이 웃고 웃으며 또 웃는 주유의 웃음이 멎기만을 기다렸다.

그렇게 약간의 시간이 지났을 때, 주유는 충격이 좀 가신 듯 조금은 멀쩡해진 얼굴로 심호흡을 하며 스스로의 감정을 내리누르기 시작했다.

그 상태에서 주유는 묘하게 이글이글 불타오르는 눈으로 날 쳐다보고 있었다.

"이제 좀 괜찮아진 건가?"

"괜찮습니다."

"그럼 됐군. 형님께서 허락하신다면 네가 세운 계책대로 진행해 보도록 하지. 서주를 탈환하고, 원소에게 다시 한번 크게 한 방 먹여서 당분간 남쪽으로는 눈도 돌리지 못하도록 말이야. 괜찮을까요? 형님."

내가 형님 쪽으로 고개를 돌리니 무료하다는 듯 반쯤은 눕다시피 한 자세로 턱을 괴고 있던 형님이 몸을 바로 한다. 그런 형님이 기대감 가득한 얼굴로 나를 쳐다보고 있었다.

"문숙. 아까 이십오만이라 했었지?"

"예? 아, 예. 그랬죠."

"좋아. 삼십만지적이 더 낫겠지만 아쉬운 대로 이십오만지적도 나쁘지 않겠지."

"사, 삼십만지적?"

뒤에서 형님의 그 목소리를 들은 손책이 기겁하며 중얼거린다. 주유 역시 자신의 귀를 의심하기는 마찬가지.

신입들이 신입 티를 내는구만.

"걱정 마십쇼, 형님. 벌써부터 그림이 그려지니까요. 이번엔 만족하실 수 있을 겁니다."

"으흐흐. 그래. 문숙 너만 믿으마."

접대 한번 거하게 해드려야지.

주유의 계책으로 북쪽의 걱정도 덜고, 형님 기분도 좋게 만들어 드리고. 이거만큼 가성비 좋은 계책 당분간은 없을 거다.

"흠, 역시 이렇게 되는 건가."

내가 강남 각지에서 보내져 올라온 죽간을 확인하고 있을 때, 손권이가 지도 위에 자그마한 깃발을 꽂는다. 항복을 권유하는 주유의 연락을 받고서 그걸 받아들이겠다는 의사를 표시한 쪽으로는 파란색, 연락이 없거나 단호하게 항전의 의사를 표한 쪽은 검은색이다.

항복하지 않은 것은 크게 두 부류.

"의외로 저항하고자 하는 자들이 많지가 않은 것 같소. 남쪽에서는 원술의 종제인 원윤이 잔당을 끌어모은 상태이고, 북쪽에서는 청주에 근접한 자들만이 반기를 들었으니."

나와 함께 앉아 죽간을 확인하던 진궁이 말했다.

"확실히 그런 느낌이기는 하지요. 이것, 보셨나요?"

이번엔 내 맞은편 자리에서 함께 죽간을 확인하던 제갈영이 나와 진궁을 응시하며 말을 이었다.

"적지 않은 병력과 장수들이 각각 북쪽과 남쪽으로 향했어요. 주력이라 할 수 있을 병력이 이곳에서 항복해 버린 덕분에 마지막 남은 힘을 끌어모으는 느낌이랄까?"

"어찌 본다면 당연한 이치이지 않겠소?"

"그럴 수도 있고, 아닐 수도 있죠."

어조에 묘한 뭔가가 묻어 나온다. 마치 뭔가가 더 있을 거로 생각하는 것처럼.

내가 그렇게 생각하고 있는데 우리 와이프는 계속해서 산더미처럼 쌓인 죽간을 하나하나 살피고 있었다.

"뭐 어쨌든, 상황이 파악되었으니 예정대로 진행하도록 합시다."

진궁이 그렇게 이야기함과 동시에 한쪽에서 대기하고 있던 부장을 향해 고개를 끄덕인다.

곧 부장이 회의실 밖으로 달려가기 시작했다. 수춘성의 태수부 근처에 임시로 마련한 각자의 숙소에서 대기하며 명령을 기다리고 있던 우리 쪽 장수들을 모조리 불러 모으는 것이었다.

"스승님."

내가 진궁, 제갈영과 함께 그들이 도착하기를 기다리고 있는데 손권이가 초롱초롱한 눈빛으로 날 쳐다본다. 마치 자신에게도 뭔가 맡겨주길 기대한다는 것처럼.

나는 일부러 그 시선을 외면했다. 그러자 손권이가 시무룩해져선 축 늘어진 얼굴로 고개를 숙이고 있었다.

그렇게 약간의 시간이 더 지났을 때.

저벅, 저벅.

장수들의 발소리가 들려오기 시작했다.

위월과 후성, 성렴과 학맹, 감녕과 마초, 허저에 주유와 손책 등을 비롯한 항장들까지. 거기에…… 조운이랑 전예까지 당연하다는 듯 와서 날 쳐다보고 있다.

'쟤들은 유비한테 안 가고 왜 여기로 왔어? 뭐지?'

"형님!"

손권이가 손을 흔들며 손책을 반갑게 맞이하는데 좌중의 시선이 싸늘하기만 하다. 손책 역시 아무런 반응을 보이질 않고 있었다.

'분위기 파악 잘 하는구만.'

"다들 모였으니 이제 명을 전하도록 하지. 감녕, 그대는 병사 일만을 이끌고 여강군을 평정하도록."

"감사합니다!"

"마초 역시 병사 일만과 함께 단양군을, 성렴과 학맹 두 장군은 각각 병사 이만과 함께 오군과 회계군을 점거하시오. 위월, 후성 그대들은 병사 일만과 함께 나아가 유 장군을 도와 원소군의 남하를 견제하도록 하고."

"예!"

녀석들이 진궁을 향해 포권하며 고개를 숙인다. 자신들이 각자 군을 이끌고 자의적으로 움직일 수 있게 되었다는 사실 때문인지 다들 좋아하는 얼굴들이었다.

"허저, 자네는 이곳에서 총군사와 함께 만에 하나 있을지 모를 불미스러운 사태에 대비하게."

"맡겨만 주십쇼."

허저가 씩 웃으며 말했다.

진궁의 시선이 날 향했다. 이 정도면 충분하겠냐는 듯. 내가 가만히 고개를 끄덕이고 있는데.

"후우……."

누군가 푸욱 내쉬는 한숨 소리가 들려왔다.

일순간 좌중의 분위기가 차갑게 가라앉았다. 장수들이 그 한숨 소리가 들려온 쪽으로 시선을 옮기고 있었다.

그 한숨을 내쉰 것은.

"어째서입니까?"

주유였다.

"혀, 형님?"

"이보게, 공근!"

가만히 주유의 옆에서 서 있던 손책이 약간은 어색하게 반문했다. 하지만 그 어색함은 손권이가 정말 화들짝 놀라 외치는 소리에 묻히고 있었다.

"우리는 옛 주공을 버리고 새로운 주공을 모시고자 온후께 투항하였습니다. 헌데 공대 선생께서는 지금 우리를 불순분자, 잠재적 반란군 따위로 취급하고 계십니까?"

"공근!"

손책의 외침이 약간은 자연스러워졌다.

손권이의 낯빛이 파리하게 변해간다. 그러기는 여몽이나 태사자, 장흠과 같은 항장들 역시 마찬가지.

"구, 군사…… 왜 이러시는 겝니까."

"이건 아닙니다, 군사. 우린 괜찮습니다. 그러니……."

탁!

"그대들이 나설 자리가 아니다."

테이블을 내려치며 진궁이 싸늘하기 그지없는 얼굴로 자리에서 일어났다.

"선생! 군사께서 작금의 상황에 가슴이 아파 실언을 하신 것입니다. 부디 이번 한 번만 묵인하고 넘어가 주시면 안 되겠습니까?"

"맞습니다, 선생! 부디 선처하여 주십시오!"

태사자와 여몽, 장흠이 진궁의 앞에서 무릎을 꿇으며 외쳤다.

손권이는 아예 내게 다가와 내 옷자락을 붙잡고 있었다.

"스승님, 제가 형님과 함께 공근 형님을 말리겠습니다. 그러니 제 얼굴을 봐서라도 이번 한 번만 넘어가 주시면 안 될까요? 예? 스승님!"

고딩쯤 되는 나이까지 성장한 손권이다. 그런 손권이가 정말 당장에라도 닭똥 같은 눈물을 흘릴 것처럼 울상이 돼서는 말하고 있다.

아, 살짝 양심이 찔린다. 애한테도 미리 얘기를 해줄 걸 그랬나…….

문득 그런 생각이 머릿속에서 떠오르는데 주유와 시선이 마주쳤다. 굳건하기 그지없는 얼굴로 녀석이 나만 알 수 있을 정도로 작게 고개를 끄덕이고 있었다. 계속하라는 것처럼.

그러면서 주유가 입을 열었다.

"온후는 인의예지로 장수를 대한다고 들었거늘 어찌 이리도 우릴 박해한단 말이오! 우리가 반란군으로 보이오이까! 만약 그렇다면 묶으시오. 당장에라도 날 포박해서 형장으로 데리고 가 목이라도 베어보란 말이오!"

"구, 군사!"

"공근!"

태사자가 화들짝 놀라선 소리쳤다.

손책 역시 주유가 이렇게까지 과격하게 나올 것이라고는 생각하지 못한 듯, 눈을 동그랗게 뜨고서 주유와 나를 번갈아 쳐다보고 있다. 손권이는 정말 어찌할 줄을 모르겠다는 듯 살짝 멘붕하다시피 한 모습이고.

슬슬 내가 나서야 할 차례다.

"좋다. 내가 주유 네 목을 베지 못할 것 같냐? 후성!"

"자, 장군?"

"저놈을 끌어내라!"

"안 됩니다! 장군, 총군사님! 고정하십시오!"

"맞습니다! 이는 이리 감정적으로 해결할 문제가 아니라는 것을 누구보다도 총군사께서 잘 아시질 않습니까!"

"총군사님! 갑자기 왜 이러시는 겝니까! 안 된다고요, 절대 안 된단 말입니다!"

"이러고 있을 게 아닐세. 자네는 당장 가서 주공께 지금의 상황을 알리게. 어서!"

위월이와 후성, 성렴에 학맹까지 일이 이렇게 되어서는 안 되겠다는 듯 벌 떼처럼 나서며 날 말린다.

'그래, 더 심하게 날뛰어라. 너희가 그래야 각본대로 돌아가는 거라고.'

"후성, 내 말이 들리질 않는 거냐?"

"하, 하지만 장군!"

이쯤에서 더 과격하게 움직여 줘야 할 것 같다.

스르릉-!

내가 허리춤에서 검을 뽑아 들자 후성이며 위월이며 할 것 없이 다들 흠칫 놀라며 뒷걸음질 친다. 내가 이렇게까지 화내는 걸 본 적이 없으니 어떻게 보면 당연한 모습이다.

이런 와중에서 후성이 정말 간절하기 그지없는 눈으로 우리

와이프를 쳐다보고 있었다.

"후성 장군. 상공의 심복을 자처하시는 분께서 어찌 이리도 미련하게 구는 것입니까. 제아무리 강병이 모였다 할지라도 그렇게 모인 군의 기강이 땅에 떨어진다면 그 순간부터 오합지졸이 되는 법입니다. 장군께선 그리되길 바라십니까?"

"부, 부인!"

"야. 얼른 끌어내라니까!"

"스승님, 스승님! 안 됩니다. 안 된다고요! 제발요, 예? 스승님!"

이제는 진짜 닭똥 같은 눈물을 흘려대며 손권이가 소리친다. 체면이고 예의고 따질 정신조차 없다는 듯, 아예 내 손을 붙잡고서 녀석이 날 말리고자 안간힘을 쓰고 있었다.

"손권."

계속해서 애원하려는 녀석과 눈이 마주친 그 순간, 녀석을 내 옆으로 끌어당기며 내가 저 앞의 녀석들에겐 보이지 않게 오른쪽 눈을 깜빡이며 윙크했다.

"스…… 어?"

그 윙크를 본 녀석이 일순간 멈춰 섰다. 녀석의 얼굴이 또 다른 혼란으로 휩싸여 가고 있었다.

📱

저벅, 저벅.

어쩔 줄을 몰라 하는 후성과 그 휘하 병사들의 손에 이끌려

형장으로 가며 주유는 주변을 둘러보았다.

자신과 함께 원술을 따르던 장수들뿐만 아니라 여포의 휘하 장수들까지 전부 위속과 진궁의 곁에 붙어서 참수만은 안 된다며 어떻게든 그 생각을 돌리고자 노력하고 있다. 그것은 손책 역시 마찬가지.

아직은 계획대로다. 하지만 뭔가 약한 감이 없지 않게 있다. 원소 휘하의 책사들을, 원담을 보기 좋게 속여서 목표하던 바를 이루기 위해서는 뭔가 좀 더 극적인 상황으로 몰고 가야 할 필요가 있었다.

주유가 그렇게 생각하며 형장의 한가운데에 섰을 때.

"좋다! 그럼 목을 베는 대신 장을 칠 것이다."

마침내 참수에서 한 걸음 뒤로 물러난 위속의 목소리가 들려왔다.

그렇게 이야기하는 위속의 모습을 지켜보던 주유와 손책의 시선이 허공에서 마주쳤다. 손책이 이 정도면 되었느냐며 주유를 향해 눈짓하고 있었다.

'아직 모자라. 자네도 함께해 줘야겠어.'

주유가 턱짓으로 자신의 옆을 가리키자 손책의 눈동자에 의아해하는 기색이 피어올랐다.

하지만 그것도 잠시, 손책의 얼굴이 험악하게 일그러졌다. 손책이 소리 없이 입만을 움직이며 이야기했다.

'야! 그건 아니잖아!'

'적을 속이기 위해선 과하다 싶을 정도가 되어야 하네.'

주유의 그 입 모양을 읽은 손책이 질색하기 시작했을 때.

"백부! 난 되었으니 이리 오게! 대장부가 되어 어찌 이런 대접을 받고도 참아 넘기겠는가! 자네도 나와 같은 생각이라 하지 않았던가! 오게! 비록 우리가 한날한시에 태어나지는 않았으나 한날한시에 죽기로 맹세한 사이가 아니던가!"

"구, 군사! 안 됩니다, 군사!"

여몽이 절규하듯 소리쳤지만 주유는 들은 체도 않고 손책만을 응시했다.

욕설인지 뭔지를 중얼거리던 손책이 멀리서 보기에도 땅이 꺼지도록 한숨을 푹 내쉬더니 성큼성큼 주유를 향해 걸어왔다.

그런 손책이 이를 악물고 있다. 정말 화가 난다는 듯 주유를 사정없이 노려보더니 홱 고개를 돌려 위속을 향해 소리쳤다.

"공근을 칠 것이라면 어디, 나도 쳐보시오!"

어차피 사전에 이야기가 되어 있으니 죽을 만큼 때리지는 않을 것이다. 아프기는 하겠지만 대의를 위해서라면 참을 수 있다.

손책은 원망 가득한 눈으로 주유를 한 번 더 째려보고선 위속을 향해 그렇게 소리쳤다.

그랬는데.

"오냐! 내 못 때릴 줄 아느냐? 손권!"

"예, 예?"

"어?"

위속의 입에서 상상치도 못한 이름이 튀어나왔다.

아까 전부터 마치 귀신이라도 본 것처럼 멍한 얼굴로 있던 손권이 화들짝 놀라 위속을 향해 달려왔다. 그리고 위속은 손가락으로 주유를, 손책을 가리키며 근엄하기 그지없는 목소리로 말했다.

"네 혈족이며 의형이니 네가 직접 집행하거라."

"스, 스승님?"

"어허, 네놈까지 내 명을 거역하겠다는 것이냐?"

그러면서 손권을 압박하기까지.

손권이 입술을 질끈 깨물더니 작게 한숨을 내쉬며 고개를 끄덕였다.

"알겠습니다."

"아, 이게 아닌데?"

손책이 당황해하며 중얼거리는 사이, 손권은 마치 결심했다는 듯 비장하기 그지없는 얼굴로 곤장을 들고서 그들을 향해 다가오고 있었다.

"용서하십시오, 형님."

자신이 원해서 하는 게 아니라는 것처럼, 손권의 미안한 마음이 가득 담긴 목소리가 손책의 귓가에 들려왔다.

동시에 손책은 생각했다. 위속이 손권을 시킨 걸 보니 사정을 봐주려는 모양이라고. 살살 때리겠구나, 위속이 생각했던 것보다 괜찮은 놈인 것 같은데? 라고.

"형을 집행하라!"

뒤이어 들려온 위속의 그 목소리에 후성의 병사들이 손책과 주유의 갑옷을 벗기며 그들을 형틀에 묶었다. 손책은 그런 와중에서도 비교적 편안한 마음으로 매를 기다리고 있었다.

하지만.

부웅-!

생각지도 못한 파공성이 들려왔다.

손책이 눈을 동그랗게 뜨는 찰나.

퍽!

"크으윽!"

말도 안 되는 고통이 밀려왔다. 손책이 이를 악물고선 홱 고개를 돌려 장을 들고 있는 손권의 얼굴을 쳐다봤다. 손권이 비장하기 그지없는 얼굴로 장을 들고 있다.

그런 손권이 정말 있는 힘껏 장을 번쩍 들어 올리더니 그걸 자신의 등을 향해 내려치고 있었다.

"크아악!"

두 대째를 맞았을 때, 손책이 소리쳤다.

아프다. 죽도록 아프다. 하지만 그것보다 화가 났다. 가슴속에서 뜨겁기 그지없는 분노가 치밀어 오르고 있었다.

"혀, 형님! 괜찮으십니까?"

그래놓고선 손권이 화들짝 놀라 걱정스러워 하는 얼굴로 말했다. 손책이 이를 악물었다. 그 이가 빠드드득 소리를 내며 갈리기까지 하고 있었다.

"드루와, 드루와 이 자식아! 쳐! 쳐서 죽이라고! 크아아아아아!"

"크흑……"

분노로 악에 받친 손책의 그 괴성에 손권이 눈물을 머금으며 계속해서 장을 휘둘렀다.

퍽, 퍽, 퍽!

장이 손책의 등을 후려갈길 때마다 끔찍하기 그지없는 타격음이 들려왔다. 손책의 입에서 고통스러워하는 신음이 새어나오는 것 역시 마찬가지.

그런 손책의 옆에서 주유가 작게 한숨을 내쉬며 저 멀리, 서산 너머로 기울어가는 태양을 응시하고 있었다.

"하…… 거 맞기 딱 좋은 날이로군."

한때 서주 전역을 지배하던 유비가 본거지로 삼았던 서주성. 그곳에서 원담은 이곳뿐만 아니라 광릉과 낭야까지 함께 들어다 바친 유훈을 마주하고 있었다.

"내 경과 같이 우국충정으로 똘똘 뭉친 애국지사를 만나게 되니 참으로 반갑기가 그지없소."

"하하. 그 무슨 말씀을……. 소생은 그저 살길을 찾아 자사께 의탁한 것일 뿐입니다. 모시던 주공을 잃고 이리 새로이 주인을 찾게 되었으니 부끄럽기 그지없습니다."

"아니오, 아니오. 그대는 살아남아 이렇게 우리 하북으로 귀순해 온 것만으로도 큰 공을 세운 것이외다. 아니 그렇소이까?"

원담의 시선이 자신의 곁에 서 있던 전풍을 향했다.

그가 활짝 웃으며 고개를 끄덕이고 있었다.

"청주 자사의 말씀이 참으로 옳습니다. 누가 뭐라 해도 큰 공이지요. 그리 생각할 수밖에 없습니다. 게다가……."

"급보요! 급보입니다!"

전풍이 뭔가 말을 이어가던 찰나, 그걸 끊으며 부장 하나가 헐레벌떡 그들의 앞에 나타나 무릎을 꿇었다.

전풍의 미간이 살짝 좁혀졌다. 안 그래도 연이은 패전으로 원소의 위신이 땅에 떨어진 상황이다. 기주에서는 업을 잃었고, 북연주에서는 여포와 위속에게 대패를 당해 수만에 달하는 병사가 죽거나 다쳤다.

그런 와중에서 이렇게나마 패전의 여파를 딛고 일어설 수 있을 성과를 어부지리로나마 얻게 되었다는 생각에 어떻게든 유훈과 그 휘하 장수들을 치하하던 중이었고. 그랬는데 이렇게 방해를 당하게 될 줄이야.

"도대체 무슨 일이더냐!"

잔뜩 인상을 찌푸린 채, 전풍이 소리쳤다. 하지만 부장은 뭔가 기묘한 얼굴로 그를 올려보고 있었다.

"주, 주유와 손책이 항복해 왔습니다. 그들이 자사님을 뵙고자 청하고 있습니다."

"뭐라?"

생각지도 못한 이야기다. 주유와 손책, 원술 휘하의 상장과 군사였던 자가 살아남아 항복하러 이곳까지 왔다니.

전풍이 원담 쪽으로 고개를 돌렸다. 원담이 이게 웬 떡이냐는 얼굴을 하고 있었다.

"데리고 오라! 어서 데리고 오라! 아니지, 그들은 지금 어디에 있느냐? 내가 직접 가서 만날 것이다!"

원담이 앉아 있던 자리에서 벌떡 일어났다.

진란과 진기, 유훈이 함께 있었지만 이미 그들의 존재는 원담의 머릿속에서 사라진 지 오래다. 서주의 남쪽을 전부 들어다 바친 만큼, 그들에게 볼일은 이미 끝난 것이나 마찬가지.

하지만 원술의 군사였던 주유와 상장이었던 손책은 다르다. 그들은 언제고 써먹을 수 있는 최상의 패이고, 작금의 답답하기 그지없던 원소군에게 숨통을 틔워줄 수 있을 존재나 마찬가지였다.

"서, 성문을 통해 지금 막 들어오고 있는 것으로 알고 있습니다!"

"오냐!"

원담이 나는 듯이 달리며 주유와 손책이 오고 있다는 곳을 향해 움직였다.

그리고 약간의 시간이 지났을 때, 원담은 볼 수 있었다. 엉망진창의, 거지꼴이나 다를 바 없는 모습에 눈동자엔 여포와 위속을 향한 것임에 분명할 독기가 가득 찬 두 사람의 모습을.

원담이 더 없이 만족한 얼굴로 씩 미소 짓고 있었다.

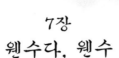

7장
웬수다, 웬수

"그래서…… 승하하신 대장군의 옛 부하들이 호응하기로 예정되어 있다는 것인가?"

분노로 이글이글 불타오르는 주유의 그 눈동자를 응시하며 원담이 반문했다.

"저흰 어디까지나 주공께서 황망히 세상을 등지셨기에 어쩔 수 없이 여포에게 투항했을 뿐입니다. 군을 이끄는 저희들조차 충격적이었는데 병사들은 오죽했겠습니까. 당시의 상황에서 전력을 일부나마 온존할 방법은 오직 하나, 투항뿐이었습니다."

"뭐, 그렇기는 하지. 끝까지 저항을 포기하지 않겠다며 싸웠다 간 끝도 없이 추격당해 몰살당하다시피 했을 터. 잘하였소. 주공근, 그대가 결단을 내렸기에 이런 기회도 생기는 것이겠지."

더없이 만족스러워하는 얼굴로 원담이 그렇게 말했다.

"한 번이면 된다. 딱 한 번만 여포를 패배시킬 수 있다면 그 다음은 볼 것도 없지. 공근 그대의 책략으로 그러한 과업을 이루어낸다면 지하에 계실 대장군께서도 기뻐하실 걸세."

"필시 그러실 것입니다."

그렇게 말하며 주유는 주먹을 움켜쥐었다.

한 번이면 된다. 원소와 여포의 격차를 가감 없이 드러내는 말이다. 원소는 병사를 십만 명쯤 잃는다고 해도 몇 년이면 모조리 복구해서 다시 예전과 같은 위세를 자랑할 수 있다.

하지만 여포는 그렇게 할 수가 없다. 연주와 예주는 원소가 지배하는 기주, 유주, 청주, 병주의 그것에 비하면 척박하기 그지없는 곳이다. 그렇기에 자신도 지금껏 그 한 번을 위해 그토록 노력해 왔던 것이 아닌가.

'씁쓸하군.'

그러나 여포는 아직도 패망하지 않았다. 이번에야말로 이길 것이라, 여포가 패망할 것이라 생각하며 온갖 수를 짜내며 전투에 임했지만, 번번이 위속이라는 거대한 벽에 막혔을 뿐이다.

'설령 내가 마음을 바꿔먹고 전풍과 작당해 새로운 계략을 짠다 하여도…… 그자는 보란 듯이 승리를 거두겠지.'

주유는 그렇게 확신했다.

지난번, 자신의 머릿속을 들여다보기라도 한 것처럼 자신이 마음속에 품고 있던 계책을 위속이 술술 읊는 것을 본 이후부터 주유는 그렇게 생각하고 있었다. 자신은 절대로 위속을 이기지 못할 것이라고.

주유가 그렇게 생각하고 있을 때, 잠시 곁에 있던 전풍과 나지막한 목소리로 이쪽엔 들리지 않게 이야기를 나누던 원담이 말했다.

　"그래, 내응의 규모는? 함께 움직이기로 한 것은 누구누구이던가? 그대들이 원하는 것은 무엇이고?"

　"여몽, 태사자, 장흠 그리고 제 아우이자 위속의 제자로 위장해 있는 손권까지 굵직한 자들은 총 다섯입니다. 병력은 약 삼만 명 정도가 될 것이라 예상되고요."

　주유를 대신해 그 곁에서 손책이 말했다.

　원담의 눈이 동그랗게 커져 있었다.

　"손권? 산양에서 홍수가 났을 때 전선을 이끌고 전장으로 나왔던 그 녀석을 이야기하는 것인가? 위속이 아낀다던 그 제자?"

　"예, 중모 그 녀석 역시 위속에게 포로로 잡혀 어쩔 수 없이 제자가 되었던 것. 저와 만나고 부턴 복수를 다짐하던 차입니다. 아시다시피 위속의 명으로 저와 공근을 모욕하고 곤장을 친 것이 중모인지라……."

　당황해하던 것도 잠시, 곧 비장하기 그지없는 얼굴로 자신을 향해 곤장을 내려치던 손권의 모습을 떠올리며 손책이 이를 악물었다. 다시 생각해 봐도 열이 오른다.

　'중모 이 자식.'

　돌아가고 나면 복수다. 형제간의 정을 담아 듬뿍 두들겨 주리라. 손책이 눈의 흉맹하기 그지없게 변해가고 있었다.

　"위속, 그놈이 쌓인 게 많았던 모양이군. 이렇게까지 그대들을 모욕하다니……."

"저희가 자사께 바라는 것은 오직 하나뿐입니다. 위속을 저희에게 주십시오."

"이를 말이던가. 걱정하지 말게. 그대들이 직접 복수할 수 있도록 위속을 사로잡아 주도록 하지."

짐짓 안타깝다는 얼굴을 가장하던 원담이 이내 씩 웃으며 그렇게 말했다.

손책이 감사하다는 듯 포권하며 고개를 숙이고 있었다.

"역관에 자리를 내어줄 것이니 가서 쉬도록 하게."

원담의 그 목소리에 주유가, 손책이 공손하기 그지없는 모습으로 포권하고선 휴식을 위해 밖으로 나섰다.

원담은 더없이 즐겁다는 얼굴로 그 모습을 응시하고 있었다.

"공자. 조심하셔야 합니다."

"웅? 아아, 선생은 이 역시 위속의 계략일지도 모른다는 생각으로 그리 말씀하시는 게요?"

이미 승리한 것이나 다름없다는 것처럼 득의양양한 얼굴로 원담이 말했다.

하지만 전풍의 얼굴은 딱딱하게 굳어져 있었다.

"말도 안 되는 여러 방법을 동원해 번번이 주공께 쓰디쓴 패배의 잔을 안겼던 위속입니다. 조심한다 하여 손해 볼 일은 없을 것입니다."

"선생. 상식적으로 생각을 해봅시다. 바로 얼마 전까지만 해도 위속과 여포를 죽이겠다며 온갖 계책을 다 내던 주유요. 그런

자가 원술이 죽기가 무섭게 항복하러 온 것이고. 위속이 뭔가 속임수를 써서 얼굴만 같은 가짜 주유, 가짜 손책을 보낸 것이라면 또 모를까 진짜 주유와 손책이 위속을 위해 일할 이유가 대관절 뭐란 말이오?"

"그것은……."

뭔가를 이야기하려던 전풍이 입을 다물었다.

이상하다는 느낌은 있다. 그러나 아무리 생각을 해보아도 주유와 손책 정도 되는 이들이 여포에게 투항했다고 해서 바로 이렇게 심복 중의 심복이라도 되는 것처럼 움직여야 할 이유가 없다. 말이 안 된다. 상식적으로 위속의 속임수일 것이라 생각하는 것 자체가 말이 안 될 일이었다.

그런 전풍의 표정을 읽은 것일까? 원담의 입꼬리가 한쪽으로 높이 치솟아 오르고 있었다.

"손자께서 이르시길 군을 움직여 내달릴 때는 바람처럼 빠르고 불이 번지듯 맹렬하며 벼락이 치듯 신속해야 한다 하시었소. 이건 기회요. 이번에야말로 위속 그놈과 여포의 목을 벨 기회란 말이오."

주먹을 움켜쥐기까지 하며 말하는 원담의 그 모습에 전풍은 입을 다물었다.

본능은 위험하다며 신호를 보내오고 있는데 이성은 그 감각을 현실에 빗대어 설명하질 못하고 있다. 이런 상황에선 이야기해 봐야 역효과만 날 거다. 후계 경쟁을 두고 잔뜩 몸이 달아오른 상태이니 더더욱 그럴 것이고.

'이럴 때 총군사께서 곁에 계셨다면 참으로 좋았을 것을.'

저수가, 방통이 몹시 그리워지는 날이다.

전풍은 그렇게 생각하며 자신의 처소로 향했다. 저수, 방통과 그랬던 것처럼 위속이 노리는 게 무엇인지 알아차릴 수 있게 될 때까지 계속해서 머리를 쥐어짜 내고자 하는 것이었다.

"참으로…… 안타깝기 그지없는 광경일세."

잠시 머물 숙소로 원담이 내어준 역관으로 향하는 길. 주유의 시선이 주변을 향했다.

태수부라고 하면 성내에서 가장 존귀한 자들이 모이는 곳이다. 당연히 그 주변은 번화할 수밖에 없다. 하지만 그런 태수부의 주변임에도, 사람들은 삶의 희망을 완전히 잃어버리기라도 한 것 같은 얼굴로 힘없이 길을 거닐고 있었다.

"청주 자사가 백성의 고혈을 뽑아 먹는다더니. 이곳에서도 그러한 꼴이 재현되려는 모양이지."

저 앞쪽에서 자신들을 안내해 가는 원담의 수하에게 들리지 않을 작은 목소리로 손책이 말했다.

주유가 그런 것처럼, 손책 역시 마음에 들지 않는다는 얼굴로 주변을 둘러보고 있었다.

"이 겨울에 해자를 더 깊게 하고, 성벽을 보수한답시고 백성을 있는 대로 동원했으니 원성이 하늘을 찌를 터. 백성을 대하는 모습을 보면 확실히 여포가, 위속이 나은 것 같아."

"백성을 괴롭히지 않고도 전쟁에서 이길 자신이 있다는 것
이겠지, 그들은."

자신이 위속을 상대하며 느꼈던 것들을, 연주와 예주에 만
들어 두었던 첩보 라인이 보고해 온 백성들의 생활상에 대한
정보들을 떠올리며 주유가 말했다.

"왔군."

그렇게 나아가던 주유의 시선에 익숙하기 그지없는, 거지꼴
이나 마찬가지의 모습을 한 백성 하나가 시야에 들어왔다. 주
유의 눈매가 가늘어지고 있었다.

쏴아아아아아아-

강바람이 제법 매섭다.

진궁과 함께 강가에 앉아 낚싯대를 드리우고 있는데 뭔가
톡톡 바늘을 건드리는 느낌이 든다.

"온 거요?"

"그런 것 같은데요?"

확실하게 물 때까지 기다려야 한다.

당장에라도 들어 올리고 싶다. 하지만 조금 참아야 한다. 확
실하게 느낌이 올 때까지.

내가 그렇게 생각하며 기다리길 잠시.

"웃차!"

챔질과 동시에 낚싯대를 들어 올리며 얼기설기 어설프기 그지없는 릴을 감았다. 묵직한 무게감과 함께 펄떡거리는 물고기 특유의 그 느낌이 전해져 온다.

내가 씩 웃으며 그 물고기를 건져 올리니 옆에서 진궁이 신기하다는 듯 날 쳐다보고 있었다.

"똑같은 낚싯대이거늘 어찌 총군사의 것에만 그리 잘 낚이는 것인지 모르겠군."

"기술이죠, 기술. 안 물고는 못 배기게 만드는, 뭐 그런 노하우라고나 할까?"

펄떡펄떡 날뛰는 놈을 건져 올리니 옆에서 대기하고 있던 병사가 그걸 받아 든다. 그러고선 물려 있던 바늘을 빼고, 커다란 통에 고이고이 담아두기까지.

'개편하다. 진짜 이 맛에 산다니까.'

내가 그렇게 생각하며 만족스럽게 웃고 있을 때.

두두두두-

저 멀리에서 말발굽 소리가 들려왔다. 기마 하나가 이쪽을 향해 황급히 달려오고 있었다.

"스승님! 스승니이이임!"

"어라. 왜 쟤가 와?"

손권이다. 녀석이 헐레벌떡 달려오기가 무섭게 말에서 뛰어내리며 말을 이었다.

"원담이 남하해 오고 있습니다!"

"오, 드디어 낚인 건가?"

"미끼가 워낙에 좋은 것이었으니까 덥석 물 수밖에 없겠지. 문 것이 우리인지, 원담인지는 내 아직 모르겠소만."

옆에서 진궁이 걱정스럽다는 듯 말했다. 확실히 이건 사고나 발상의 전환 정도로 해결해서 이해할 수 있는 일이 아니기는 하니까. 걱정하는 것도 어쩔 수 없는 일.

그나마 이렇게 걱정하는 말만 조금 늘어놓고 끝나는 게 다행일 수준이다.

지금껏 내가 무릉도원을 보고서 온갖 말도 안 되는 일들을 벌여 성공을 거뒀기에 이 정도인 거지, 손권이나 공명이 같은 녀석들이 주유를 믿고 그를 이용해 반간계를 펼치자는 말을 꺼냈다면 그 순간에 바로 묵살당했을 테니까.

"일단은…… 주공께 아뢰러 갑시다."

"그래야겠죠. 손권아."

"예, 스승님."

"지금 바로 연락 쭉 돌려라. 원담 놈 마중하러 갈 거니까. 다들 모이라고."

손권이가 걱정스러워 하는 얼굴로 날 쳐다본다. 안 물어봐도 알 것 같다.

"주유와 손책을 걱정하는 거냐?"

"예? 아, 저, 그게."

"걱정하지 마, 인마. 괜찮을 거니까. 지금까지 내가 얘기해서 뭐 틀리는 거 봤어?"

손권이가 고개를 젓는다.

그런 녀석의 얼굴에 피어올라 있던 걱정이 조금씩 사라져
간다. 녀석의 눈동자가 초롱초롱하게 변해가고 있었다.

"원담이 온다고? 잘됐군."

진궁과 함께 태수부로 가 보고를 올림과 동시에 형님이 씩
웃으며 말했다.

"주공! 소장을 선두에 세워주십시오. 이번에야말로 소장이
군공을 세우겠습니다. 원담의 목을 베어 바치지요. 허락해 주
십시오!"

"아닙니다, 주공. 소장이 앞에 설 것입니다. 원담뿐만 아니라
그 책사인 전풍의 목까지 함께 가져다 바칠 것이니 꼭 맡겨주
십시오!"

그와 동시에 성렴과 학맹이 앞으로 나오며 외쳤다.

형님의 눈매가 살짝 가늘어지고 있었다.

"너희가 선봉을 서겠다고?"

"예! 기필코 원담과 전풍의 목을 베겠습니다!"

학맹이 무슨 갓 자대에 배치받은 이병이라도 되는 것처럼 쩌
렁쩌렁하게 소리치고 있다. 형님의 눈매가 더욱더 가늘어진다.

학맹아, 학맹아…… 너는 분위기 파악이 그렇게 안 되는 거니.

"아닙니다, 주공. 소장은 뒤로 물러서겠습니다."

그런 와중에서 성렴이가 다시 본래의 자리로 돌아온다.

'여우시' 눈치의 성렴이다.

"어, 어?"

그 모습을 봤기 때문일까? 학맹이가 조금은 당황스러워하며 형님을, 성렴이를 번갈아 쳐다보고 있었다.

'쯧쯧. 그러고 있을 게 아니라 너도 성렴이처럼 뒤로 물러났어야지.'

내가 그렇게 생각하고 있을 때.

"하, 이번 전투는 우리 문숙이가 날 위해서 만들어준 건데 그걸 뺏겠다고?"

형님의 목소리가 들려왔다.

"뺏다니요? 으하하. 당치도 않은 말씀이십니다, 주공! 소장이 어찌 주공의 것을 탐하려 하겠습니까. 아닙니다. 절대 아니죠. 암요."

"그으래? 확실한 거지?"

"예, 옙! 확실합니다. 소장은 절대 선봉을 탐내지 않을 것입니다."

"흐흐. 그럼 됐군."

형님이 기분 좋게 웃으며 성큼성큼 학맹의 옆으로 걸어온다. 어색하기 그지없는 미소를 지어 보인 학맹이의 입꼬리가 파르르 떨리고 있었다.

"원담의 목? 내 것이다. 전풍의 목? 그 역시 마찬가지. 이 모든 게 문숙이가 내게 만들어주는 선물이니라."

퍽, 퍽, 퍽.

"으윽."

형님이 학맹의 어깨를 두드리는데 소리가 참 크다. 때리는 건지, 그냥 두드리는 건지 구분이 안 될 정도. 당사자인 학맹이도 아프긴 한 건지 억눌린 신음이 조금씩 새어 나오고 있었다.

"그러니까…… 어떻겠어. 지금 출발하면 되겠느냐?"

형님의 시선이 날 향했다.

내가 고개를 끄덕였다.

"가시죠, 형님. 비록 이십오만지적은 안 되겠지만 이십이만지적까지 제가 편안하게 모시겠습니다."

"좋아. 아주 좋아."

형님이 기분 좋게 웃고 나도 함께 웃었다.

주공인 형님은 직접 나가서 싸우는 걸 좋아하고, 군사인 나는 계획만 세우고 가만히 뒤에서 구경만 하고. 이 얼마나 이상적인 군신 관계란 말인가. 좋다, 좋아. 으흐흐.

"참, 문숙."

"예?"

"내가 계속 생각을 해봤는데."

어라? 이거 완전…….

"잠깐, 잠깐만요, 형님!"

싸하다. 몹시 싸한 느낌이 온몸을 휘감는다. 이건 무조건 말을 돌려야 할 타이밍이다.

"형님. 그러니까 이번 전투에서 가장 중요한 건……."

"가장 중요한 건 공정함이다. 내가 지금껏 곰곰이 생각을 해봤는데 아무리 봐도……."

"으아아, 형님!"

나도 모르게 큰 소리를 내버렸다.

형님이 씩 웃는다.

웃지만 말고 내 마음도 좀 알아달라고요, 형님!

"나는 공정한 자다. 문숙 네가 고생해서 만든 것들을 내가 날름 뺏어버릴 수는 없지. 그러니까 이번에도 너와 내가 함께다."

내가 말을 이으려는 찰나, 형님이 또렷하기 그지없는 어조로 그렇게 말했다.

하…….

"그러니까 형님. 그 말씀은……."

"너와 내가 각각 십만지적이 되는 거지. 어떠냐. 생각하는 것만으로도 가슴이 두근거리고 기분이 막 좋아지지 않느냐?"

"하, 하하……."

망할, 그냥 웃자……. 웃어야지…….

기분이 너무 좋아서 손이 부들부들 떨린다.

이럴 때 보면 형님이 아니라 진짜 웬수다, 웬수.

📱

"후후."

남쪽, 여포의 심장이나 마찬가지인 산양으로 나아가는 길. 그곳에 대군을 전개하고서 원담은 자신만만한 얼굴로 저 멀리 앞에 있는 여포군의 모습을 응시했다.

다른 깃발들도 참 많지만, 개중에서 원담의 눈에 콕 박히는 것은 여(呂)와 위(魏)가 새겨진 깃발이다.

예전 같았으면 저 깃발들이 나타남과 동시에 이를 악물며 머릿속으로 온갖 고민을 했을 것이다. 그들이 노리는 게 무엇인지 알아차리지 못한다면 전투에서 지는 건 기정사실이나 마찬가지였으니까.

하지만 지금은 아니다. 알아차리고자 고뇌하는 건 오히려 저들이어야 할 터.

"좋구나. 아주 좋아."

원담이 껄껄 웃으며 말했다. 그런 원담의 곁에서 손책이 함께 웃고 있었다.

"자사님. 약조하신 것은 꼭 지켜주셔야 합니다, 아시죠?"

"응? 아아, 걱정하지 말게. 내 그건 당연히 지켜야지. 애초에 그 조건으로 진행하는 계획이 아니던가?"

"저희는 자사님만 믿겠습니다."

"믿어. 날 안 믿으면 누굴 믿는단 말인가? 이 전투가 끝나고 나면 난 명실상부한 하북 원씨 가문의 후계자가 될 터. 구도가 확실히 정리되고 나면 내 자네들을 중히 쓸 것이다."

계속해서 껄껄 웃으며 원담은 손책과 주유의 등을 두드렸다. 손책이 감사하다는 듯 고개를 숙여 보이고 있었다.

그러던 때.

두둥- 두두둥-! 두둥- 두두둥-!

저 멀리 여포군 쪽에서 요란하기 그지없는 북소리가 울려 퍼지기 시작했다.

원담의 눈매가 가늘어졌다. 그런 원담의 시야에 방천화극을 들고 적토마와 함께 앞으로 나오는 여포의 모습이 들어오고 있었다.

그리고 그 옆으로 서 있는 것은.

"위속?"

원담의 눈매가 가늘어졌다.

"아무래도 대화를 청하는 것 같습니다만."

함께 그 모습을 지켜보던 주유의 목소리가 들려왔다. 원담이 고개를 끄덕였다.

"전투를 원하는 것이라면 병사들과 함께 나오지, 저렇게 딸랑 둘이서 다가오지는 않겠지. 그래, 대화에 응하는 게 나을까? 선생은 어떻게 생각하시오?"

원담의 시선이 이번엔 전풍을 향했다. 전풍이 고개를 저었다.

"문답무용입니다. 대화에 응해줘야 할 이유가 없질 않습니까. 화살을 쏴 저들을 고슴도치로 만들어 버리십시오. 성공한다면 그보다 좋을 게 없습니다."

"그것도…… 나쁘지 않겠군. 장의거."

"예, 주공."

"충분히 거리가 좁혀지고 나면 쏴라. 고슴도치를 만들어 버려."

"예."

장의거가 포권하며 고개를 숙여 보임과 함께 원담은 손책과 주유의 얼굴을 살폈다. 혹시나 하는 마음에서다. 그들을 믿기로 마음먹기는 했지만 만에 하나라는 게 있으니까.

하지만 손책과 주유는 여전히 분노에 가득 찬 눈으로 저 멀리에서 다가오고 있는 여포와 위속의 모습을 노려보고 있을 뿐이다. 화살의 비를 내리겠다는, 원담의 그 명령에 걱정하거나 하는 기색 따위는 눈을 씻고 찾아보려 해도 보이질 않는 모습이었다. 원담의 입가에 더욱 진한 미소가 피어올랐다.

그런 원담이 다시 앞으로 시선을 옮겼다. 여포와 위속, 둘이 어느덧 궁수들의 사거리 안쪽으로 들어서고 있었다.

"후일 사가들에게 비겁하다는 이야기를 들을 수도 있겠지만…… 상관없다."

역사는 승자에 의해서 만들어지는 거다.

원담은 마치 여포와 위속의 대화 제의에 응하겠다는 것처럼 말을 몰아 슬금슬금 나아가기 시작했다.

그러던 찰나.

두두두두두-

"자, 자사!"

원담의 모습을 확인한 여포와 위속이 있는 힘껏 말을 달리기 시작했다. 원담의 눈이 동그랗게 커졌다. 옆에서 함께 앞으로 나오던 전풍이 화들짝 놀라며 소리치고 있었다.

그와 함께.

"쏴라!"

장의거의 목소리가 울려 퍼졌다.

피슝, 피슈슈슈슝-!

저 멀리에서 수천 명의 궁병들이 화살을 쏘아내는 소리가 요란하게 울려 퍼진다. 수천 발의 화살이 포물선을 그리며 여포와 위속을 향해 날아갔다.

하지만.

두두두두두두두-!

"너, 너무 빠르잖아!"

원담이 당황해하며 소리쳤다.

적토마와 절영이다. 천하에서 둘째가라면 서러울 두 명마가 미친 듯이 대지를 질주하고 있다. 그리고 두 말의 시선은 정확하게 원담을 향하고 있었다.

"피, 피하셔야 합니다. 자사! 어서요!"

원담만큼이나 당황한 전풍의 목소리가 울려 퍼졌다. 원담이 자신도 모르게 말 머리를 돌려 전풍과 함께 후방에서 대기하고 있던 자인의 병사들 쪽으로 질주하기 시작했다.

스사사사사사사-

화살이 땅에 꽂히는 소리가 들려온다.

쉴 새 없이 달리며 원담이 뒤를 돌아봤다. 고슴도치가 만들어져 있다. 하지만 여포와 위속이 아니라 땅이 고슴도치가 되어버린 거다. 적토마와 절영, 두 명마에 올라탄 두 괴물은 보란 듯이 화살의 비를 피해내고서 자신을 향해 바로 뒤쪽까지 바짝 따라붙어 달려오고 있었다.

"야, 똥쟁이! 어딜 그렇게 도망가는 거냐? 너도 사내새끼라면 말 머리를 돌려라! 형이랑 한판 붙자!"

"크으으으윽!"

저 뒤에서 위속의 목소리가 들려왔을 때, 원담이 이를 악물며 분노에 가득 찬 침음성을 내뱉었다. 그런 원담을 향해 후방에서 대기하고 있던, 그의 친위대라 할 수 있는 병사들이 헐레벌떡 달려오고 있었다.

"주공! 주공을 보호하라!"

"여포와 위속이다! 저놈들의 목을 베어라! 둘 중 하나라도 베는 데 성공한다면 하북의 주공께서 만금을 내리실 것이다!"

"와아아아아아아아아아아!"

장수 호황의 그 목소리와 함께 병사들이 함성을 내지르며 질주해 오기 시작했다.

하지만.

"으하하하하, 십만지적 여포와 위속이 왔노라! 와라! 모두 베어주마!"

오히려 이런 상황이 만들어지기를 기다렸다는 듯 여포가 잔뜩 신난 것 같은 목소리로 소리친다.

"저런 미친⋯⋯."

황당해서 말도 안 나온다.

당장에라도 자신을 베어버릴 것처럼 달려오던 여포가 말 머리를 돌려 호황과 그 휘하의 병사들 사이로 뛰어든다. 그러면서 진심으로 즐겁다는 듯 껄껄껄 웃고 있기까지 했다.

이십만이나 되는 대군의 사이로 뛰어든다는 것만으로도 자살

행위나 다름없는 짓거리인데 오히려 이 상황을 즐기고 있다니?

"자사! 피하셔야 합니다!"

"피하긴 뭘 피한단 말인가! 여포를 죽일 절호의 기회가 아니오? 모든 병력을 밀어 넣으시오! 여포 저놈도 사람이니 창이든 칼이든 찔리고 베이면 피를 흘리고 결국엔 죽게 될 터!"

"하지만 자사! 상황이 묘하게 흘러가고 있질 않습니까! 주유, 손책이 우리에게 투항해 왔다는 것은 저들의 손아귀에서 빠져나갔다는 의미. 곧 위속 역시 상황이 이상하다는 것을 인지하고 뭔가 수를 써야 했는데 여포가 이리도 저돌적으로 튀어나온다는 것은 곧……."

"여포만 죽이면 다 끝나는 싸움이외다! 다 필요 없으니 여포를 죽이란 말이오!"

이미 다른 말은 귀에 들어가지도 않을 정도로 이성을 잃은 상태다. 전풍이 이를 악물었다. 그런 와중에서 쩌렁쩌렁하게 외치는 원담의 명령을 전해 들은 장수들이 여포가 포위되어 있는 곳을 향해 병력을 밀어 넣고 있었다.

📱

"여포만 죽인다면 끝이다! 크건 작건 상관없다! 아주 작은 상처라도 상관없으니 찌르고 베어라! 주공께서 큰 상을 내리실 것이다!"

"죽기를 각오하고 밀어붙여라! 여포 역시 한 명의 사람에 불과할 것인즉! 너희가 물러서지 않는다면 여포가 먼저 지쳐 쓰러지게 될 것이다!"

"으하하하하, 계속해서 오너라! 더욱더 와라! 아직 모자라, 모자라단 말이다!"

사방에서 들려오는, 원소군 장수들의 외침에 형님이 껄껄껄 웃으며 소리쳤다. 그러면서 형님이 방천화극을 휘두르는데 원소군 병사들이 서넛, 네다섯씩 쓰러지고 있었다.

"위속! 위속을 노리는 게 더 나아!"

"무신 여포보단 위속을 노리는 쪽이 살아남을 가능성은 더 크다고!"

"으아아악! 밀지 마! 위속 쪽으로 갈 거란 말이다, 이놈들아!"

원소군 병사들이 지들끼리 소리친다. 저 앞에서 적토마와 함께 미친 듯이 병사들을 베어 넘기는 형님이 아니라 내 쪽으로 오겠다고 자기들끼리 싸우는 거다.

시발.

"크아악! 그래, 나 만만하다! 덤벼! 덤벼, 이 자식들아!"

형님과 함께 병사들 속으로 뛰어들었으니 방법이 없다. 살아남기 위해서라도 나 역시 미친 듯이 싸워야 한다.

거의 본능에 모든 것을 맡기다시피 하며 내가 창을 휘둘렀다. 형님처럼 서넛, 네다섯을 한 번에 쓰러뜨리지는 못해도 적지 않은 숫자가 내 창에 쓰러져 간다.

날 향해 찔러져 오는 창을 쳐내고, 절영을 보호하며 근처에 있는 놈들의 가슴팍을 찌르는 걸 반복하다가 보니 뭔가 지금까지는 알지 못했던 새로운 감각이 몸속에서 눈을 뜨는 것 같은 느낌이다.

손에 쥔 창이 가벼워지고, 몸놀림이 조금씩 빨라진다. 주변에 있는 수많은 병사들의 움직임이 한눈에 들어오고, 당장에 어떤 자가 제일 위험하고 어떤 자가 가장 덜 위험한지가 머릿속에서 그려진다. 마치 전투 머신, AI 같은 게 머릿속에 들어와 있는 것처럼 나는 그 감각을 따라 계속해서 창을 휘두르고, 휘두르며, 또 휘두르고 있었다.

그러던 와중.

뿌우우우우우우우우-

두둥, 둥, 두둥, 둥, 두두둥, 둥-!

"저, 적들이 몰려온다!"

뿔 나팔 소리와 함께 북소리가 울려 퍼지는 게 들려왔다. 원소군 병사들이 자기들끼리 당황해서 소리치고 있었다.

"흐흐."

조금 있으면 우리 쪽 병사들이 몰려올 거다. 자기가 계책에 빠졌다고는 전혀 생각하지 못할 원담의 그 심리를 이용해 감녕과 마초, 허저, 성렴에 학맹이까지 다들 각자 병사들을 이끌고 포위망을 만들어내고 있을 터. 조금만 버티면 된다.

그렇게 생각하고 있는데.

"문숙!"

형님의 목소리가 들려왔다.

주변을 포위하고 있는, 족히 천 명도 넘을 병사들의 사이에서 방천화극을 휘둘러 자유롭게 길을 만들어내며 형님이 내 쪽으로 다가오고 있었다.

"예?"

"어때. 버틸 수 있을 것 같아?"

"음, 그럭저럭?"

"그래?"

'아니, 이 양반이 갑자기 또 왜…….'

씩 웃는 형님의 모습에 등골이 서늘해진다.

"그럭저럭인 거 취습니다. 당장에라도 무너질 것 같아요. 한계치라고요."

"호오, 그렇단 말이지?"

형님의 미소가 더욱더 진해진다.

'아니, 뭐야? 도대체.'

"더 좋군. 무너지기 직전이라니. 그럼 가만히 놔둘 수 없지. 안 그러냐? 문숙."

"예, 예? 아니, 형님. 갑자기 그게 또 무슨……."

"원담을 잡으러 가자. 이것들은 너무 약해. 원담을 잡으러 가면 장수들이 다 나오겠지."

아니, 이게 무슨 미친 소리야? 이십만 대군을 끌고서 여기까지 온 원담을, 그것도 나랑 형님 둘이서만 가서 잡자니?

내가 황당해서 쳐다보고 있는데 형님이 방천화극을 고쳐 잡고 있었다.

"가자!"

"혀, 형님! 형님!"

내가 말릴 사이도 없이 형님이 적토마의 말 머리를 돌려 저 멀리 어딘가에 있을 원담을 향해 질주해 나가기 시작했다.

형님이 포위망을 뚫고서 달리니 날 쳐다보는 원소군 병사들의 눈빛이 흉흉해지고 있었다.

"위속 하나만 남았다."

"으흐흐. 저건 내 거야."

"저놈만 잡으면 나도 귀족이 될 수 있다고!"

'망, 망할.'

놈들이 날 둘러싼다. 이대로 있다간 나 혼자 고립돼서 죽을지도 모른다. 내가 그렇게 생각하며 이를 악물고 있는데.

"으아아아악!"

"여포, 여포가 다시 온다!"

"살려줘! 비키라고! 비켜!"

기세등등하던 놈들의 비명이 울려 퍼지기 시작했다.

그렇게 한 삼십 초나 지났을까?

"문숙! 왜 안 오냐?"

원소군 병사들의 포위망 사이에서 적토마와 함께 나타난 형님이 날 쳐다보고 있었다.

"가요, 갑니다! 같이만 가요, 형님!"

"저 지긋지긋한 놈들도 오늘이면 끝이겠군. 흐흐흐."

족히 만 명도 넘는, 자신이 이끄는 병사 중에서도 최정예라 할 수 있는 자들로 이뤄진 포위망을 응시하며 원담이 기분 좋게 웃고 있다.

그런 원담의 곁에서 전풍이 심각하기 그지없는 얼굴로 좌중을 응시하고 있었다.

아무리 봐도 상황이 심상치가 않다. 여포군은 계속해서 초승달의 그것처럼 진형을 넓게 펼치고 있다. 반면 원담은 여포를 잡겠다는 일념만으로 병력을 있는 대로 쏟아붓는 중이다.

지금만 하더라도 그렇다. 최정예가 여포를 죽이는 것에 투입되어 있고, 그 포위망 너머로 또 다른 정예 병력이 자신들이 투입되기를 기다리는 와중이다. 이곳 전장으로 데리고 온 병력의 삼분지 일가량이 지극히 좁은 지역에서 여포 하나만을 보고 똘똘 뭉쳐 있는 것이나 마찬가지. 포위당하기에 딱 좋은 상황이었다.

"자사. 상황이 너무도 안 좋습니다. 지금이라도 병력을 뒤로 물려서 정상적인 진형을 펼쳐……."

"주, 주공! 큰일 났습니다! 주공!"

전풍이 막 그렇게 말하려던 찰나, 병사 하나가 원담을 향해 달려오며 소리쳤다. 여포가 포위당해 있는, 저 멀리 앞을 응시하던 원담이 홱 고개를 돌렸다.

"무슨 일이냐!"

"유비, 유비가 후방을 공격하고 있습니다!"

"뭐, 뭐라고?"

황당하다는 듯 반문하던 원담의 눈이 동그랗게 커졌다.

"아니, 그 유비를 막겠다고 병력을 삼만 명이나 남겨서 하비를 포위하고 있었던 거잖아! 근데 유비가 어떻게 여기에서 튀어나와? 말이 되질 않잖느냐!"

"그, 그것이 유비 삼 형제와 함께 악취, 양강, 한호 세 장수가 함께 나타났다 합니다!"

"설마?"

원담의 시선이 전풍을 향했다. 전풍이 땅이 꺼져라 한숨을 푹 내쉬고 있었다.

"악취, 양강, 한호는 주유와 내통해 우리에게 귀순하겠다며 병력을 이끌고 오던 자들입니다. 그들이 유비와 결탁했다는 것은 곧……."

"급보입니다! 주유와 손책이 사라졌습니다!"

전풍이 채 말을 끝내기도 전에 또 다른 전령이 달려오며 소리쳤다. 원담의 낯빛이 창백하게 질려가기 시작했다. 검 대신 지휘봉을 들고 있던 원담의 손이 부들부들 떨리기까지 하고 있었다.

"그, 그놈들이 어찌!"

"……이 모든 것이 위속의 계략이라면 이해가 안 될 일도 아닙니다. 서주를 들어다 바친 대장군의 장수 중에 주유의 심복이 포함되어 있었겠지요. 투항하겠다며 오던 자들과 유비 삼 형제가 후방을 공격해 오며 혼란이 생기는 틈을 타 탈출한 것일 테고 말입니다."

마치 모든 것을 다 포기하기라도 했다는 것처럼, 해탈해 버린 얼굴로 말하는 전풍의 목소리에 원담은 아무런 말도 하지 않았다. 그저 믿을 수 없다는 듯, 떨리는 눈동자로 자신을 향해 달려왔던 두 전령의 모습을 번갈아 쳐다보고만 있을 뿐이었다.

그런 와중.

"으아아아악!"

"막아야 한다! 무조건 막…… 커헉!"

"여포, 여포다!"

"여포가 온다! 비켜, 비키라고!"

저 멀리서부터 혼란에 가득 찬 비명이 들려오기 시작했다. 병사들이 괴성을 내지르며 서로 도망치고자 몸부림을 치고 있다. 그런 사이에서 뭔가가 햇빛을 반사하며 번쩍이고 있다.

갑작스레 전해져 온 소식에 살짝 넋을 놓고 있던 원담이 그것을 응시했다. 그것이 빛을 번쩍일 때마다 병사들이 쓰러진다. 병사들이 쓰러질 때마다 시뻘건, 마치 피 칠갑이라도 한 것처럼 붉은빛의 거대한 말이 웬 장수와 함께 질주해 온다. 그 뒤에 바짝 붙어서 따라오는 건 시커먼, 세상 모든 빛을 흡수하고도 남을 정도로 신비로운 검은빛의 군마와 또 다른 장수였다.

"자, 자사!"

"으하하하. 원담아, 원담아! 네놈의 목을 가지러 나 여포가 왔다! 한번 붙어보겠느냐?"

아주 잠시, 원담만큼이나 멍하니 그 모습을 지켜보던 전풍이 화들짝 놀라 정신을 차리며 소리침과 동시에 여포의 사자후가 터져 나왔다.

원담이 자신도 모르게 몸을 움찔거리고 있었다.

"자사! 어서 피하십시오! 어서요! 뭣들 하느냐! 청주 자사를 모시거라!"

전풍이 그렇게 소리침과 동시에.

뿌우우우우우우우-

사방에서 또 다른 뿔 나팔 소리가 울려 퍼졌다.

전풍이 이를 악물고서 그 소리가 들려온 쪽을 확인하기 시작했다.

척척척척!

슬금슬금, 마치 자신들은 이 전투와 아무런 관련도 없다는 것처럼 여포가 싸움을 시작한 이후로도 계속해서 천천히 다가오고만 있던 여포군이다. 그들이 이쪽을 향해 빠른 속도로 다가오고 있다.

측면으로 넓게 펼쳐지던 초승달 전체가 다 그렇다. 창을 들고, 검을 들고, 도끼를 들고서. 목숨을 아끼지 않고 직접 적진 한가운데로 뛰어든 여포와 위속을 지키기 위해.

전풍이 입술을 질끈 깨물었다. 입술이 터지고, 피가 새어 나와 비릿한 혈향이 입안을 가득 메웠지만 전풍은 계속해서 입술을 깨물고 깨물고 또 깨물었다.

그런 전풍을 향해, 원담을 향해 햇빛을 반사하며 번쩍이는 방천화극이 계속해서 가까워져 오고 있었다.

"하아……."

정말 가슴속 깊숙한 곳에 깃들어 있던, 숨결이란 숨결은 모조리 토해내며 전풍은 한스럽다는 듯 하늘을 올려봤다.

이해가 되질 않는다. 위속이 도대체 어떻게 주유를 이용해 이런 계책을 만든 것인지. 주유를 도대체 어떻게 구워삶았기에 불과 얼마 전까지만 해도 서로 죽고 죽이던 자를 반간계의 핵심으로 삼아 보내온 것인지.

이해할 수가 없다. 그렇기에 속이 답답하다. 마치 하늘이 자신을 버리기라도 한 것처럼. 원소를 버리기라도 한 것처럼.

"하늘이시여! 도대체 어찌 이런 일이 벌어지도록 하신단 말이외까!"

한스럽다는 듯 전풍이 소리쳤다. 그런 전풍의 입가에서 한 줄기, 굵은 핏물이 줄줄줄 흘러내리고 있었다.

"하…… 살아남은 건가."

몸이 무겁기만 하다. 잔뜩 물을 머금은 솜이불이라도 되는 것처럼 손가락 하나 까딱할 힘조차 없다.

내가 완전히 기진맥진해져선 땅바닥에 주저앉아 있는데 누군가 다가오더니 가죽으로 된 물주머니를 건넨다. 그걸 받아서 보니 후성이가 내 옆에 서 있었다.

"정말 고생하셨습니다, 장군."

"고생은 무슨. 형님이 다 한 걸 뒤에서 따라다니기만 했는데."

계책을 세우고, 주유를 믿어도 된다며 진궁을 설득했던 걸 제외한다면 이번 전투에서 내가 한 일이라곤 그저 살아남기 위해 몸부림친 게 전부다. 난전의 와중에서 창술이라는 게 좀 더 손에 익은 것 같기는 하지만, 딱 그 정도가 전부일 뿐이다.

"형님은?"

후성이 손을 들어 한쪽을 가리켰다. 여(呂)가 새겨진 깃발과 함께 적토마를 탄 형님이 기세등등한 모습으로 이쪽을 향해 다가오고 있다. 그런 형님의 뒤를 휘황찬란한 갑옷을 걸친 잘 생긴 남자와 함께 우리 쪽 병사들이 따라오고 있었다.

"장군. 놀라시면 안 됩니다?"

"뭘 놀라. 지금 나 놀랄 기운도 없어. 힘들어 죽겠는데 놀라기는 개뿔이."

"아, 그렇습니까? 아닐 텐데. 놀라실 텐데요."

"뭔데? 이번엔 또 뭐기에?"

사람이 참 신기한 것 같다. 지금 당장에라도 드러누워서 그냥 눈을 감아 기절해 버리고 싶은 상태인데도 후성이의 말에 호기심이 생긴다. 내가 궁금하다는 얼굴로 자길 쳐다보니 후성이가 씩 웃고 있었다.

"주공께서 포로를 잡으셨습니다."

"뭔 포로? 쌔고 쌘 게 포로잖아."

주유의 고육책에 완전히 빠져서 우리 쪽의 후방을 노리고 원술군 잔당이 공격해 올 것을 기다리던 원담과 전풍이다. 거기에 형님과 내가 원담을 노리고 정면에서부터 노리고 들어가는 통에 완전히 시선을 뺏겨 버린 상태였고.

덕분에 후방에서 유비 삼 형제가, 원술 쪽 항상 세 명과 함께 움직인 마초가 날뛰고 측면과 정면 할 것 없이 기세가 오를 대로 오른 우리 쪽 병사들이 거세게 밀어붙인 덕분에 원담군은 이미 지휘 체계가 붕괴해 병사들이 사방으로 흩어져 도망치는 상태. 적어도 앞으로 며칠은 온 사방에 널린 게 포로고, 잡으려고 마음만 먹는다면 하루 만에 수천 명도 잡을 수 있을 상황이었다.

"장군. 놀라지 마십시오. 주공께서 원담을 포로로……."

"뭐? 원담?"

"아이, 참. 놀라지 마시라고 그렇게 말씀을 드렸는데 이렇게 소리를 지르십니까?"

"그 원담을 포로로 잡았다고?"

그렇단 말이지?

☐

"진짜 원담이네."

형님의 막사. 밧줄로 온몸이 꽁꽁 묶인 채 막사 한가운데에 원담이 꿇어앉혀져 있다. 그런 놈의 얼굴이 수치심으로 벌겋게 달아올라 있었다.

"죽여라. 네놈들에게 모욕을 당할 바엔 차라리 깨끗이 죽어 버릴 것이다!"

"죽는 건 나중에 하고. 뭐 이렇게 급해? 누가 언제 널 죽인다고 하기라도 했냐? 안 그렇습니까? 형님."

"응? 그럼 안 죽이냐?"

이번엔 형님이 황당하다는 듯 반문한다. 기껏 포로로 잡아다가 데리고 왔는데 아깝게 왜 놔주냐는 것 같은 얼굴이었다.

"우리가 저놈을 죽이면 원상이랑 원희만 좋아하죠. 후계자 구도에서의 경쟁자 하나가 사라지는 꼴이잖습니까."

"흠, 뭐 그거야 그렇겠지."

"그러니까 우리가 원담을 죽이면 하북에만 좋은 꼴입니다. 죽일 필요가 없어요, 죽일 필요가. 살려서 보내는 게 이득입니다. 너도 그렇게 생각하지 않냐?"

내가 원담 쪽으로 시선을 옮기며 말했다. 조금 전까지만 해도 자신이 죽게 될 것이라 확신해 마지않던 원담의 얼굴이 기묘하게 일그러지고 있었다.

"네놈 위속……. 네가 정녕 날 죽이지 않고 살려서 보내겠다는 것이냐?"

"엉. 저수도 포로로 잡았다가 살려서 돌려보냈는데 너 정도야 뭐. 죽이는 것보다 살려서 보내는 게 더 이득이거든. 괜찮겠죠? 형님."

"네가 그리 생각한다면 그런 것이겠지. 마음대로 해라."

"감사합니다."

내가 형님을 향해 작게 고개를 숙여 인사하고서 다시 돌아서는데 원담의 얼굴이 붉으락푸르락하게 변해간다. 마치 자신이 내게 모욕당하기라도 했다는 것처럼. 아니, 모욕한 게 맞기는 하지. 뭐 어쨌든.

"후성아. 애 풀어줘. 말에 태워서 가고 싶은 데로 가라 해. 어차피 하북 말고는 갈 데도 없기는 하겠지만."

"예, 장군."

후성이가 단검을 꺼내 원담을 묶고 있던 밧줄을 끊어내고서 놈의 몸을 일으켜 세웠다. 원담이 뭐라 말로 표현하기 어려운, 기묘한 얼굴로 날 노려보고 있었다.

"꼴에 자존심은 남아서. 살려서 돌려보내 준다는데 뭐, 표정이 뭐 그래?"

"네놈들은 날 살려 보낸 것을 후회하게 될 것이다."

"그런 말 하는 놈들치고 진짜로 무서운 놈은 하나도 없더라."

진짜로 그랬던 것 같다.

내가 그렇게 생각하며 말하니 원담이 이를 악문다. 빠드드득 이 가는 소리가 다 들려올 정도.

"넌 그냥 죽지만 않으면 돼. 살아남아서 원소의 후계자가 되기 위해 날뛰어. 그거면 충분하니까. 무슨 뜻인지 알지?"

확실하게 이해할 거다.

원담은 아무런 말도 하질 않고 나를, 형님을 번갈아 쳐다보더니 성큼성큼 막사의 바깥을 향해 걸어 나가기 시작했다.

"잘 가, 원담! 꼭 강해져야 해. 꼭이다?"

저 앞에 세워져 있는 말에 막 오르려던 놈을 향해 내가 손을 흔들어주며 말했다. 그러자 놈의 얼굴이 험악하게 일그러지기 시작했다.

뭐, 좋은 각오다. 네놈이 강해지면 강해질수록 나야 좋지.

"강해져서 돌아와라, 원담."

언제고 꼭 해보고 싶었던, 영화인지 드라마인지 모를 것에서 보았던 그 대사를 읊조리며 나는 우리 막사에서 멀어져 가는 원담의 뒷모습을 응시했다.

귀여운 자식. 예뻐 죽겠다니까.

8장
부탁이 있습니다

원담을 내보낸 직후, 형님의 막사 근처에서 대기하던 주유와 손책을 비롯한 항복파 장수들과 유비와 관우 장비를 비롯한 서주의 장수들 몇몇이 그 모습을 드러냈다.

그사이에는 조운과 그 동료, 전예라는 녀석도 있었는데 그들은 묘하게도 유비가 아닌 우리 쪽 장수들이 모여 있는 곳 바로 옆에서 어정쩡한 모습으로 서 있었다. 마치 자신들이 의탁하고자 하는 건 유비가 아니라 우리 형님이라는 것처럼.

내가 그 묘한 모습을 쳐다보는 걸 느낀 모양이다. 진궁 역시 그런 조운과 전예의 모습을 응시하더니 나쁘지 않다는 듯 혼자 수염을 쓰다듬고 있었다.

그런 와중에서.

"다들 고생 많았다. 특히 주유, 네 공이 커."

형님이 좌중을 돌아보며 말했다.

장수들이 형님을 향해 포권했다. 가만히 서 있는 것은 나와 진궁, 두 명이 전부일 뿐이다.

얼마 전까지만 해도 서주 전체를 지배하며 천하를 할거하던 제후 중 하나였던 유비 역시 고개를 숙이며 포권하긴 마찬가지. 유비가 서주의 반절 이상을 잃기 전까지는 우리와 대등한 동맹이었지만 이제는 그저 우리 없이는 자립하는 것조차 어려운, 속국과 동맹 사이의 어딘가에 있을 애매한 관계일 뿐이다.

내가 그렇게 생각하고 있을 때, 형님의 시선이 나와 진궁을 향했다. 조금 전의 그 짧은 한마디가 치하의 전부라는 의미. 이제부터는 앞으로의 전투에 대비해 현재 상태를 파악하고 새로운 계획을 의논해야 할 차례다.

나와 같은 생각을 하고 있던 듯, 진궁이 잠시 날 응시하더니 형님을 향해 포권하고선 입을 열었다.

"이번 전투에서 적병을 최소 삼만, 최대 오만을 베었소. 산산이 흩어져 사방으로 도망친 것만 십만 이상인 것으로 추정되는 와중이고 말이외다. 당장에 원담이 서주로 돌아간들, 그놈에게 남는 병력은 해봐야 삼만 정도일 터. 주공, 서주를 수복할 절호의 기회입니다."

좌중을 돌아보며 자신이 오늘 확인한 전과를 이야기하던 진궁이 형님을 향해 말했다.

형님의 시선이 날 향해 옮겨져 오고 있었다.

"문숙. 네 의견은?"

"서주, 당연히 수복해야죠. 서주의 정당한 주인이 여기에 있잖습니까."

내가 유비를 쳐다보며 말했다. 유비가 고맙다는 듯, 날 향해 가볍게 고개를 숙여 보이고 있었다.

"문숙과 진궁의 생각이 같다면 뭐, 올라가야지."

형님이 고개를 끄덕인다. 애초에 우리 군의 전략을 짜는 게 나와 진궁이다. 그런 우리가 동의했으니 일이 진행되는 것은 물 흐르듯 자연스러울 터. 지금까지 늘 그래왔으니 이제부터는 진궁과 내가 머리를 맞대며 어디에 병사를 얼마나 보내고, 어떤 성을 어떻게 공략할지를 의논하면 되는 거다.

그렇기는 하지만······.

"바로 북쪽으로 올라가 버리긴 좀 찝찝하죠."

"찝찝하다니? 그게 무슨 말이오? 총군사."

들으라는 듯 내가 중얼거리자 진궁이 반문했다.

"남쪽에 원윤이 남아 있잖습니까. 지금이야 회계, 임해 두 군만 가지고 있지만, 우리가 계속 북쪽에 신경을 쏟고 있으면 나머지 군현도 원윤 쪽으로 넘어가게 될 겁니다."

"그렇다고 남쪽으로 내려가기엔······. 어렵군, 어렵게 되었어. 당장의 전력을 온전히 활용할 수 있다면 남쪽이고 북쪽이고 모두 확실하게 처리할 수 있겠지만 그렇게 할 수는 없는 상황이 아니오."

주변에는, 특히 주유와 손책 쪽에게는 절대로 들리지 않을 자그마한 목소리로 진궁이 말했다. 지금의 상황을 있는 그대

로 본다면 확실히 진궁의 말처럼 난감할 수밖에 없다. 이러지
도 못하고, 저러지도 못할 상황이니까.

"공대 선생. 제게 좋은 수가 있습니다."

"좋은 수라니? 그게 무엇이오?"

진궁더러 보라는 것처럼, 내가 주유 쪽으로 시선을 옮겼다.

내 시선을 따라 고개를 돌리던 진궁이 주유의 모습을 확인
했을 때, 크흠 하고 헛기침하는 그 소리가 들려왔다. 진궁이
몹시 언짢아하는 얼굴로 날 쳐다보고 있었다.

"주공근에게 병력을 맡겨 서주를 수복하도록 하자는 것이
외까?"

모두에게 들릴 수밖에 없을, 평소의 그 목소리로 진궁이 말
했다. 이미 진궁과 내 시선이 주유에게 맞닿은 만큼, 주유도 상
황을 눈치챌 수밖에 없을 상황이었다.

"고, 공근에게 군을 맡긴다니?"

"에엥?"

그래서일까? 손책이, 여몽이 황당하다는 반응을 보이는 와
중에서도 주유의 그 얼굴은 표정의 변화가 없었다.

"안 될 게 뭡니까. 주유는 이미 자신이 어느 깃발 아래에 섰
는지를 확실히 보였습니다. 맡기지 못할 이유가 없죠."

"총군사의 말대로 주공근이 하북으로 건너갈 다리는 무너진
것이나 마찬가지일세. 원담에게 거짓으로 항복하여 대패시키
는 것에 일조했으니까. 설령 뭔가 기묘한 계책을 써 원담을 이
해시킨들, 저 어딘가에 있을 전풍까지 속여 넘길 수는 없겠지."

"이번에 속은 것으로 잔뜩 독이 올랐을 테니까요. 아마 앞으로 반간계를 쓰는 건 어려울 겁니다."

진궁이 동의한다는 듯 고개를 끄덕이며 말을 이었다.

"그러나 그렇다고 해서 방법이 없는 것은 아니지. 총군사가 생각하는 대로라면 투항병 전체를 주공근에게 내어주게 될 터. 그 병력이면 충분히 서주 전역을 집어삼키고 원소와 협상해 제후로서 인정받을 수도 있음일세."

"그럴 수도 있겠죠."

충분히 가능한 일이다.

"하지만 그런 일은 벌어지지 않을 겁니다. 그렇지?"

내가 주유를 쳐다보며 말했다. 지금껏 표정의 변화가 없던 주유의 얼굴이 딱딱하게 굳어졌다.

"총군사께선…… 정말로 제게 투항병 전체를 맡기려는 생각이신 겁니까?"

조금씩 주유의 얼굴이 붉게 달아오른다. 마치 분노하기라도 한 것처럼.

왜 화내는 거지? 설마 내가 자기한테 일을 떠넘기는 거라고 생각하는 건가?

"너한테 맡길 거야. 네가 직접 병력을 이끌고 유 장군을 도와서 서주를 탈환하는 걸 지켜보고 싶거든."

"정말로 그렇단 말입니까?"

더없이 진지한 목소리로 주유가 말했다.

나는 아무런 말도 하지 않고 주유의 얼굴을 응시했다. 붉게 변해가던 주유의 얼굴빛이 이번엔 새하얗게 변하기 시작했다. 그 얼굴에서 핏기가 싹 사라지고 있었다.

"고, 공근!"

"군사님!"

그 모습을 지켜보고 있던 손책이 화들짝 놀라선 소리친다. 주변에 있던 장수들 역시 마찬가지.

"나는…… 괜찮다, 괜찮아."

그런 이들을 향해 주유가 손을 들어 보인다. 그런데 그 손이 지금 부들부들 떨리는 중이다. 내가 그 모습을 계속해서 응시하는데 녀석과 시선이 마주쳤다.

녀석이 순간적으로 몸을 흠칫거리더니 정말 창백하기 그지 없는 얼굴로 날 향해 포권하며 고개를 숙이고 있었다.

"총군사께…… 한 가지만 여쭤봐도 되겠습니까?"

"어. 얘기해."

"걱정스럽지는…… 않으십니까?"

"뭐, 네가 배신할까 봐?"

배신이라는 단어 때문일까? 주유는 대답 없이 내 얼굴만을 응시하고 있다. 마치 내가 반문한 것이 자신이 질문하려던 그 이야기가 맞다는 것처럼.

"내가 주유 너한테 확신하는 게 하나 있어. 넌 절대 우릴 배신하지 않는다는 거."

확신을 담아 말하는 내 목소리에 주유는 아무런 말도 하지 않았다. 그저 복잡하기 그지없는 얼굴로 두렵다는 듯 날 한참이나 쳐다보고 있을 뿐이었다.

그렇게 한 일 분이나 지났을까? 땅이 꺼지도록 한숨을 푹 내쉬던 주유의 얼굴이 자신으로선 도저히 어떻게 할 수가 없을 것 같다는, 자괴감과 무력감이 한데 뒤섞인 그것으로 변해가고 있었다.

"정말…… 총군사께는 어쩔 도리가 없군요. 졌습니다. 이 주유, 총군사께 완전히 패배했음을 인정합니다. 배신 따위, 애초부터 고려하지 않았던 것이지만 앞으로는 아예 생각조차 하지 않겠습니다."

그러면서 주유가 형님의 앞으로 성큼성큼 걸어가더니 털썩 주저앉아 이마를 땅에 가져다 댔다. 주유의 뒤에서 멍하니 그 모습을 지켜보던 손책 역시 마찬가지. 심지어는 여몽이나 태사자, 장흠도 그와 같은 행위에 동참하고 있었다.

"비록 지금까지는 명공의 생사대적이었던 원공로를 따랐으나 거두어주신다면 견마지로를 다하겠습니다. 거두어주십시오."

"거, 거두어주십시오!"

"너희들이 뭔가 착각하고 있는 모양인데."

상석에 앉아 있던 형님이 몸을 일으킨다.

주유의 바로 앞에 선 형님이 무릎 꿇은 이들의 모습을 응시하고 있었다.

"원담을 잡겠다고 스스로 매질하던 그 순간부터 너희는 내 새끼들이었다. 그러니 일어나라."

형님이 직접 손을 뻗어 주유를, 손책을 비롯한 이들을 일으켜 세운다. 하나하나 손을 맞잡아가며 부축하는 그 모습을 조운이 묘한 얼굴로 응시하고 있었다.

주유와 그 수하의 장수들이 항복한 원술군 잔당을 이끌고 유비와 함께 서주를 탈환하고, 나머지는 강남을 안정시키며 원윤을 중심으로 뭉친 저항 세력을 토벌하러 가는 것으로 이야기가 정리됐다.

형님과 함께 적진 한가운데로 나가 미친 듯이 무기를 휘둘렀던 덕택인지 정말 피곤하다. 침상에 누우면 바로 잠들 수 있을 것 같다고나 할까?

"도박이 먹혔구만."

이걸 운이 좋았다고 해야 할지, 아니면 주유가 날 필요 이상으로 두려워하고 있었다고 해야 할지 모르겠다.

아무리 무릉도원을 통해 주유의 행적을 봤다고는 하지만 단편적인 댓글 몇 개만 가지고 한 사람의 평생에 대해서 단정 지을 수는 없는 일. 그렇기에 주유가 날 무서워한다는 점을 두고서 살짝 떠본 건데 상상 이상의 반응이 튀어나와 버렸다.

"이건 뭐……."

뽀록으로 대어를 낚은 꼴이나 마찬가지.

"어떻게 됐어요?"

내가 막사에 도착했을 때, 제갈영의 목소리가 들려왔다. 우리 와이프가 막사 한쪽에 앉아 내가 돌아오는 것을 기다리고 있었다.

"주유는 북쪽으로, 우린 남쪽으로 내려가기로 했어."

그 말과 함께 나는 내가 주유에게 어떻게 했는지, 주유가 그 것을 어떻게 받아들였는지까지 제갈영에게 하나하나 다 이야기했다.

제갈영이 고개를 끄덕이며 말했다.

"그럼 남쪽이 남는 거네요. 계획은 있어요?"

"있을 리가. 원담 때려잡느라고 바빴었잖아."

"제가 지금까지 계속 원윤에 대해서 조사하고 있었는데, 그럼 한번 들어볼래요?"

"원윤에 대해서?"

제갈영이 고개를 끄덕였다.

"상공께서도 아시다시피 원윤은 원술의 종제에요. 가진 바 능력은 없지만 원가의 사람이라는 것만으로도 위세를 누려왔죠."

"그랬지. 그래서 더 의아했고."

항복만 한다면 원씨가 되었건 어디가 되었건 죄를 묻는 대신 어느 정도 그 기득권을 인정하며 통치를 안정시키기로 했다는 소식을 사방으로 퍼뜨리는 중이다. 그 과정에서 원씨 가문의 방계 중 적지 않은 수가 투항을 청해오기도 했을 정도.

원래의 계획을 세울 땐 심약한 원윤도 투항을 청해올 것이라 생각했다. 하지만 원윤은 우리가 알고 있는 대로 남쪽으로 내려가 저항 세력을 결집하며 회계와 임해 두 군을 점거하는 중이었다.

"강남땅에 노숙이라는 현인이 있는데 그가 원윤과 함께 있는 모양이에요. 본디 원술에게 무리한 전쟁을 일으키지 말고, 백성을 안정시킬 것을 줄기차게 주장하던 사람이었죠. 그러니까……"

제갈영이 말꼬리를 흐린다. 마치 원윤에게, 노숙에게 뭔가가 있기라도 하다는 것처럼. 반전파이며 민생을 특히 중요시하는 노숙이 그곳에 있다는 건…….

"설마. 그들이 저항의 아이콘, 그러니까 상징이 돼서 불만분자들을 흡수하고 있었다는 건가? 충돌 없이 우리에게 부드럽게 항복하기 위해서?"

"전 그렇게 생각하고 있어요. 어느 정도, 위엄과 함께 아량을 베푼다면 피 한 방울 흘리지 않고 그들을 항복시킬 수 있을지도 모르죠. 그들이라고 해서 대세가 기울었다는 걸 모를 리는 없으니까요."

제갈영이 부드럽게 미소를 지어 보인다. 지난번에 제갈영이 혼자 뭔가를 골똘히 생각하던 게 이거였던 모양.

말이 다 맞아떨어진다. 원윤이나 노숙이라고 해서 맞이할 결과라곤 죽음밖에 없을, 승산 없는 싸움을 하고 싶을 리가 없을 터. 그들이 이성적이며 논리적인 존재라면 결국엔 명예로운 항복과 같은, 유혈 충돌을 최소화할 방법을 선택하게 되겠지.

그동안 원윤이 철없는 강경파 정도가 아닐까 생각하고 있었는데 우리 와이프의 말을 듣고 나니 유비가 그랬던 것처럼 눈앞이 맑아지는 것 같은 느낌이다.

확실히 그럴 만하지.

"그러면 우리가 무력시위를 하는 걸로 그들을 항복시킬 수도 있겠군."

"대신 확실해야겠죠. 원윤과 노숙, 두 사람이 억제하고 있는 강경파들이 보기에도 저항하는 것이 무용하다는 걸 확실하게 깨달을 수 있을 정도로요."

"그건…… 문제없을 것 같아."

"대군이 동원되어야 할 거예요."

"아니, 오만 명 정도면 충분할 거야. 아이디어가 하나 떠올랐거든."

"아이디어요?"

내가 씩 웃으며 고개를 끄덕이는데 저 밖에서 발소리가 들려왔다. 후성이가 헛기침을 하며 내 막사 안쪽으로 들어오고 있었다.

"장군. 주공께서 말씀을 전하라 하시어 왔습니다."

"말씀이라니?"

"조조가 파견한 사자가 곧 올 것이랍니다."

"어디, 여기로?"

"아뇨. 회계군으로 바로 오라고 말씀하셨습니다. 회계군을 점령하고 나면 그 성에서 바로 사신을 만날 것이라고요."

다각, 다각.

강남, 그곳에서도 가장 깊숙한 곳에 있는 회계군으로 향하는 길. 그런 길 위에서 조인은 저 멀리 뒤의 자그마한 수레에 앉아 흰색 비단 위에 그려놓은 그림이 뚫어지라 쳐다보고 있는 청년 하나를 응시하고 있었다.

"쯧…… 중달, 이 녀석아. 도대체 얼굴도 없는 초상화가 뭐 그리 좋다고 며칠째 쳐다보고 있는 것이냐?"

"예? 아, 장군. 이것은 소인이 흠모해 마지않는 분을 그린 것입니다."

"그래. 사람을 그렸다는 건 나도 보면 알아. 그런데 얼굴이 없잖으냐, 얼굴이. 보아하니 남자를 그린 것 같기는 한데."

사마의가 탄 수레 쪽으로 고개를 내밀며 조인이 그림을 응시했다. 기다란 장삼을 입고, 허리춤엔 검을 차고 있으며 양손은 곱게 앞으로 모은 남자의 모습이다. 얼굴이 그려지지 않았다는 것만 제외한다면 정말 잘 그렸다는 말이 절로 나올 수준이었다.

"도대체 누굴 그린 것이냐?"

"온후의 종제이자 총군사인 위문숙을 그린 것입니다."

"뭐?"

조인의 눈매가 좁혀진다.

뿌듯하다는 듯 그림을 쳐다보고 있던 사마의는 조인의 그런 표정 변화를 보지 못하고서 말을 이었다.

"그분께선 이 시대의 참선비이자 백성을 아끼고, 사랑하며 단 한 번도 전쟁에서 패하지 않은 불패의 상승장군이시잖습니까. 하여…… 언제고 꼭 그분을 뵙고 난 뒤에 이 그림을 완성하고 싶었습니다."

"하…… 하필이면 위속 그놈의 얼굴을 그렸다는 말이냐?"

얼굴조차 완성되지 않은 초상화다. 하지만 그걸 보는 것만으로도 질린다는 듯 조인이 인상을 찌푸리며 고개를 절레절레 젓고 있었다.

📱

회계성.

"주, 주부 나리! 주부 나리! 큰일 났습니다요!"

그곳의 관청에서 업무를 보고 있던 청년, 노숙에게 병사 하나가 헐레벌떡 달려와 소리쳤다. 그 병사의 얼굴이 새하얗게 질려 있었다.

"도대체 무슨 일이더냐? 침착하고, 숨을 충분히 내쉬고 말하거라. 말하기도 전에 네놈 숨이 먼저 끊어지게 생겼잖으냐?"

"후우, 후우, 그게…… 그러니까 적들이 나타났다 합니다!"

"적들? 산월족이 나타났다는 것이냐?"

"아니요, 그게 아닙니다! 여포입니다, 여포가 나타났다고요!"

"……여포라. 올 것이 온 모양이로군."

나지막이 중얼거리던 노숙이 손에 들고 있던 죽간을 내려놓고서 병사와 함께 관청을 나섰다.

그런 그들의 앞으로 족히 스물은 될 기마가 스치듯 지나 태수부 쪽으로 달려가고 있었다. 그리고.

척- 척- 척-

기묘한 소리가 들려왔다.

노숙이 고개를 갸웃거리며 그 소리가 들려온 쪽으로 시선을 옮겼다. 그런 노숙의 시야에 족히 백 명은 되는 것 같은, 검은색 갑옷에 검은색 전포를 걸친 병사들이 들어왔다. 여(呂)의 깃발과 함께 위(魏)가 새겨진 깃발을 휘날리는 그들이 회계성 내의 큰길을 따라 태수부를 향해 걸어가고 있었다.

"벌써 항복하게 된 것인가."

씁쓸하기 그지없는 목소리로 노숙이 중얼거렸다.

애초에 여포가 밀고 내려오면 항복하기로 예정이 되어 있기는 했다. 잔당의 잔당 정도밖에 안 되는 현재의 전력으로 여포와 일전을 벌인다는 것은 애초에 불가능한 일이니까. 전의를 잃은 성문지기들이 여포군을 보기가 무섭게 그대로 문을 열어 줘 버린 모양.

"이거 참……."

노숙이 황당하다는 듯 헛웃음을 내뱉으며 홀로 길가에 서 있을 때.

척, 척, 척.

조금 전의 그 소리가 더 크게 들려오기 시작했다.

"뭐지?"

가장 앞에서 보이는 것만 열 명이다. 그 뒤로 또 수백 명이 도열해 있다. 그들이 노숙을 향해, 그가 근무하던 관청을 향해 걸어오고 있다.

마치 모두 한 몸이라도 되는 것처럼, 동시에 다리가 움직이고 동시에 다리가 닿는다. 그럴 때마다 척, 척, 척 발소리가 나고 창대로 바닥을 치는 콩콩 소리가 울려 퍼졌다. 그 병사들이 노숙의 바로 앞을 지나 계속해서 길을 따라 나아가고 있었다.

"허어……."

황당해서 말도 나오질 않는다.

천 개의 왼쪽 다리가 앞으로 나아가면 또 다른 천 개의 오른쪽 다리가 다시 또 나아간다. 그런 병사들의 방패 모두가 똑같이 흔들리고, 창이 똑같이 움직인다. 그들 모두가 한 몸인 것 같다. 그냥 쳐다보는 것만으로도 온몸에서 전율이 일고, 은근히 두려운 감정이 노숙의 머릿속에서 스멀스멀 치밀어 오르고 있었다.

"저, 저것들은 도대체 뭐시여?"

"사람이여, 귀신이여! 어찌 사람이 저리 똑같이 움직일 수가 있단 말인가!"

"귀신이여, 귀신! 황건적 놈들의 귀신이 나타난 거라고!"

길가에서 그 모습을 지켜보던 사람들이 두려움에 사로잡혀 소리치기 시작했다.

노숙이 입술을 질끈 깨물었다.

도대체 이들이 무엇인지 모르겠다. 이런 식으로 움직이는 부대는 노숙이 지금껏 살아오면서 한 번도 듣지 못했고, 한 번도 보지 못한 것이었다.

"이, 이보……."

"우―라!"

선두에서 움직이던 이에게 다가가 노숙이 뭔가를 말하고자
했을 때, 그가 목청이 터져라 외친 소리가 사방으로 퍼져 나가
기 시작했다.

그렇게 숨 몇 번 들이쉴 정도의 시간이 지났을 때.

"우―라!"

"우―라!"

"우―라!"

수천 명, 어쩌면 만 명도 넘을 병사들이 한 치의 오차도 없
이 동시에 외치는 것 같은 거대한 목소리였다. 귀가 다 먹먹해
진다. 노숙은 멍하니 그 모습을 지켜봤다.

"이게 도대체……."

상식적으로 이해하기 어려운 광경이다.

노숙은 계속해서 성내를 행진하고 있는, 뭐라 말로 표현하기
어려울 정도로 기괴하면서도 지켜보는 것만으로도 그 위압감에
질려 버릴 것 같은 병사들의 모습을 떠올리며 태수부로 향했다.

오늘 아침까지만 하더라도 원(袁)의 깃발이 휘날리던 태수부
다. 하지만 지금은 여(呂)의 깃발이 휘날리고 있다. 여포군 병사
들이 성내로 진입한 만큼, 태수부의 깃발이 달라지는 게 당연
한 일. 이미 회계성은 여포에게 항복한 상황이니까.

"씁쓸하군."

비록 원술에게 깊은 충성이나 애정이 있는 건 아니지만 그런 마음이 드는 건 어쩔 수가 없다. 노숙은 쓰게 웃으며 익숙한 얼굴과 낯선 얼굴들이 혼재해 있는 태수부 안쪽으로 들어섰다.

"아, 선생. 오셨소이까?"

그런 노숙을 원술의 종제, 원윤이 맞이했다. 원술이 죽었다는 소식을 전해 듣고선 상복을 갖춰 입고 슬픔 속에서 마음고생을 하던 원윤이었다.

"이것…… 그자들은 무엇입니까? 그 기괴한 광경은……."

"선생도 봤다면 알 게 아닙니까. 여포, 그 단순무식한 놈의 병마지요."

"허허……."

애초에 뭔가 그럴듯한 대답을 기대하고서 질문한 게 아니기는 하다. 노숙이 어색하게 웃으며 고개를 끄덕였다.

조금 전에 보았던 그 광경은 단순무식한 자의 병력이라는 말만으로 설명할 수 있을 게 아니다. 수십, 수백 명이 마치 한 몸이라도 되는 것처럼 딱딱 맞춰가며 움직인다는 것은 분명 실질적인 전력에 있어선 별다를 게 없지만 지켜보는 이들로 하여금 두려움과 함께 가슴속 깊숙한 곳에서부터 경외감과 함께 두려움을 느끼게 하는 것이었으니까.

하지만 여포 휘하의 사람이 아니고서야 조금 전의 그 광경을 설명할 수 있을 사람은 없을 터였다.

"그간 고생이 많으셨습니다, 태수. 용단을 내려주신 덕택에 강남의 백성이 고난을 피할 수 있게……."

"태, 태수님! 급보입니다! 급보요! 큰일이 났습니다요!"

노숙이 막 그렇게 이야기하던 찰나, 저 멀리에서 전령 하나가 창백하기 그지없는 얼굴로 헐레벌떡 달려와 소리쳤다. 원윤의 눈매가 가늘어졌다.

"이미 주공께서 승하하시고 성을 모조리 들어다 바친 와중이다. 이제 와서 큰일이 났다고 할만한 게 뭐가 있단 말이더냐?"

"고, 공자께서 나타나셨습니다!"

"그래? 드디어 나타나신 겐가. 어디에 계시다더냐?"

"자, 장산현에서…… 나타나셨답니다. 지금은 이곳으로 돌아오시는 중이고요. 벌써 팔십 리 거리까지 접근하셨다 합니다!"

"장산이라니? 그게 무슨 소리더냐?"

이번엔 노숙의 미간에 주름이 생겨났다.

장산현. 회계군에서 남서쪽으로 사백 리나 떨어진 곳이다. 거리도 거리지만 그보다 중요한 것은 따로 있었다.

"장산이면 오랑캐들의 영역인데 그곳에서 그 아이가 어찌 그곳에서…… 설마?"

"산월의 왕 반림과 손을 붙잡고 산월족 오만 병력을 대동해 북상 중이십니다."

"뭐, 뭐라!"

원윤이 자신도 모르게 소리쳤다. 그 얼굴이 전령의 그것만큼이나 창백하게 변해갔다.

옆에서 지켜보던 노숙이 한숨을 푹 내쉬었다. 원술의 아들이라고는 하나 원요는 나이도 어리고 가진바 세력도 없는 거나 마찬가지. 그런 원요가 산월과 함께 북상해 오고 있다는 사실이 의미하는 바는 단 하나일 뿐이었다.

"미쳤군. 그 녀석이 미쳐도 단단히 미친 게야! 내 이래서 형님께 그 오랑캐 놈들을 먼저 토벌해 후방을 안정시켜야 한다고 그리도 말씀드렸거늘, 기어이!"

어찌할 줄을 모르는 전령을 내보내고서 원윤이 소리쳤다.

노숙이 한숨을 푹 내쉬었다. 원요가 산월의 왕, 반림과 손을 붙잡았다는 게 의미하는 바는 결국 하나일 뿐이다. 그들이 원하는 모든 것을 다 내어주는 한이 있더라도 여포를 몰아내겠다는 것.

처참하기 그지없는 미래가 노숙의 머릿속에서 그려졌다. 승자도, 패자도 없이 모두가 고통받게 될 미래다. 자신이 꿈꾸던, 준비하고 안배하던 백성이 평온하게 지낼 수 있을 그 미래가 와장창 부서져 버릴 터. 머리가 지끈지끈 아파 온다.

노숙이 자신의 이마를 부여잡고 있을 때, 저 밖에서 낯선 이들의 발소리들이 들려오기 시작했다.

"싸움 없이 원술 쪽 잔당을 흡수할 수 있게 되었으니 참 다행이외다. 이것으로 우리 병사들도 휴식을 취할 수 있을 것 같소."

회계성의 태수부, 그곳의 내당에서 기다리고 있는 원윤을 향해 가면서 진궁이 말했다.

"확실히 요즘 싸움이 좀 심하게 많기는 했죠. 병사들도 지친 모습이고."

원소와 원술, 조조가 함께 쳐들어오기 시작했다는 소식을 접한 이후로 지금껏 한 번도 쉬지 못하고 전투에 전투만을 거듭해 왔다.

그 와중에서 죽거나 다친 녀석들만 이만 명에 달한다. 우리 쪽 병력의 20% 이상이 피해를 입은 거다. 여기에서 계속 더 전투를 치렀다간 한동안 아무것도 못 하고 적들이 쳐들어오지 않을까 전전긍긍하며 방어에만 전념해야 할 판이다. 아니면 무리하게 백성들을 징집해 오합지졸로 군의 규모를 불리던지.

어느 쪽이건 간에 이쯤에서 끝낼 수 있으니 참 다행스러울 뿐이다.

"그나마 노숙이라는 사람이 온건한 편이니 망정이지, 그 사람이 아니었으면 진짜 끔찍할 뻔했다니까요."

자신도 동의한다는 듯 진궁이 고개를 끄덕인다.

그나마 내가 있으니 망정이지, 그게 아니었으면 벌써 난리가 났어도 몇 번은 났을 거다.

매일같이 집채만 한 크기의 솥 수십 개를 가져다가 병사들이 마실 물을 끓였다가 식혀서 나눠주길 반복하고, 음식도 아무거나 주워 먹는 대신 취사병 애들이 조리한 것만을 먹도록 병사들에게 신신당부해 놨다.

우리의 안방이나 마찬가지인 연주, 예주와 이곳은 기후가 완전히 다르니까. 북쪽에서 생활하며 병사들이 체득한 민간요법의 상당수가 이곳에서는 통하질 않는다. 북쪽에서 하던 대로 했다간 대번에 역병이 돌고, 적지 않은 숫자가 죽어나가게 될 터. 그러한 일이 벌어지는 것만은 막아야 했다. 지금까지도 그랬고, 앞으로도 그렇고.

"가서 관인만 받고 나면 바로 북쪽으로 가자고요. 이제 땅도 넓어졌겠다, 수도라고 할 만한 곳도 정해서 체계도 정비하고 해야 할 일이 산더미니까 이쪽은 적당히 주유 쪽에서 괜찮아 보이는 사람한테 맡겨놓고…… 어?"

내가 그렇게 말하며 진궁과 함께 회계성의 태수가 집무실쯤으로 사용하던 곳에 도착했는데 분위기가 무척이나 묘하다. 회계 태수 원윤은 무슨 시한부 선고라도 받는 것처럼 살짝 넋이 나간 얼굴을 하고 있다. 그 옆에 서 있는 남자는 한숨을 푹푹 내쉬는 상황이고.

애초부터 우리한테 항복할 걸 생각하고 일을 꾸미던 사람들 치고는 표정이 안 좋아도 너무 안 좋은데…… 뭐지?

"무슨 일이라도 생긴 겝니까?"

그들의 모습을 살피며 진궁이 말했다.

원윤이 한숨을 푹 내쉬며 고개를 끄덕이고 있었다.

"도적의 무리가 쳐들어오고 있다 하오."

"도적이라니? 뭐 그런 일로 그리 죽을상을 한단 말이오?"

이 양반들, 호들갑이 심하네. 겨우 도적들 때문에 이러는 거였어? 도적이 오면 그냥 나가서 때려잡으면 되는 거 아닌가. 도적이 많아 봐야 얼마나 많을 것이고, 잘 싸워봐야 얼마나 잘 싸운다고?

"오만 명이오."

"마, 많군."

"그러게요. 겁나게 많네."

그냥 간단하게 병사들 몇 명 데리고 나가서 때려잡으면 될 규모가 아니다. 오만 명이면 어지간한 국가 하나를 상대하는 꼴이다. 뭐 이렇게 많아?

"그것도 북방의 황건적과 같은 얼뜨기가 아니라 진짜배기들이 쳐들어오는 중이오. 산월이외다, 산월! 그 오랑캐 놈들이 오만 명이나 모여서 이곳을 향해 진격해 오고 있단 말이오!"

내가 황당해하고 있는데 원윤이 생각하면 할수록 열이 뻗친다는 듯 소리쳤다.

산월이라니? 생판 처음 들어보는 이름인데?

"허어, 산월족이 오만 명이면…… 쉽지 않겠구려. 그렇지 않소? 총군사."

진궁이, 원윤이 날 쳐다보고 있다. 그 옆에 서 있던 남자도 마찬가지고.

당연히 내가 산월에 대해서 알고 있으리라 생각하는 눈치들이다. 지금까지 이 시대를 살아오며 내가 쌓아온 눈치로 보건대 이 상황에서 산월을 모르면 개쪽이다, 개쪽.

"예. 아마 쉽지 않을 겁니다."

최대한 진지한 표정을 가장하며 말했다.

진궁이 푸욱, 한숨을 토해낸다. 원윤 역시 마찬가지.

"뭐 방법이 없겠소이까?"

"방법이라…… 아무리 저라고 해도 무슨 일이 벌어질 때마다 바로바로 계책이 나오진 않습니다. 생각할 시간도 좀 있고 해야죠."

"후…… 총군사의 말씀이 참으로 옳소. 이 사람이 성급했던 모양이외다."

그러면서 진궁이 답답하다는 듯 수염을 쓰다듬는데…….

하, 진짜 미치겠네. 산월이 도대체 뭔데? 뭐 큰일이 벌어진 것 같은 눈치인데 산월이 뭔지를 내가 알아야 떠들든 말든 하지.

"걔들이 도착하면 난리가 나겠죠?"

"당연히 그럴 겁니다. 난리도 그런, 눈 뜨고는 볼 수 없을 처참한 난리가 없을 터. 그들이 회계성에 도착하기 전에 막아야 하오. 공자도 찾아야 하고……."

원윤이 걱정스럽기 그지없는 얼굴로 말하는데 공자는 또 뭔 소리야? 쥐뿔 하나도 모르니 뭐라 말도 못 하겠고. 쓰읍.

"산월이 오만 명이라니 난감하구만."

난감하다, 진짜. 이걸 뭐 어떻게 해?

"산월이 오만 명이라고?"

내가 산월을 어떻게 때려잡아야 할지 고민하는 척, 산월이 뭐고 뭐 하는 놈들인지 추리하기 위해 두뇌를 회전시키고 있을 때 저 뒤에서 형님의 목소리가 들려왔다.

뒤늦게 내당에 도착한 형님의 얼굴이 더없이 밝아져 있었다.

"그래, 걔들은 어디에 있어?"

"현재 회계성 남서쪽 팔십 리 지점에서 북상해 오고 있다 합니다. 명공께서는 어찌할 생각이신지요?"

원윤과 함께 있던 남자가 형님을 향해 읍하며 반문했다.

"너. 십만지적이 뭔지 아냐?"

"예…… 예? 십만지적이라니요?"

남자의 눈이 동그랗게 커진다. 갑자기 그게 무슨 소리냐는 것처럼. 형님이 그럴 줄 알았다는 듯 씩 웃고 있었다.

이거다. 싸움터에 나갈 생각에 벌써 기분이 좋아진 형님의 모습이 오늘만큼은 정말 반갑기가 그지없다.

"형님이 나가신다면 문제가 없겠죠. 산월이라고 해봐야 뭐, 지들이 용가리 통뼈도 아니고 형님을 상대로 배기기나 하겠습니까?"

"흐흐. 그렇지. 문숙 너와 나, 둘이 함께 나선다면 그런 녀석들쯤, 오만이 아니라 십만 명이 온다고 해도 상관없다. 오히려 숫자가 적은 게 아쉽기만 할 뿐이지."

"며, 명공. 산월은 그리 쉽게 생각할 족속들이 아닙니다. 그들은……."

남자가 황당하다는 듯 말한다.

뭐, 다들 우리 형님이 싸우시는 모습을 보기 전에는 저런 반응들이지.

"시골에 있어서 잘 모르는 모양들이군. 내가 직접 말하기는 뭣하지만 내가, 여기 문숙이 홀로 십만 명을 때려잡은 몸들이시다. 직접 보여주도록 하지. 준비하거라, 문숙. 적들을 맞이

하러 갈 시간이다."

"예, 형님."

산월이 뭐 하는 놈들인지는 모르겠지만, 형님과 함께라면 싸워볼 만은 할 거다. 마침 우리가 회계성에 데리고 온 병력도 오만 명이니까.

게다가 오늘 밤에는 보름달이 떠오를 터. 몇 시간만 다 아는 척 버티면 해결될 일이다. 으흐흐.

📱

"경계를 철저히 해야 한다! 언제 적들이 기습해 올지 모르니 진짜 긴장해야 해. 너희 무슨 말인 줄 알지?"

"아이고, 장군. 제가 누굽니까? 걱정하지 마십시오. 진짜 개미 새끼 한 마리 못 들어오도록 물샐틈없이 살필 것입니다."

여러 천부장과 함께 선 후성이가 제 가슴을 탕탕 두드리며 말했다. 그런 녀석의 눈이 지금껏 내가 보아온 그 어떤 때보다도 더 반짝거린다.

그것은 후성뿐만 아니라 함께 있는, 다른 천부장과 그 뒤에서 도열해 있는 오백인장이나 백부장 역시 마찬가지.

원술이 죽고, 주유가 항복하면서 강남을 통째로 집어삼키게 된 통에 다들 승진의 기대감에 부풀어 있는 상황이다. 형님의 세력이 커졌으니 지금껏 데리고 있던 녀석들을 더 높은 자리로 올려 보내야 군이며 성들이며 할 것 없이 전부 제어할 수 있을 테니까.

"승진으로 기대들 하는 건 알겠는데 평정심들은 유지해라. 의욕이 넘치면 실수가 나오게 되거든. 알지?"

뭐야, 이것들. 혹시나 하는 마음에 잔소리를 하는데 녀석들의 시선이 하늘을 향해 있다.

하, 이것들 봐라? 아무리 내가 편하게 대해줘도 그렇지. 군대로 치면 지들은 중대장, 대대장이고 난 참모총장쯤 되는 입장인데.

"야. 니들 뭘 봐?"

"자, 장군. 저거, 저것 좀 보십시오."

후성이가 황급히 손을 들어 하늘을 가리킨다. 그 손가락이 가리키는 방향을 따라 시선을 옮기니 더없이 밝은 보름달이 떠올라 있다. 그리고 그 보름달이 지금⋯⋯.

"어⋯⋯ 뭐야?"

달이 조금씩 쪼그라든다. 휘황찬란한 빛을 뿜어내던 보름달이 뭔가의 그림자에 가려지며 반달로, 초승달로 변해가고 있었다.

"이, 이게 뭔가⋯⋯ 조짐 같은 것입니까?"

후성이가 떨리는 눈으로 날 쳐다본다. 주변에 서 있던 다른 장수들, 심지어는 내 주변으로 돌아다니던 병사며 부장이며 할 것 없는 녀석들 역시 마찬가지.

다들 혼란스러워하고 있다. 일반적인 의미에서의 레드문도 아니고 밝기만 하던 보름달이 사라지더니 이제는 아예 시뻘겋게 변해가는 중이다. 이거 개기월식인 것 같은데 병사들의 입장에서는 그걸 알 리가 없으니까.

"서, 설마 이거 흉조입니까?"

후성이의 목소리가 더욱더 떨린다.

나는 주변에 들리지 않게 심호흡을 하며 마음을 가다듬고선 천문에 능통한 도사라도 되는 것처럼 하늘을 올려봤다.

시벌. 봐도 뭐가 뭔지 하나도 모르겠지만 아무런 말도 안 했다간 이대로 흉조라는 소문이 퍼지며 병사들의 사기가 땅에 떨어지게 될 거다. 뭐가 됐건 적당히 꾸며서 둘러대야 한다.

"후성아. 넌 저게 흉조로 보이는 것이냐?"

"그럼 흉조는 아닌 겁니까?"

"당연히 아니지, 자식아. 잘 봐. 붉게 변했던 달이 다시 또 어둡게 변했다가 원래의 밝은 보름달로 돌아갈 거다. 이게 의미하는 건 딱 하나야. 보름달이 잠시 사라졌던 것처럼 형님의 세력이 한번 커다란 위기를 겪었다가 강대해진다는 것."

"오오!"

"위기가 뭐였는지는 다들 잘 알겠지. 원소와 원술이 두 번에 걸쳐 우릴 공격했던 일이다. 하지만 그건 이미 잘 해결됐고, 이제 형님께선 강남을 얻으셨으니 앞으로 승승장구할 일만 남았다 이거야. 다들 알겠나?"

"예!"

"해설 확실하게 해줬으니까 엉뚱한 소리들 하지 말고 가서 각자 맡은 임무만 잘 처리해라. 산월과의 싸움도 지금까지 그랬던 것처럼 결국엔 우리의 완승으로 끝날 테니까."

"총군사님께서 하시는 말씀 들었지? 다들 움직여라! 이러고 놀고 있을 시간이 없다!"

후성이 병사들을, 부장들을 각자의 자리로 돌려보내며 힐끔 고개를 돌려 날 쳐다본다. 그런 녀석의 눈동자에 내가 이야기한 꿈해몽에 대한 확신이 가득 차 있었다.

"갑자기 개기월식이라니. 완전 식겁했네."

내 군막으로 돌아와 침상에 눕는데 등골이 다 서늘하다. 아까 내가 당황해서 제대로 대응하지 못하기라도 했으면 그대로 병사들의 사기가 땅에 떨어졌을 테니까.

안 그래도 점이나 천기 같은 것에 민감하게 반응하는 녀석들이다. 개기월식 같은, 무척이나 희귀한 천체 현상을 보고 나면 무슨 생각들을 하게 될지 알 수가 없는 일.

"일식 같은 것도 항상 어느 정도 생각은 해놔야겠네."

그래야 낭패를 보지 않을 거다.

그래도 일단 지금 당장은 잠을 청해야 한다. 보름달이 떠오른 만큼, 산월을 상대하기 위해서라도 무릉도원에 들어가야 하니까.

눈을 감은 채 부드럽게 숨을 내쉬고, 다시 또 들이마시길 반복하며 머릿속의 생각을 깔끔하게 비워냈다.

그렇게 시간이 얼마나 지났을까?

쏴아아아아―

반갑기 그지없는 그 소리와 함께 몸이 가벼워지고 정신이 맑아지는 게 느껴졌다.

눈을 떴다. 내 주변으로 안개가 가득하다. 꿈속에 들어온 거다. 나는 조건반사적으로 머리맡에 놓인 핸드폰을 꺼내 쥐고서 몸을 일으켰다.

"산월이라, 산월."

그게 뭐 하는 놈들인지를 알아봐야 한다. 반림이라는 놈에 대해서 역시 마찬가지이고.

곧장 무릉도원에 접속해 삼국지 토론 게시판으로 들어가려는 찰나.

"뭐야? 이게."

낯설기만 한 또 다른 메뉴가 시야에 들어왔다. 지금까지 수십 번이나 무릉도원에 접속했음에도 본 적이 없던 메뉴였다.

"……채팅방이라니?"

빨간 글자로 채팅 중이라며 표시되어 있다.

가슴이 두근거린다.

손가락을 뻗어 그 메뉴를 클릭하자 핸드폰에 표시되는 화면이 달라졌다.

〈위속 님께서 채팅방에 입장하셨습니다.〉

킹갓정글러: 오? 레어닉인데? 위속이라닠ㅋㅋㅋㅋㅋ

방구석대군사: ㄹ0개부럽다 나도 레어닉 갖고 싶음. ㅡㅡ

가후: ㅎㅇ

저격수여포: ㅎㅇㅎㅇ 새로운 초빠 등장인갘ㅋㅋㅋㅋㅋ

채팅방에 접속하기가 무섭게 메시지가 쏟아졌다. 지금껏 무릉도원에 접속해 온갖 글들을 살펴보던 그 어떤 때보다도 더 심장이 두근거린다.

'사람이다.'

누군가가 작성한 글이나 댓글을 보는 게 아니라 직접 사람과 대화할 수 있게 된 거다.

무릉도원에 대해, 이 사람들에 대해 궁금한 게 참 많지만 일단은 당장의 급한 불 먼저 꺼야 할 터.

조건달: ㅎㅇㅎㅇ

조건달: 어쨌든 유장이 조조한테 항복한 거 이상으로 임팩트 있는 항복은 없을 듯.

나주진궁: 주유가 위속한테 항복한 것도 임팩트는 있죠, 그거 하나로 초나라가 세워진 거나 마찬가지라.

조건달: 그렇긴 한데 위속이 삽질해서 다 말아먹었잖슴. 나라 세워 봐야 뭐 산월이랑 싸우느라 암것도 못 했는데. ㅋㅋㅋ

방구석대군사: ㅇㅈ 또 ㅇㅈ합니다. 솔직히 초나라 건국 이후로 여포랑 위속 존재감 아예 없어짐;;

"존재감이 없어진다고?"

어떻게 말을 꺼내야 하나 고민하고 있던 와중, 채팅방을 보자 뒷골이 땡겼다.

산월이랑 싸우면서 존재감이 없어졌다니? 유장이 조조한테 항복했다는 건 그렇다 칠 수 있다. 그건 먼 나중의 얘기니까. 하지만 우리 쪽의 존재감이 없어졌다는 얘긴 아니다.

위속: 여포가 산월이랑 싸우면서 다 말아먹었다고요??

조건달: ㅇㅇ 원윤이 산월한테 나라 들어다 바치다시피 했잖음. 여포랑 위속이 그거 제대로 수습 못 했고.

저격수여포: 진짜; 회계 전투에서 산월이랑 어떻게 관계 정립만 잘했어도 형주 먹고 북벌할 수도 있었을 것 같은데 갑분싸해서 급 전쟁 모드;;

패왕유비: 솔직히 위속이 산월 타이르려고 마음만 먹었으면 얼마든지 가능할 상황 아니었음?

위속: 그게 가능할 상황이었어요?

패왕유비: 산월이 인구는 점점 늘어나는데 식량은 모자라는 상황이었다고 하던데 그래서 원윤이 군대 빌려달라니까 얼씨구나 하고 뛰어간 거였고.

똥유갓공근: 반림 입장에서도 여포랑 싸우는 게 좀 부담스러웠는데 막상 싸우고 보니까 할 만하다는 판단이 든 거라…….

똥유갓공근: 원요가 붙으면서 원술 쪽 잔당도 꽤 붙어서 중원 쪽 정세도 확실하게 전해졌고여.

위속: 이거 확실한 정보예요?

누런하늘: 이거 다 위속이 쓴 비망록에 나오는 얘기임. 확실함. ㅋ 님은 초빠된 지 얼마 안 됐나 봐여? 초빠는 다 아는 얘긴데.

위속: 네;; 제가 삼국지 잘 몰라서…….

"하, 시부랄."

삼국지 시대에서 벌써 오 년 가까이 살아오고 있는데 아직도 삼국지를 잘 모른다고 말해야 하는 상황이라니.

갑자기 짜증이 확 난다. 무릉도원에서 온갖 글들을 읽으면 뭐 해……. 정작 삼국지에서 어떤 인물들이 어떤 스토리로 일을 진행시켰던 건지는 거의 아는 게 없는데.

누런하늘: 나중에 시간 되시면 산월 함 찾아봐여. 얘네 개웃김. ㅋㅋㅋ

킹갓정글러: 산월은 강자 존중 약자 멸시죠. 세면 존중받는데 약하면 걍 개무시 당함. 그래서 거의 전투 종족임. ㅇㅇ

조건달: 그거 때문에 위속이고 여포고 주유에 마초, 감녕까지 계속 산월 때려잡으러 돌아다녔으니까. ㅋ

'시벌…… 그런 거였어?'

계속해서 채팅창에 올라오는, 누가 더 잘 아는지 지식 배틀이라도 하려는 것처럼 떠들어대는 사람들의 그 메시지를 읽으며 나는 안도의 한숨을 내쉬었다. 이거 안 봤으면 진짜 큰일날 뻔했다.

그나저나 비망록이라……. 아직은 그런 걸 써본 기억이 없는데 아무래도 좀 더 미래의 내가 써둔 것이겠지? 미래의 내 입장에서 과거의 내가 그 비망록에 대한 정보를 전해 듣고 전쟁에서 승리할 수 있도록 하기 위함일 터.

그게 현실적으로 가능한 일인지, 타임 패러독스 같은 이론들이 머릿속에서 막 떠오르는데 머리가 아프다.

'시벌. 뭐, 되는 거니까 이렇게 내가 비망록 얘기를 듣고 있는 거겠지.'

나는 그렇게 생각하며 다시 채팅방 쪽으로 시선을 옮겼다. 계속해서 올라오는 메시지들 덕분에 당장의 급한 불은 껐다. 하지만 그렇다고 해서 채팅방에 대한 용무가 없어지는 건 아니지.

궁금한 게 산더미다.

위속: 님들. 삼국 통일은 누가 했죠? 제가 삼린이라;;

조건달: ?????? ㅋㅋㅋㅋㅋㅋㅋㅋㅋㅋㅋㅋㅋㅋㅋ 닉만 레어닉이지 이님 진짜 삼린이넼ㅋㅋㅋㅋㅋㅋㅋㅋㅋㅋ

저격수애포: 참신하네. ㅎㅎ 삼린이 진짜 오랜만에 보네요.

똥유갓공근: 삼국 통일은 조조 아들이 했습니다. 조비요. 조족이 원씨네 원조, 여씨네 여초를 전부 집어삼키면서 끝났죠.

위속: 아…… 감사합니다.

쓰읍. 지금의 상황에서는 조조다 이거지? 기억해 놔야겠다.

그렇다면 이제는 진짜 중요한 질문 하나가 남는다. 도대체

이 인간들은, 무릉도원의 정체가 무엇인지에 대한 것.

내가 그렇게 생각하며 채팅창에 메시지를 치고 있는데.

스아아아아아아아―

갑자기 익숙하기 그지없는 소리가 들려오기 시작했다.

내 군막의 그것을 형상화한 이 꿈속 공간이 녹아내리고 있었다.

벌써 시간이 다 된 거야?

"에이, 씨."

꿈속에서 깨어나고 나니 온몸이 개운하다. 피로가 완전히 싹 풀린 느낌.

산월에 대해 궁금하던 것들도 어느 정도, 이제는 해결된 와중이다. 하지만 무릉도원에 대해, 그곳에서 활동하던 이들에 대해 내가 근본적으로 가지고 있던 궁금증은 해결하지 못했다. 산월 이외의, 당장의 천하에서 유용하게 활용할 정보도 유장이 조조에게 항복한다거나 조비가 천하를 통일한다는 걸 제외한다면 딱히 없는 거나 마찬가지고.

"시간이 너무 부족하단 말이지."

하다못해 한 시간 정도라도 된다면, 그게 아니면 삼십 분 정도라도 된다면 그나마 좀 낫겠는데 이건 뭐 십 분이나 될까 한 수준이니…….

"장군, 깨어나셨습니까?"

내가 답답해서 혼자 중얼거리는데 후성이가 군막의 휘장을 걷으며 안쪽으로 들어왔다. 녀석의 얼굴에 긴장한 기색이 역력했다.

"뭐냐. 무슨 일이 또 터진 거야?"

"그런 건 아닙니다만…… 산월의 대군이 다가오고 있습니다. 태양이 중천에 떠오를 때쯤이면 마주하게 될 것입니다."

"올 게 오는 모양이지."

"저어, 장군. 회의를 소집할까요?"

기대감에 눈을 초롱초롱하게 빛내며 후성이가 말했다. 지금껏 보름달이 떠오른 날에는 내가 뭔가 기발한 계책을 내어 왔으니까. 녀석은 지금도 그러한 것이 나오지 않을까 생각하는 것일 터.

"공대 선생과 형님께 전해라. 우리는 계책을 세울 필요 없이 지금처럼 엄정한 군율로 병사들을 다스리며 적들을 향해 나아갈 것이라고."

"……예? 하오면 정말로 계책 같은 것은 없습니까?"

"없다."

후성이가 눈을 껌뻑인다.

녀석이 그 상태로 일 분 가까이 내 얼굴을 빤히 쳐다본다.

그렇게 시간을 쏟고 나서야 녀석은 내 말이 진심이라는 것을 알아차린 듯, 어색하게 웃기 시작했다. 그 얼굴에 난감한 기색이 가득했다.

"원요, 그 녀석은 참 말이 앞서는 녀석이었소. 아직은 나이가 어려 성숙하지 못한 탓이 없지 않게 있기는 하나, 세상만사를 모두 쉽게만 생각하는 편이었지."

반림이 이끈다는 오만 명의 산월족 병사들을 맞이하러 나가는 길. 원씨 가문에 대한 정보가 필요하다는 내 요청에 응한 원윤이 나와 말 머리를 나란히 하며 말했다.

"말하는 것만 들으면 제 녀석이 장량, 한신에 버금갈 책사이자 장수이며 소하에 버금가는 관료이다. 물에 빠뜨려 놓으면 몸은 다 가라앉아도 주둥이 하나만 둥둥 떠올라 있을 녀석이오."

원씨 가문에 대해 묻기가 무섭게 원요를 욕하는 말이 줄줄이 나온다. 그동안 쌓인 게 많았던 모양이다. 아니면 원요가 산월을 끌어들이는 대형 사고를 쳐서 화가 잔뜩 났든지.

어느 쪽이건 간에 이거 하나만은 확실하다.

"딱히 대단할 건 없는 녀석이 맞는 모양입니다?"

"뭐, 그렇다고 보면 될 것이오. 하북 원가는커녕 제 아비조차 반도 따라가지 못하는 녀석이니. 이거 완전 누워서 침 뱉는 꼴이군."

원윤이 쓰게 웃는다. 그러면서도 이렇게 내가 묻는 말에 줄줄이 대답하는 건 그만큼 우리와 잘 지내고 싶다는 의지의 발로일 터.

"하여간…… 그 녀석에 대해서는 걱정할 필요가 없소. 문제라면 반림, 그 금수만도 못한 놈과 산월족일 뿐이겠지."

"그렇겠네요."

무릉도원에서 듣고 나온 이야기들이 있으니 어느 정도 교섭은 가능하겠다 싶은데 솔직히 나도 잘은 모르겠다. 걔들한테 그런 필요가 있다고 해도 각자가 느끼는 절박함의 정도에 따라 행동 양식이 달라지게 마련이니.

저 멀리 앞에서 적토마를 몰고 몇몇 병사들과 함께 나아가는 형님의 뒷모습을 응시하며 내가 혼자 고민하고 있는데 어딘가에서 낯선 시선이 느껴진다.

고개를 돌려서 보니 원윤과 함께 있던, 이름이 노숙이라던 주유 또래의 청년이 몹시 걱정스러워하는 얼굴로 날 쳐다보고 있다.

쟤가 대표적인 온건론자라고 했던가?

"너무 걱정할 필요 없어요. 무난하게 잘 처리될 테니까."

내가 그렇게 말하니 노숙이 날 향해 포권하며 고개를 숙인다. 마치 지금의 상황이 못 미덥다는 것처럼.

무릉도원에서도 한 번씩 본 이름이다. 행정 쪽으로 능력이 탁월하다는 말도 있어서 어떻게든 내 쪽으로 데리고 와야 할 사람이기도 한데 저 반응은…….

흠터레스팅하구만. 뭐가 마음에 안 든다는 거지? 슬쩍 가서 물어봐야 하나?

내가 그렇게 생각하고 있을 때.

뿌우우우우우우-

저 멀리 앞에서 뿔 나팔 소리가 들려왔다.

형님과 함께 앞장서서 움직이던 병사들 쪽 방향이다.

"적들이 나타난 모양이오."

진궁이 내게 다가오며 말했다.

내가 고개를 끄덕이니 진궁이 날 쳐다본다. 정말로 괜찮겠느냐는, 그 걱정스러운 감정이 잔뜩 묻어나오는 눈빛이다.

나는 아무런 말도 하지 않았다. 반림이, 산월족이 필요한 게 뭔지를 알고 그걸 제공할 수 있다고 해서 거래에 무조건 성공할 것이란 보장은 없으니까.

그렇다고 해서 막무가내로 산월족과 싸우겠다며 전투를 벌였다간 앞으로도 한참이나 계속해서 끝도 없는 전쟁을 벌여 국력을 깎아 먹어야 할 것이니 그도 못 할 짓이고.

"흐음……."

내가 미간을 찌푸린 채, 앞을 응시하고 있는데 어느덧 산월 병들의 모습이 시야에 들어오기 시작했다.

원(袁)이 새겨진 커다란 깃발 하나만이 휘날리고 있다. 오만 명에 달하는, 남방계 특유의 까무잡잡한 피부에 탄탄한 근육질의 몸매를 자랑하는 병사들이 험준한 산이며 밀림이며 할 것의 사이에 버티고 서 있었다.

팔이며 얼굴이며 할 것 없이 온통 문신을 새겨놓은 게 어째 전투에 나선 인디언들의 그것과 비슷한 느낌이기도 하고…… 엄청 세 보인다. 병사들 개개인의 무장은 원소나 원술 휘하의 병사들에 비할 바가 아니지만 이쪽을 향해 전해져 오는 압박감만은 오만 명이 아니라 십오만, 어쩌면 이십만 명에 달하는 대군을 마주하는 느낌이다.

개중에서 보이는, 옥에 티라면 산월의 왕이라는, 반림이라는 놈과 함께 서 있는 원윤 정도랄까?

"어떤 것 같으냐?"

병사들과 함께 우리 쪽으로 돌아온 형님이 손으로 산월족 쪽을 가리킨다. 그런 형님의 입가에 미소가 피어올라 있었다.

"저것들, 잘 싸울 것 같은데? 중원에서 우리랑 싸우던 놈들과는 격이 다른 것 같아."

"소생도 주공과 같은 생각입니다. 저들을 상대하는 것은 분명 신중해야만……."

"한번 붙어봐야겠어. 가자, 문숙."

"예? 붙어보다뇨?"

"세 보이잖아. 잘 싸우는 놈들이 왔는데 그냥 돌려보내? 가자!"

"아니, 형님!"

내가 황당해서 소리치는데 옆에서 진궁이 허허 너털웃음을 터뜨린다. 보기 좋아서, 정말 유쾌해서가 아니라 멘탈에 금이 가며 조건 반사적으로 터져 나오는 웃음이다.

그런 와중에서도 형님은 계속해서 적토마와 함께 산월족 병사들을 향해 질주해 나아가고 있었다.

"나 여포다. 나와 붙어볼 놈이 있느냐?"

그러면서 형님이 이백 미터쯤 떨어진 곳에 멈춰선 방천화극으로 산월족 병사들을 가리키며 소리쳤다.

비록 다른 민족이긴 하지만 쟤들도 사고방식은 우리랑 비슷한 것 같다. 산월족 병사들이 하나같이 황당하다는 얼굴로 형님을 쳐다보고 있다.

"여포! 이야, 정말 황당해서 말이 안 나오는군. 너 혼자서 우리 산월병을 전부 상대할 수 있을 거라고 생각하는 거냐?"

그때 앳된 목소리가 들려왔다. 원요일 거다.

상체만 간신히 가린 가죽 갑옷을 입은 산월족 병사들 사이에서 중원의 복식을 한, 기껏해야 중딩이나 됐을까 싶은 녀석이 채찍을 들어 형님을 겨누고 있다. 그러면서 황당하다는 듯 피식피식 웃고 있기까지.

그러거나 말거나 형님은 여전히 재미있다는 얼굴로 원요를, 그 뒤의 산월족 병사들을 응시하고 있었다.

"아버님의 원수라고 생각해서 할 수 있는 건 전부 준비하고 왔는데…… 어마어마하군. 네놈이 위속이더냐?"

이번엔 원요가 채찍으로 날 가리키며 소리쳤다.

"어. 내가 위속이다."

"여포와는 말이 통하지 않을 것 같으니 네게 말하마. 지금 즉시 강남 전역에서 물러나라. 그러지 않으면 내 산월병과 함께 너희들을 모조리 도륙 낼 거니까. 알아들었지? 애들이 글자도 잘 모르고 미개하긴 해도 싸움 하나는 기가 막히게 잘하거든?"

"산월족이 미개하다고? 진심이냐?"

"어, 어어?"

무슨 헛소리를 하려는 건가 싶어서 가만히 듣고 있는데 이건 뭐, 시작부터 월척이네.

"산월족이 미개하다고 생각하는 그 사고방식 자체가 미개한 거 아니냐? 시대가 어느 땐데 인종 차별이야, 인종 차별이?"

"아니, 내가 이야기하려던 건 그게 아니라!"

"방금 네가 네 입으로 말했잖아. 산월병이 글자도 잘 모르고 미개하다고. 그게 인종 차별이지 뭐냐? 산월족이니까 글자도 모르고 미개하다고 콕 찍어서 비하하는 거잖아. 산월족 병사들아, 안 그러냐?"

원요의 얼굴이 시뻘겋게 달아오른다. 그런 원요의 뒤에 서 있던 산월족 병사들이 생각지도 못한 이야기를 들었다는 듯, 황당해하며 서로의 얼굴을 쳐다보고 있었다.

"나는! 산월족이 우수한 종자라고 생각한다! 위속 네놈의 세 치 간악한 혓바닥으로 이런 날 매도하는 것이냐!"

"이야, 종자라고? 야. 너 종자가 무슨 뜻인지나 아는 거냐? 짐승을 얘기할 때나 사용하는 단어가 종자인데 우리 산월족 애들한테 종자라고? 아주 그냥 차별주의가 뼛속까지 파고들었구만?"

"이, 이이익! 아니다! 나는 산월을 무시하지 않는단 말이다!"

"그런 놈이 미개 운운하는 소리나 하고 있고?"

"크아아악! 아니라고! 아니란 말이다! 아니라고!"

당황하다 못해 분노하기까지 한 원요가 시뻘겋게 달아오른 얼굴로 소리를 질러댄다.

원요와 우리 쪽의 명확하게 비교되기 때문일까? 원요의 주변에 있던 산월족 병사들이 슬금슬금 뒤로 물러나고 있다. 마음에는 안 들어도 녀석과 함께 싸우겠다는 듯 서 있던 반림 역시 멀찌감치 옆으로 비켜나는 중이고.

원요는 지금 산월족 병사들의 사이에서 왕따라도 되는 것처럼 혼자 고립된 상태가 되어가고 있었다.

쯔쯔. 이게 바로 1,800년 뒤 미래의 PC, 정치적 올바름이라는 거다 애송아.

"산월족 형제들! 나도 그렇고, 우리 형님도 그렇고 우리는 사람이면 다 똑같은 사람이라고 생각한다! 차별하지 않아. 너흴 무슨 개돼지 취급하는 저 덜떨어진 놈을 위해 목숨 걸고 싸울 생각은 아니겠지?"

"아니다! 내가 한 약속을 잊지 않았겠지? 내가 강남을 되찾는다면 너희들이 자유롭게 살아갈 수 있도록 해주마!"

"오오, 땅! 강남!"

내 외침에 잠시 웅성이던 녀석들의 눈빛이 변한다.

좀 전부터 계속 반림의 두꺼운 팔뚝을 뚫어지라 쳐다보고 있던 형님을 향해 내가 시선을 옮겼다.

"형님, 제가 마음대로 해도 될까요?"

"언제는 뭐 마음대로 안 했어? 편하게 해, 편하게."

"감사합니다."

진짜 항상 느끼는 거지만 만약 내가 모시는 군주가 우리 형님이 아니라 유비나 원술, 뭐 이런 인간이었으면 망해도 벌써 진즉에 망했을 것 같다. 형님이니까 이렇게 전적으로 믿어주는 거지.

어쨌든.

"흠흠, 산월병들아! 우리 형님께서 직접 허락하셨어! 너희

식량이 부족해서 먹고 살기가 힘들다면서? 원요가 아니라 우리한테 붙으면 급한 대로 너희가 필요로 하는 식량을 나눠주마. 우리와 함께 살 수 있도록 여러 가지 편의도 봐주도록 하지. 어때?"

"그 말을 우리가 어떻게 믿소?"

지금껏 아무런 말도 없이 그저 가만히 서 있기만 하던 반림이 우리 쪽을 향해 다가오며 소리쳤다.

"우리 말을 못 믿으면 원요 말은 어떻게 믿고? 산월족을 무슨 개돼지 취급하는 원요보단 우리 쪽 손을 붙잡는 게 차라리 낫지 않겠어?"

"그건! 흐음?"

뭔가 내 말에 반박하려던 반림의 시선이 형님을 향한다. 자길 뚫어지라 쳐다보던 형님의 시선을 이제야 느낀 모양.

형님이 그런 반림을 향해 씩 웃어 보이더니 말을 몰아 녀석에게 다가가고 있었다.

"몸이 상당한데? 힘깨나 쓰겠어. 산월족 사이에서 이름난 무장인 건가?"

"……그렇소만."

"어때. 나하고 한번 붙어보지? 인중여포 마중적토라고 들어봤어? 그게 나하고 내 말, 얘 말하는 거거든."

형님의 그 목소리에 반림의 눈이 파르르 떨린다.

'아오, 쟤 빡쳐하는 거 아니야?'

나야 형님하고 오랫동안 같이 지내왔으니 저 말에 악의라곤 눈곱만큼도 없다는 걸 알고 있지만, 반림의 입장에선 아닐 거다. 다짜고짜 싸워보자고 들이대는데 누가 좋아해?

"지, 진정으로 아무렇지도 않은 것이오? 내가 산월족인데 정말로 아무렇지도 않소?"

저 봐, 빡쳐하는…… 게 아니었네? 뭐지?

"산월족인 게 뭐 어때서? 따지고 보면 내게도 흉노의 피가 섞여 있거늘, 그게 무슨 대수라고? 어떻게 할 거냐. 한번 붙어볼 테냐?"

아무렇지도 않다는 듯 툭툭 내뱉는 형님의 목소리에 반림의 눈시울이 붉어진다. 마치 감격하기라도 한 것 같은 얼굴이었다.

"그대는 나를 오랑캐, 이민족이 아니라 한 명의 무인으로서 대우해 줬소. 말로만 우리를 우대하겠다고 떠드는 원요와 달리 그대들은 우리를 진정으로 중원인과 동등한 사람으로서 대우해 주는구려."

"사람이 다 똑같은 사람이지, 뭐가 다르다고? 그래서 할 거냐, 말 거냐."

"하겠소! 기꺼이 무기를 들겠소이다! 다만, 그전에 한 가지 처리할 것이 있소이다."

"처리라니?"

"묶어라!"

형님이 반문하던 찰나, 반림이 자신의 병사들을 향해 소리친다. 그들이 성큼성큼, 정말 당장에라도 울어버릴 것 같은 앳된 얼굴의 원요를 향해 다가서고 있었다.

"으아아악! 너희들이 이러고도 무사할 줄 아느냐? 나 원요다, 원술의 아들 원요라고!"

요란한 외침이 들려오긴 하지만 녀석이 묶이는 건 무척이나 순조로울 뿐이었다.

"그대가 날 이기면 그대들에게 원요를 넘기리다."

"원요를? 좋군. 이런 내기에서 조용히 넘어갈 순 없지. 네가 날 이긴다면 내 동생을 내어주마."

"예? 날요? 아니, 날 내준다고요? 아니, 왜 접니까? 형님!"

내가 황당해서 반문하는데 형님은 아예 들을 생각도 없는 모양이다. 그냥 신이 나서는 껄껄 웃으며 방천화극을 들고 반림을 향해 질주하고 있다. 그것은 반림 역시 마찬가지.

산처럼 커다란 덩치의 장사 둘이 서로에 대한 분노도, 적의도 없이 그저 순수한 무의 대결을 벌이고 있었다.

"하, 이게 무슨……."

싸움 없이 간단하게 원요를 제압하게 됐으니 잘된 것 같기는 한데 묘하네. 그럴 리야 없겠지만 만에 하나 형님이 지기라도 하면…… 난 산월족을 따라가야 하는 건가? 업어 키운 산월족?

"형님! 무조건 이기십쇼! 지면 안 됩니다! 아셨죠?"

"장군."

답답한 마음에 나도 모르게 소리치는데 저 뒤에서 위월이 다가왔다. 그런 위월의 뒤로 익숙한 얼굴 하나가 서 있었다.

"뭐야. 조인? 쟤가 갑자기 여긴 왜?"

"아니, 우리가 오긴 왜 왔겠소? 사신으로서 파견되어 할 말이 있으니까 온 거지."

"아무리 사신이라고 해도 전쟁터까지 따라와? 싸움에서 어디가 이길 줄 알고?"

내가 그렇게 말하니 조인이 피식 웃는다. 뭐 그런 당연한 것을 묻느냐는 것처럼.

"당연히 형님네가 이기겠지. 이 조인을 격파하고, 우리 주공을 격파했으며 원소와 원술 등 온갖 적들을 만날 때마다 승리한 게 형님 아니오? 그런 양반이 산월과 싸워서 패배한다? 말도 안 되는 소리요."

"아, 그러냐? 그래서 뭐 때문에 온 건데?"

"그야 당연히 대국을 논하기 위함 아니겠소?"

"뭐, 그렇겠구만."

내가 고개를 끄덕이는데 조인의 바로 뒤에서 허저 뺨치게 초롱초롱한 눈을 한 녀석의 모습이 시야에 들어왔다. 녀석이 정말 무슨 꿈에도 그려 마지않던 연예인을 본 것 같은 얼굴로 날 쳐다보고 있었다.

"쟨 누구야?"

"아마 들으면 형님도 아실 게요. 사마팔달의 둘째거든."

"사마팔달의 둘째면…… 사마의? 사마의라고? 쟤가?"

사마의가 여기엘 왔어? 그것도 조인을 따라서?

내가 놀라서 반문하는데 조인이 고개를 끄덕이더니 사마의를 향해 손짓한다.

녀석이 조심스레 말을 몰아서 내게 다가와 포권하더니 말했다.

"소, 소생 주부 사마중달이라 합니다. 중원천지에 위명이 자자하신 총군사님을 뵙게 되어 영광입니다!"

"어? 어, 그래…… 반갑다."

시벌. 주부라는 직함을 먼저 얘기하는 걸 보니 조조 밑에 벌써 임관해 버린 모양이다. 제갈량에 주유까지 나한테 있으니 사마의도 있으면 진짜 놀면서 천하 통일도 할 수 있을 텐데. 속이 쓰리다, 쓰려.

"저어, 외람되나 소생 총군사께 부탁드리고 싶은 게 하나 있습니다."

"부탁?"

"예."

"뭔데?"

"소, 소생에게 똥쟁이라고 한 번만 해주시면 안 되겠습니까?"

간절하기 그지없는 사마의의 그 목소리에 조인의 얼굴이 험악하게 일그러지고 있었다.

9장
일하기 싫다고!

    회계성은 분명 그다지 크다고는 할 수 없을 곳이다. 산양성과 비교해도 그 크기가 반이나 될까. 규모가 작은 만큼, 성에 머무는 백성이며 병사며 이들 모두 산양과는 비교가 되지 않을 정도다.

    하지만 지금, 그런 회계성에는 수도 없이 많은 사람이 몰려들고 있었다.

    "으하하하, 참으로 좋습니다. 술도 좋고, 친우도 좋고! 늘그막에 마음이 통하는 친우를 얻게 되어 참으로 기쁩니다!"

    형님과 한번 무기를 부딪쳐 본 이후로 반림은 아예 경계심을 내려놓고서 병사들을 해산시키고 우릴 따라 회계성으로 들어왔다.

    이곳에서 반림을 지키는 건 해봐야 서른 명 남짓한 숫자일 뿐이다. 말이 좋아서 호위병이지, 사실상 반림의 수발을 들기 위해 남아 있는 수준이라고 보아야 할 터. 반림은 자신의 생명을 걸어가면서까지 형님을 믿고, 우리와 손을 붙잡은 것이나 마찬가지였다.

"으흐흐. 잘 마시는구만. 그거 다 마시고 나서 한 번 더 나가지. 먹고 마셨으면 또 몸을 움직여야 하지 않겠어?"

함께 껄껄 웃던 형님이 그렇게 말하며 술잔의 술을 입안에 털어 넣고선 몸을 일으켰다. 그런 형님의 주변에 있던 허저와 마초가 눈을 초롱초롱 반짝이고 있었다.

"갑시다. 먹고, 마시고, 대련하고 이 얼마나 꿈같은 시간인지 모르겠습니다. 으하하하!"

형님만큼이나 호탕하게 웃어젖히며 반림이 형님과 허저, 마초와 함께 내당을 빠져나가는데 먹고 마시고 대련하는 게 도대체 뭐가 좋다는 건지 모르겠다. 먹고 마셨으면 기분 좋게 드러누워서 부른 배를 두드리거나 할 것이지, 도대체 왜 저렇게 자기 몸을 학대하는 건지.

"알다가도 모르겠다니까, 진짜."

저렇게 무예에 빠져서 지내는 것도 그렇고, 말 몇 마디에 푹 빠져서는 무슨 몇십 년 이상 동고동락해 온 친우처럼 서로 좋아 죽으려고 하는 것도 그렇고.

"사나이란 그런 게 아니겠소?"

내가 그 모습을 응시하며 혼자 고개를 절레절레 젓고 있는데 조인의 목소리가 들려왔다. 녀석이 술잔 두 개를 들고서 사마의와 함께 내 쪽으로 다가오고 있었다.

"한때엔 적이었지만 한 명의 무장으로서 본다면 온후는 분명 사나이의 가슴을 뜨겁게 만드는, 진짜 사내요."

"그건 인정."

솔직히 형님이 단기필마로 적들을 향해 질주하는 모습을 보고 있노라면 너무 위험한 거 아닌가? 미친 짓이 아닌가? 하는 생각을 하면서도 내 가슴이 뜨거워지는 것을 느끼곤 했다.

게다가 그런 적이 한두 번이 아니었다. 21세기 출신의, 위험해지는 건 끔찍하게 싫어하는 성격의 나조차도 그런데 이 시대의 진짜배기 무장들은 오죽하겠어.

"우리 책사들도 그러덥디다. 무장들이 온후를 보고서 가슴이 뜨거워지는 것처럼, 형님을 보면 자기들 가슴이 뜨거워진다고."

"그건 또 무슨 소리야?"

"원술이며 원소며 하는 자들이 온후를 쓰러뜨리겠다고 몇 번이고 쳐들어오는 걸 형님이 다 막아내더니 이제는 기어코 강남땅에 들어오질 않았소?"

"그랬지."

"그래서 다들 형님을 만나서 군략에 대해 논의해 보고 싶어 하오. 우리 형님도 마찬가지이시고. 그래서 말인데 나와 함께 장안으로 가보는 건 어떻겠소?"

"장안?"

"우리 주공께서 장안에 터를 잡으셨소. 형님을 몹시 그리워하시고. 형님한테 주려고 모아둔 보물도 아주 많소. 이제 여기에서 할 일은 거의 끝났잖소. 나머지는 다른 자들이 맡아서 강남땅을 안정시키기만 하면 될 것인데."

"뭐래? 이 개똥이가. 뚫린 입이면 말을 해야지, 뭐 똥을 뱉고 있어?"

"개, 개똥이! 크윽!"

개똥이 소리를 듣는 것만으로도 열이 뻗친다는 건지 조인이 눈을 부릅뜬다. 그러면서도 더 말을 하지는 못하는 게 자기가 개똥 같은 소리를 했다는 걸 알고 있기 때문이겠지.

"너도 똥쟁이 소리 듣고 싶어서 그러냐? 내가 장안을 가긴 왜 가? 여기에서도 할 일이 산더미처럼 많은데. 개념 좀 탑재하자, 어?"

내가 그렇게 말하니 조인이 고개를 끄덕인다. 자기가 생각하기에도 선을 넘은 발언이니 내가 욕을 해도 뭐라 할 말이 없을 거다.

"개똥아. 우리 잘하자. 응?"

"아, 알겠소."

조인이 몸을 부들부들 떤다. 개똥이 소리가 어지간히도 듣기 싫은 모양.

그런 녀석의 어깨에 손을 얹어 목을 휘감고 있으니 문득 옛날 생각이 난다. 조조랑 있을 때 조인이랑 후돈이랑 엄청 갈궜는데.

"후돈이는 잘 지내고 있으려나 모르겠네⋯⋯. 음?"

눈이 반짝이고 있다. 곱게 두 손을 모은 채, 날 쳐다보고 있는 사마의가 잔뜩 기대하는 얼굴로 눈을 껌뻑이고 있었다.

"뭐야, 뭐. 또 뭘 해달라고?"

"저, 저한테도 개똥이라고 해주시면 안 되겠습니까?"

"중달! 이 자식을 그냥! 여기에서 그 소리가 왜 나와!"

엄청나게 열이 뻗친 듯, 조인이 소리치자 사마의가 겁먹은 얼굴로 몸을 움츠린다. 그 모습이 불쌍하게 느껴질 정도. 그러면서도 애가 꼭 들어보고 싶다는 듯 날 쳐다보고 있었다.

조조한테 뺏긴 공명이 뺨치는 인재가 이렇게 나한테 빠져 있다니……. 이걸 좋아해야 할지 싫어해야 할지 모르겠네.

📱

"그래서 구체적으로 뭐 때문에 온 건데?"

연회장에서 멀리 떨어진, 태수부 내당에서도 깊숙한 곳으로 조인을 데리고 들어와서는 내가 말했다.

시종이 내어다 준 차를 마시며 조인이 한숨을 푹 내쉬고 있었다.

"원소 때문이오. 형님이 보내준 지도를 받고서 문화 선생이 업을 점령했다고는 하나 아직도 하북의 저력은 우리 양쪽을 합친 것 이상이잖소."

"그래서 뭘 하자고?"

"뭘 하긴. 동맹을 더 공고히 하는 것 이외에 할 게 뭐가 있소? 어차피 우리는 우리대로 지금껏 점령한 지역들을 안정시키느라 정신이 없고, 형님 쪽 역시 마찬가지일 것인데. 못해도 두 해에서 세 해는 조용히 지내야 할 판 아니오?"

"뭐 그렇기는 하지."

산양과 그 인근 지역이라 할 수 있을 남연주나 예주는 적들에게 점령당하거나 하는 일이 없었으니 크게 걱정할 게 없다.

하지만 서주나 강남은 지배 세력이 교체되는 혼란을 겪었다. 특히 강남은 그걸 두 번이나 겪었고. 손책을 앞세운 원술에 의해 한 번, 그리고 원술을 때려잡은 우리에게 또 한 번. 혼란스러울 수밖에 없다.

"지방의 행정력을 가다듬어야 하고, 백성들의 생활을 안정시켜야 하오. 전란으로 엉망이 된 농지 역시 복구해야지. 그렇게 당장 해야 할 일들을 끝내고 나면 시간이 훌쩍 지나 있을 거요."

"그러니까 그동안 어느 한쪽이 공격당하면 다른 한쪽이 도와주는, 그런 협력 체계를 만들어보자는 거냐?"

"그거 이외엔 당장 할 수 있는 게 없잖소."

조인이 쓰게 웃는다.

"비록 전투에서 연이어 패했다 해도 하북의 기반은 온전하게 유지되고 있소. 내부를 정비하는 건 우리보다 더 빠르게 끝날 것이고, 우리가 내부를 안정시키기 전에 먼저 치고 나오겠지. 그것도 생각지도 못할 대군을 이끌면서 말이오."

"원소의 피해가 꽤 컸을 텐데? 최근 몇 년간의 전쟁으로 아무리 적게 잡아도 십만 명은 전사하지 않았나?"

"황건적의 난이 제압된 게 벌써 스무 해 전이오. 난이 종식된 이후로 태어난 아이들의 나이가 스물이 다 되어가고. 게다가 황건적의 난 이후로는 하북에서 이렇다 할 사건이 없지 않왔소. 공손찬의 목이 떨어진 것만 하더라도 거의 십 년이 되어 가는 판국이오."

"그러니까 네 말은 하북의 인구가 회복돼서 압도적인 병력을 쏟아내게 될 거라는 의미냐?"

"그런 셈이지. 원소는 그거로도 모자라서 유랑민을 정착시키고, 둔전을 굴리며 북방 이민족과의 관계를 개선해 그들을 받아들이는 중이오. 앞으로 십 년이면 하북의 인구는 조여(曹呂) 양 세력뿐만 아니라 천하의 모든 세력을 합친 것만큼이나 많아질 거외다. 이렇다 할 전란 없이 이십 년이 지나면 어떨 것 같소?"

와, 시벌⋯⋯. 이거 또 소름이네.

하북의 인구 부양력은 정말 말도 안 되는, 사기적인 수준이다. 땅이 기름진 데다 농사를 지을 사람도 많다. 기름진 땅은 있되 사람이 부족해 제대로 개간조차 하질 못하는 연주나 회남의 상황을 생각해 본다면 차이는 말도 못 하게 커지는 수준이다. 미개발 상태의 강남 전역까지 함께 고려한다면 더더욱 그렇고.

우리가 어떻게든 이민족을 포섭하고, 반란을 억제하며 민생을 안정시킨다고 해도 원소와는 출발선 자체가 다른 만큼 하북의 인구 증가 속도를 따라갈 수가 없다는 얘기다.

이미 무릉도원을 통해 몇 번을 보고 진궁이나 공명, 손권이하고도 몇 번이나 이야기한 문제지만 그때나 지금이나 전쟁을 제외한다면 답이 안 보이기는 마찬가지다. 지금까지 전쟁을 치르며 거두어온 승리보다 몇 배는 더 압도적인 대승이 아니고서야 시간이 흐르면 흐를수록 원소의 힘이 압도적으로 강해질 터.

"형님도 이미 알고 있었겠지만 이것이 바로 조여 양자의 협력이 공고해져야 하는 이유요."

"당연히 그래야겠지. 결국엔 그 말을 하러 온 거냐?"

"아무리 강조해도 모자라지 않을 이야기잖소. 우리 형님, 그러니까 큰형님께서도 형님께 꼭 이 이야기를 전하며 사태의 심각성을 다시 한번 일깨우라 하셨소이다."

그렇게 말하며 조인이 자리에서 몸을 일으켰다. 녀석이 품속에서 곱게 접힌 흰색 비단을 내밀고 있었다.

"큰형님께서 형님에게 쓴 편지요. 나중에 읽어보시오."

받아서 보니 꽤 두껍다. 내용이 짧지 않을 모양.

"난 이만 돌아가겠소. 형님을 만나서 큰형님의 말을 전하고, 편지도 전했으니."

"바로 돌아간다고?"

"더 있을 이유가 없잖소. 형님에겐 개똥이로 보이겠지만 나도 꽤 바쁜 사람이오. 건승하시구려."

조인이 날 향해 가볍게 포권해 보이고선 성큼성큼 저 밖으로 걸어 나가기 시작했다.

"좋은 시절은 다 갔소."

"그러게 말입니다. 하…… 뭐가 이렇게 많지?"

죽간이 정말 산더미처럼 쌓여 있다. 산양에서 몇 번이고 받아봤던 산더미랑은 비교 자체가 불가능할 수준이다.

회계성은 꽤 작은 곳이다. 그러나 그 태수부는 산양에 비견될
정도로 규모가 크다. 그리고 또 그 태수부에서 실질적인 업무를
위한 공간인 외당은 산양성의 그것보다 두 배 이상으로 거대했
다. 태수와 그 휘하의 관료들이 집무를 볼 공간뿐만 아니라 수
많은 용건을 가지고 방문한 이들이 대기할 자리, 그리고 사방에
서 보내져 오는 죽간을 비롯한 물건들을 저장해 둘 자리까지.

"죽간이…… 총 몇 개라고 했었죠?"

"당장 우리 눈앞에 보이는 것만 만 개가 넘소. 강남 전역에서
보내져 오는 것까지 합친다면 오만 개 이상이겠지……. 으흐흐."

자기가 생각해도 우스운 모양이다. 진궁이 웃는다.

"흐흐흐흐."

"으하하, 으하하하하하."

옆에서 후성이도 웃고, 위월이도 웃는다. 감녕과 마초, 성렴
에 학맹 역시 마찬가지.

하지만 웃음은 잠시일 뿐, 곧이어 침묵이 내려앉았다. 그런
공간을 가득 메우는 것은 누가 내뱉는 것인지조차 알 수 없을
정도로 끊임없는, 그러나 자그마한 한숨 소리일 뿐이었다.

"장군. 아무리 생각을 해봐도 이건 좀 아닌 것 같습니다. 만
개가 넘는다면서요. 이 지역의 관리들이 도와주는 것도 아니
고, 어떻게 우리끼리 이걸 다 처리한답니까? 게다가 다른 지역
의 현안까지 오고 있다면서요?"

"맞습니다! 소장 성렴, 지금껏 총군사님을 마음 깊이 존경해

왔으나 이건 정말 아닌 것 같습니다."

"솔직히…… 이번엔 나도 영 내키지가 않소. 많아도 좀 많아
야지……. 쯧."

후성과 성렴은 물론이고 진궁까지 앓는 소리를 하고 있다.

"솔직히 저도 질리기는 하는데……. 뭐 어쩝니까? 해야 하
는 것을. 거기 천 장짜리, 그거 먼저 빨리 끝내죠. 원술의 휘하
에서 종군하던 인재들에 대한 내용을 먼저 확인해야 그들 중
쓸 만한 자들을 추려내 우리 일을 줄이도록 할 테니까요."

"하아……."

진궁이 푸욱 한숨을 내쉰다.

인사에 대한 죽간이라고 해도 오천 개가 넘어가는 숫자다.
이곳에 있는 다섯 명이서 그걸 다 살핀다고 하면 단순 계산으
로 일 인당 천 개씩, 최소 이틀 이상은 그것만 쳐다봐야 한다
는 소리.

"자자, 힘내서 얼른 끝내 버립시다. 어차피 안 할 수도 없는
일들이니까. 사람이 늘어나면 조금이나마 편해질 테니 그것만
생각하고서 처리하자고요."

이럴 땐 솔선수범이 최고다.

내가 한쪽 자리에 앉아 죽간을 펼치니 진궁이, 장수들이 마
지못해 하나씩 자리를 채우기 시작했다.

나도 쉬고 싶고 놀고 싶지만, 이건 진짜…… 어쩔 수가 없다.
할 수만 있으면 무릉도원에 들어가서 '농땡이 피우는 방법' 같은
걸 검색하고 싶지만 어디까지나 상상으로만 끝내야 하니까.

"여기에 있는 거, 당장 들어와 있는 죽간을 다 끝내기 전에는 나 포함해서 아무도 못 나가니까 그렇게 알아요. 얼른 끝내 버리는 게 쉬러 가는 지름길이니 집중해서 빨리빨리 끝내 버리자고. 우리는 귀찮은 거지만 강남의 백성들에겐 당장의 삶이 오가는 문제니까요. 오케이?"

속마음과는 다르게 의욕이 넘치는 양, 그렇게 말하며 나는 죽간을 펼쳤다.

"후우…… 도대체 내가 전생에 무슨 죄를 지었기에."

동시에 나는 나도 모르게 어느 누구에게도 들리지 않을 자그마한 목소리로 중얼거릴 수밖에 없었다.

누런 건 죽간이고, 검은 건 글자다.

글자가 눈에 안 들어온다.

정말 일하기 싫다……. 시벌…….

"끄어어어!"

모가지가 아프다.

외당에서 죽간만 쳐다보고 지낸 지 사흘째. 가만히 앉아만 있어도 앓는 소리가 난다.

자는 시간 그리고 먹는 시간을 제외하면 하루 종일 이곳에 앉아서 죽간만을 쳐다봤다. 그랬는데도 만 개라던 죽간은 이제 겨우 반 정도 줄었을 뿐이다. 이 속도라면 앞으로도 사흘은 더

해야 당장의 작업을 끝낼 수 있을 것이란 의미.

"끄으, 인사에 대한 서류는 그래도 이제 처리가 끝났으니 좀 낫지 않겠소?"

한 손으로는 뒷목을, 또 한 손으로는 허리를 부여잡으며 자리에서 일어난 진궁이 내게 다가와 말했다.

내가 아파하는 만큼, 진궁도 아픈 거겠지. 눈 밑이 퀭하고, 입 주변으로 뾰루지가 잔뜩 나 있다. 얼굴 역시 푸석푸석한 게 무슨 중병에 걸린 사람을 보는 것 같은 느낌마저 들 정도다.

다른 녀석들 역시 상황은 비슷했다. 후성이나 감녕은 몸보단 머리가 아파서, 글자가 눈에 들어오질 않아 죽어가는 중이고 성렴과 학맹은 살짝 넋이 나간 얼굴로 아까부터 똑같은 죽간 하나만을 멍하니 쳐다보는 중이다.

개중에서 그나마 열심히, 일 처리를 꾸준히 잘하는 건 무슨 기계라도 되는 양 지치지도 않고 일정한 속도로 죽간을 읽으며 그 내용을 처리하고 있는 위월이었다.

"곧 원술 휘하에 있던 관리들 중 걸러진 이들이 합류하게 될 겁니다. 그때까지만 참으면……."

뚜둑, 뚜두둑.

"될 겁니다."

갑자기 허리가 너무 아파 스트레칭을 하니 뚜두둑 관절이 비명을 내지른다. 내친김에 어깨 쪽으로도 스트레칭을 하며 그리 말하니 진궁이 고개를 끄덕였다.

"그리돼야지. 이번 고비만 넘기고 나면 정말 인재를 발굴

하는 일에 힘써야 할 것 같네."

"같은 생각입니다."

전쟁은 나 혼자 어찌어찌 할 수 있다고 해도 행정적인 업무
는 그게 안 된다. 북쪽에서 혹시 있을지 모를 원소의 공격을 방
비하는 임무를 맡은 공명이라면 또 모를까, 난 진짜 안 된다.

젠장. 정말로 도망가고 싶다. 몹시 무척이나 격렬하게 도망
가서 쉬고 싶다.

그런 마음이 계속해서 고개를 치켜들고 있을 때.

"총군사님, 손님이 찾아왔습니다."

"손님이라니?"

"오군의 호족이라 합니다. 총군사님을 꼭 만나 뵙고서 청할
것이 있다고…… 합니다."

부장 하나가 우리가 업무를 보고 있는 곳으로 다가와 말했다.

손님이 날 찾아왔다는 말에 위월을 제외한 나머지 전체가
무슨 공포 영화 속 귀신이라도 되는 것처럼 휙 고개를 돌려 부
장을 본다.

그 눈빛이 매섭다. 설마 도망갈 거냐는 듯 날 보는 그 눈빛
이 시리도록 차갑고, 뜨겁기 그지없었다.

"최대한 빨리 돌아오겠습니다. 아무리 그래도 오군의 호족
이라는데 만나는 봐야죠. 안 그렇습니까? 선생."

"커흠! 내 무슨 말을 했는가? 다녀오시게."

들으라는 듯 헛기침을 하며 진궁이 그렇게 말하는데 내 입가
에 미소가 피어오른다.

탈출이다. 으흐흐. 그것도 합법적으로, 어느 누구도 뭐라 할 수 없을 합당한 이유로 탈출하는 거다.

"끄으으으으!"

집무실을 벗어나며 다시 한번 스트레칭을 했다. 잔뜩 뭉쳐 있던 근육이 약간은 풀리며 시원한 느낌이 온몸에서 전해져 오고 있었다.

"그래, 호족 누가 온 거야?"

"육씨 가문의 가주, 육손이라 합니다."

"어? 육손?"

가만, 이거 어디에서 많이 들어본 이름…… 설마, 그 육손? 무릉도원에서 심상찮게 이름이 보이던 그 육손이라고?

"어디에 있어? 얼른 가자!"

조금 전까지만 해도 지쳐서 죽을 것 같았는데 이제는 갑자기 힘이 난다.

부장이 안내해 주는 대로 따라 태수부 한쪽의 정원으로 향하니 웬 고딩쯤 되어 보이는 남자 하나가 긴장한 얼굴로 서 있는 게 시야에 들어왔다. 옷차림도 딱 호족의 것이었다.

"네가 육손이냐?"

"그, 그렇습니다. 위속 총군사님이십니까?"

"응, 네가 날 찾아온 거라고?"

"저희 가문의 보호를, 소인의 임관을 부탁드리고자 이렇게 찾아왔습니다. 인사받으십시오!"

그러면서 육손이 날 향해 깊숙이 허리를 굽히며 읍했다.

정중하기 그지없는 모습이다. 이걸 보고 있으니 기분이 좋아진다.

육손이다, 육손. 무릉도원에서 제갈량이나 사마의에는 못 미쳐도 그보다 0.5티어 정도 아래에 위치한, 인재 중의 인재라 할 수 있는 녀석이다. 으흐흐흐.

읍을 끝내고서 다시 허리를 편 녀석의 얼굴을 보는데 그냥 웃음이 나온다.

육손은 이런 내 모습을 보고선 약간 당황한 듯, 어색하기 그지없는 미소를 입가에 피워놓고 있었다.

"소인, 총군사님과 온후께서 일거에 원술을 쳐 쓰러뜨리고 강남 전역을 손에 넣으셨다는 이야기를 전해 듣고서 감탄해 마지않고 있었습니다. 하여 오늘 이렇게 꼭, 영웅의 휘하에서 종군하고자 찾아왔으니 꼭 받아주시길 간청 드립니다."

긴장한 기색이 역력한 얼굴로 그렇게 말하는데 나도 모르게 고개를 끄덕끄덕하게 된다.

암, 이런 인재면 당연히 받아줘야지. 안 받아줘야 할 이유가 없다. 다만, 확인할 건 확인해야 할 것 같다.

"계책은 됐고, 한 가지만 묻자."

"하문하십시오."

"얼마 전에 조조 형님의 사신이 날 찾아왔다는 건 아마 들어서 알고 있을 거다. 그 사신이 뭣 때문에 날 찾아왔다고 생각하냐?"

"사신…… 이라고요?"

뭐야. 모르고 있었던 건가?

육손의 앳된 얼굴에 당황스러운 기색이 피어오른다.

"몰랐어?"

"소, 소인 전혀 듣지 못했습니다."

"하, 그래?"

내가 너무 과대평가하고 있던 건가? 아니면 이 시절의 육손은 아직 공명이나 사마의 같은 녀석들에 비할 정도까지는 아닌 건가?

"허나 총군사께서 허락하신다면 그 이유에 대해 말씀은 올릴 수 있을 것 같습니다."

"오, 그래? 그럼 어디 얘기해 봐라."

"작금의 천하에서 하북의 원소에 대적할 수 있는 건 관중의 조조 그리고 연주와 예주에 이어 강남과 서주 일대까지 영향력을 행사하고 있는 온후뿐입니다."

"일단은 그렇지."

"그리고 총군사께서 말씀하신 것으로 추리한바, 조조의 사신이 찾아온 것은 온후께서 강남을 점거하신 직후였을 것입니다. 아마도 산월족의 왕인 반림과의 담판이 이뤄졌을 즈음을 전후로 했을 것이고 말입니다."

이것도 맞다.

내가 고개를 끄덕이니 육손이 계속해서 말을 이었다.

"사자가 와서 총군사께 전하거나 제안한 사안이 향후 몇 년간의 천하에 절대적인 영향력을 끼치는 일 역시 아닐 것입니다.

조조가 제안할 것이라면 양자 간의 동맹, 혹은 그에 준하는 일 정도가 전부일 터이나 하북에 대항하는 시점에서부터 이미 양자는 그 어떤 동맹보다도 더 끈끈한 협력 관계를 이어왔기 때문입니다."

"그렇지, 그렇지. 말은 잘하는구나."

조조가 사신을 보냈다는 것도 모르고 있었으면서 막힘없이 술술 이야기한다. 완전 청산유수네.

"그래서 조조가 사신을 보낸 목적은 뭐라고 생각하는데?"

"……정탐이 아니었는지요?"

나와 자신을 제외한다면 주변에 사람이 아무도 없다는 것을 확인하고서 육손이 조심스레 말했다.

"왜 그렇게 생각하는데?"

"조조는, 그자의 군사인 가후를 비롯한 여러 책사는 온후께서 강남을 손에 넣으시면서 어느 정도의 피해를 입은 것인지가 궁금했을 것입니다. 소인의 어리석은 생각으로는 온후의 군사적인 역량을 평가하고 현재의 상태를 파악해 함께 손을 붙잡고 하북에 저항할 여력이 남아 있는지를, 향후 몇 년 이내에 다시 군사를 일으킬 여지가 있는지를 파악하고자 했을 것 같습니다."

"이야…… 정확한데?"

"그, 그렇습니까?"

여전히 어색하게 웃으며 육손이 반문한다. 그 모습을 쳐다보는 내 입가엔 정말 함지박만 한 미소가 피어오르고 있었다.

보물이다, 보물. 사신이 왔다는 것조차 모르는 상태에서 이야기를 들은 것만으로도 이렇게까지 추론할 수 있다는 건 세상이 어떻게 돌아가는지도 확실하게 알고, 그러한 상황을 토대로 앞날을 예상할 통찰력도 충분하다는 의미다.

이 정도면 충분히 함께 일할 수 있다. 내가 생각하는, 육손이라는 이름값에 절대 모자라지 않는 수준이다.

"매우 만족스럽다. 내가 보는 것과 완벽히 똑같이 이야기했어."

"조, 좋게 봐주시니 감사할 따름입니다."

"할 수만 있다면 제자로라도 거둬서 가르쳐 보고 싶은 심정이야. 그 정도면 물론 노력은 해야겠지만 대장군도 할 수 있을 것 같아 보이거든."

"저, 정말이십니까?"

"내가 지금 처음 보는 애 앞에서 농담이나 하고 있겠어?"

뭐야, 애. 주먹을 왜 움켜쥐어?

내가 황당해서 쳐다보고 있는데 육손이 뭔가 결심한 듯, 내 앞에서 무릎을 꿇더니 이마로 땅을 박는다.

"제자 육손! 스승님께 인사 올립니다!"

"날 스승으로 모셔도 되는 거냐?"

"천하에 그 위명이 자자한 총군사님께서 소인처럼 비루한 자를 제자로 거두어주시겠다는데 어찌 고민할 수가 있단 말입니다!"

"너, 내 제자가 되면 엄청 괴로울 텐데?"

"대업을 도모하는 길은 가시밭길이 될 수밖에 없다는 것을 제자 역시 잘 알고 있습니다!"

"아니, 가시밭길이 아니라 너 갈릴 거야. 갈아 키운 육손이 될 건데 그래도 괜찮겠어?"

"갈아…… 키운다고요?"

의아해하는 얼굴이 되어선 녀석이 날 쳐다본다. 갈아 키운다는 게 무슨 뜻인지 전혀 모르겠다는 것처럼.

"뭐, 네가 괜찮다면 나는 좋지. 일어나라. 다음부턴 나한테 그렇게 절하거나 그러지 말고. 네가 나한테 절하는 건 내가 죽고 나서 제삿밥 챙겨 먹을 때뿐이야. 알겠냐?"

"명심하겠습니다, 스승님."

"오냐. 열심히 키워줄 테니 잘 자라라. 으흐흐."

제갈량에 손권에 육손까지. 거기에 손책과 주유도 있다. 마초랑 감녕, 허저도 있고.

크크크크크. 마냥 좋다. 그냥 기분이 매우 좋다. 아무런 일도 안 하고 놀고먹기만 할, 그 영광의 순간이 점점 다가오는 게 느껴지는 느낌이다.

"그래, 육손아."

"편히 백언이라 불러주십시오, 스승님."

얘 자가 백언이라 했었지. 이것도 무릉도원에서 본 기억이 난다. 어쨌든 간에.

"제자가 된 기념으로 네게 선물을 하나 할까 하는데 괜찮겠어?"

"선물이요? 좋습니다. 감사합니다, 스승님."

그러면서 녀석이 다시 내게 읍하며 고개를 숙이는데 와, 느낌

묘하네. 공명이나 손권이는 내 앞에서 되게 자유롭고 편안하게 행동하는데 애는 어째 좀 어린 진궁을 상대하는 느낌이다.

"이쪽으로 와."

"예, 스승님!"

심장이 두근거린다. 위속의 제자가 된다니, 상상치도 못한 수확이다. 게다가 위속은 지금 자신을 제자로 받아준 기념으로 선물을 주겠다며 데리고 가는 중이다.

도대체 그 선물이라는 게 뭘까? 위속이 남에게 선물을 줬다는 이야기를 들어본 적은 없지만 그래도 총군사씩이나 되는 사람인 만큼, 평범한 것은 아니리라.

"흐흐……."

웃음을 참기가 어렵다. 저 앞에서 걷는 위속에게 들릴까, 손으로 입을 틀어막으며 육손은 소리 죽여 웃었다.

그렇게 걷기를 잠시.

"음?"

덜컹덜컹거리는 수레바퀴 움직이는 소리가 들려왔다.

뭔가 싶어 고개를 돌려 보니 죽간이 잔뜩 쌓인 수레가 어딘가를 향해 나가고, 또 다른 죽간이 잔뜩 쌓인 수레가 들어오고 있다.

위속이 앞장서서 움직이는 건 그런 죽간이 들어가는 쪽 방향이었다.

'그냥 우연이겠지. 아니면 죽간에 관련된 것이거나.'

무슨 병법서 같은 것일까? 위속의 병법은 신출귀몰하고도 상대의 허를 찌르는 것에 특화된, 손자의 그것 이상으로 오묘하기로 이름이 높다. 어쩌면 제자가 된 자신에게 그 병법서를 내어주는 것일지도 모른다.

덜컹덜컹.

"그쪽, 조심해! 죽간이 쏟아진다고!"

기대감에 젖어 위속을 따라가는 육손의 귓가에 계속해서 덜컹거리는 소리가, 죽간을 운반하는 이들의 목소리가 들려왔다.

가면 갈수록 죽간을 운반하는 수레가 점점 더 많아지고 있다. 그 주변을 움직이는 이들의 숫자 역시 마찬가지. 어디로 가는 것인지 묻고 싶지만 차마 입이 열리질 않는다.

참으로 묘한 일이다. 육손이 그렇게 생각하고 있을 때.

"그어어어어-"

어딘가에서 기괴하기 그지없는 소리가 들려왔다. 육손이 자신도 모르게 발걸음을 멈추며 주변을 돌아봤다.

"뭐야. 갑자기 왜 그래?"

"예? 아, 아무것도 아닙니다."

그와 동시에 반문하는 위속의 목소리에 육손이 종종걸음으로 그 뒤를 따랐다.

하지만.

"끄으으으으으-"

"으갸갸갸갸갸갸-!"

또다시 기괴한 그 소리가 들려왔다.

사람의 소리다. 하지만 이상하다. 고문이라도 당하는 중이라면 또 모르겠지만, 고통스러워하는 목소리도 아니었다.

"저쪽이야."

홀로 의아해하던 육손에게 위속이 말했다. 그런 위속의 손이 저 멀리 앞의 건물을 가리키고 있었다.

음산하기 그지없는 기운이 풍겨져 나온다. 그냥 쳐다보는 것만으로도 오한이 서리고, 온몸이 으슬으슬 떨리는 그런 건물의 안에서 쉴 새 없이 죽간을 실은 수레가 들어가고 나오길 반복하고 있었다.

'이, 이건 설마?'

"들어가자."

자신의 머릿속에서 울리는 경고등 신호에 머뭇거리고 있자, 위속은 육손의 손을 붙들고서 건물 안쪽으로 향했다.

그 안에서는 열 명을 넘어가는 사람들이 쉴 새 없이 고개를 처박은 채 죽간을 살펴보고 있다.

어딜 봐도 죽간투성이다. 그것도 평범하거나 약간 많은 수준이 아니라 말 그대로 죽간으로 벽이 만들어져 있다. 방 하나가 죽간으로 가득 차다시피 했으며, 몇몇은 아예 죽간을 깔고 앉아 있기까지 했다.

많아도 너무 많다. 이게 다 일거리다.

'이게 선물이라고요?'

목구멍 너머로 치밀어 오르는 그 말을 억지로 꾹 눌러 삼키며 육손이 위속을 응시했다.

아닐 거야. 아니어야 한다. 제발 아니어야 한다. 육손이 그렇게 간절하기 그지없는 눈으로 위속을 쳐다보고 있을 때.

짝짝.

위속이 손을 부딪쳐 소리를 냈다.

반쯤 미쳐 버린 것 같은 모습으로 죽간만을 쳐다보던, 죽은 사람이라 해도 믿을 수 있을 정도로 안색이 창백한 이들의 시선이 육손을 향했다.

그 시선을 받아냄과 동시에 육손이 흠칫하며 뒷걸음질 쳤다. 그러면서도 설마설마하는 마음으로 위속을 응시했으나, 곧 사형 선고와도 같은 위속의 목소리가 들려 왔다.

"신입입니다. 일을 아주 잘하는 녀석이죠."

"오오, 신입인가!"

"잘 왔어! 으하하하, 드디어 새로운 인력이 충원된 건가!"

"감사합니다, 총군사님! 새로운 사람이라니. 감사합니다!"

중년인이 반색함과 동시에 웬 장수들이 위속에게 달려와 그 손을 붙잡고선 정말 감격해서 울기라도 할 것 같은 얼굴로 소리친다.

육손의 얼굴이 창백하게 변해가고 있었다.

"저, 스승님?"

"어. 너 같아 키운다고 했지? 여기에서 나랑 같이 이거 다 끝날 때까지 일하면 돼. 앉아라. 자리는 편한 곳 아무 데나 쓰면 돼."

"여기 앉게! 아니, 여기 창가 쪽이 낫겠나?"

"어허, 성렴 이 사람! 당연히 화롯가 쪽이 낫지. 몸이 따뜻해야 맑은 정신으로 업무를 처리할 수 있을 게 아닌가."

"아! 소장의 생각이 짧았습니다. 공대 선생의 말씀이 맞습니다. 자, 이리 오게. 여기 이 자리가 제일 따듯해. 여기 앉아서 이걸 처리해 주면 돼."

그러면서 성렴이라는 장수가 죽간을 한 아름이나 안아 오더니 육손의 자리에 내려놓는다.

'갈아 키운다는 게 이런…… 의미였어?'

육손이 꿀꺽 굵은 침을 삼키고 있었다.

이걸 다 처리하겠다고 하면 정말 끝이 나지 않을 거다. 족히 한 달, 어쩌면 몇 달씩이나 이곳에 앉아 햇빛조차 제대로 보지 못하며 죽간 사이에 파묻혀 지내야 할지도 모를 일.

"스, 스승님! 제자가 드릴 말씀이 있습니다!"

"엉?"

"제자가 회계군에 모신 조상님들의 묘를 둘러봐야만 합니다! 허락해 주신다면 볼일을 보고 와서 조금만 뒤에 일을……."

"응, 안 돼."

너무도 단호한 목소리다.

육손이 어떻게 해야 여기에서 빠져나갈 수 있을지 필사적으로 고민하기 시작했을 때, 위속이 그에게 다가와 어깨에 손을 턱 얹으며 나지막한 목소리로 말했다.

"들어올 땐 마음대로지만 나가는 건 아니란다."

위속의 얼굴에 정말 환한, 해맑은 미소가 피어올라 있었다.

10장
민본

"내가 도대체 왜 그딴 짓을 했단 말인가!"

서량, 중원의 서쪽 끝 그 머나먼 황량한 땅에서 마등이 한스럽다는 듯 하늘을 올려다보며 소리쳤다.

"하늘이시여! 도대체 왜 그랬단 말입니까! 하늘은 어째서 내가 아니라 조조를 돕는단 말입니까!"

피를 토하는 심정으로 외치며 마등은 주변을 돌아보았다.

한때엔 십만에 달하는 병력이 그의 발밑에 있었다. 관중의 지배자이자 대사마와 대장군을 자칭하던 이각, 곽사 역시 그의 휘하에 있었다. 서량의 거대한 호족 중 하나였던 한수 역시 그의 휘하에 있었으며, 북방의 흉노족 일부조차 그의 휘하에 들어올 기미를 보이고 있었다. 잘만 해서 기세를 타고 몰아붙인다면 관중이 아니라 낙양까지도 진격해 단번에 천하의 절반을 집어삼킬 수도 있을 것이란 생각이 들던 나날이었다.

하지만 지금, 마등의 주변으론 백 명 남짓한 병사만이 있을 뿐이다.

그리고 그들 너머, 두꺼운 포위망을 펼치고 있는 일만 명의 조조군 병사들이 버티고 있었다.

"무의미한 저항은 그만두는 게 좋을 것이오. 어차피 갈 수밖에 없는 것, 제후였던 자로서 예우를 받는 것이 낫지 않겠소이까?"

그 병사들의 포위망 너머에서 하후돈의 목소리가 들려왔다.

마등이 호호호, 헛웃음을 내뱉기 시작했다.

"네놈들의 그 간교한 세 치 혀에 속아 이 꼴이 되었거늘, 이제 와서 내가 누구에게 자비를 부탁한단 말인가! 갈 때 가더라도 내가 스스로, 내 손으로 할 것이다!"

"그렇습니까?"

하후돈이 손을 들어 올린다. 동시에 포위망을 구성하고 있던 병사들이 마등과 그 휘하 병사들을 창끝을 향해 겨누기 시작했다. 여차하면 포위망을 좁혀 그들을 전멸하겠다는 의지의 표현이나 마찬가지.

"원통하구나, 정말 원통하구나! 내가 이간계에 빠져 한수를 적대하지만 않았어도 일이 이리되지는 않았을 것을!"

스와아악-!

그렇게 외침과 동시에 마등이 검을 들어 자신의 목을 베었다.

촤아악.

피가 뿜어져 나온다.

마등이 몸을 휘청이더니 한스럽다는 듯 하늘을 올려다보며 픽 쓰러지고 있었다.

"주, 주공!"

몇 남지 않은 병사 중에서도 몇몇이 그 모습을 보고선 소리치긴 했지만 그게 전부일 뿐이었다.

"투항하라! 마등이 죽었으니 저항을 포기하고 투항한다면 목숨만은 살려줄 것이다!"

그런 와중에서 울려 퍼지는 하후돈의 목소리에 마등의 병사들이 창을, 칼을 내던지기 시작했다.

이제 끝이다. 그동안 지지부진하던 서량 정벌을 가후의 계책으로 이렇게 완성시킨 거다. 하후돈이 만족스럽기 그지없는 얼굴로 주먹을 움켜쥐고 있었다.

"원술이 죽고 주유가 투항을 했다? 수라장이 펼쳐지겠군. 그 여포, 망나니 같은 놈이 연주와 예주에 이어 강남을 집어삼키게 됐으니 수라장이 펼쳐지게 됐어!"

형주의 주도이자 행정적 중심지라 할 수 있는 남군. 그곳에서 원술의 소식을 접한 유표가 마음에 들지 않는다는 듯 잔뜩 인상을 찌푸린 채 말했다.

환갑이 넘은 나이다. 정신이 흐려져도 이상하지 않을 나이

이건만 빼빼 마른 몸으로 가느다란 턱수염을 매만지며 유표는 형형하기 그지없는 눈빛을 뿜어내고 있었다.

"주공. 비록 여포가 연, 예, 서주에 이어 강남을 집어삼켰다고 하나 아직 그들에겐 수군이 없습니다. 허나 우리에겐 육만에 달하는, 경험 많고 노련한 수군이 있지요. 아직 방법이 없는 것은 아닙니다."

갑옷을 차려입은, 중년의 장수가 자리에서 벌떡 일어나더니 유표를 향해 포권하며 말했다. 간신배의 그것을 떠올리게 하는 짧고 가는 수염의 그 모습에 유표는 어이가 없다는 표정을 하고 있었다.

"채모. 그대가 우리 형주의 상황을 모를 리가 없을 터인데? 아직 남쪽의 만이조차 어쩌지 못한 상황이다. 왕을 자처하고 다니는 사마가가 아직도 고개를 빳빳이 하는 중이거늘 어찌 강남으로 손을 뻗는단 말이더냐?"

"소장이 사마가의 목을 벨 계책을 헌상할 현인을 모셨습니다. 위속에 견줄 수 있을 만한, 어쩌면 그보다 더욱 뛰어날 분이십니다."

"현인이라?"

"모셔 오너라."

채모가 바깥에다가 대고 이야기하자 문이 열리더니 흑빛 장삼을 입은, 몹시 날카로운 인상의 중년인이 그 모습을 드러냈다. 장삼 너머로도 군살 하나 없는 그 몸의 형체가 그대로 보이는 무골 그 자체다.

그런 중년인이 성큼성큼 유표에게 걸어와 무인들 특유의 그 힘 있고 절도 넘치는 포권과 함께 고개를 숙이고 있었다.

"소생 서서 원직이라 합니다."

시큰둥한 얼굴로 그 모습을 지켜보던 유표의 눈이 동그랗게 커졌다. 그런 유표가 자리에서 벌떡 일어나더니 서서를 향해 다가왔다.

"서서? 그대가 수경 선생의 제자 중 으뜸이라며 이름이 높던 그 서원직이란 말이오?"

"과찬이십니다. 소생은 그저 스승님의 대명을 더럽히는 우를 범하지 않도록 노력하는 범부에 불과할 따름입니다."

"아니오, 아니오. 그대라면 충분히 수경 선생의 제자 중 으뜸이라는 이야기를 들을 자격이 되오. 그대가 정녕 나를, 형주를 돕기로 마음을 먹었단 말이오?"

"명공께선 인자함으로 백성을 다스리고, 의로움을 좇아 도적의 무리를 벌하였으며 예로 선비를 대하고 지혜로움을 숭상해 선비를 크게 대우하신다 들었습니다. 오랜 세월 명공의 그 크신 뜻에 감탄해 마지않아 왔던바, 허락하신다면 명공께 미력하나마 소생의 힘을 보태고자 합니다."

서서의 그 이야기에 유포의 입가에 만족스러운 미소가 피어올랐다.

"그래, 어디 그 계책이 뭔지 한번 이야기를 들어봅시다."

"형님. 이곳이 확실한 겁니까?"

회계성 안쪽, 말을 타고 태수부로 향하며 육적은 자신과 함께 오군에서 전란을 피해 머물던 주연에게 말했다.

약관을 갓 넘긴, 앳된 외모임에도 그 눈빛에서 총기가 줄줄 새어 나오는 육적의 반문에 주연이 고개를 갸웃거리고 있었다.

"이쪽이 맞을 터인데…… 어찌 이리도 조용한 건지 나도 잘 모르겠구먼."

"흐음, 온후와 그 휘하의 책사가 전부 모여 업무를 보고 있으니 적지 않은 사람이 오갈 터인데. 그들이 어찌 이리도 조용하단 말인가?"

잘 이해가 되지 않는다는 듯 육적이 아직 짧기만 한 수염을 쓰다듬으며 중얼거렸다. 그러던 찰나.

다각- 다각-!

저 멀리에서 기마 한 기가 달려왔다.

자세히 보니 꽤 낯이 익은 얼굴이었다.

"오, 자네는?"

"오랜만에 뵙습니다, 공자님."

"오랜만일세, 시순. 자네가 오는 걸 보니 확실히 우리가 엉뚱한 곳으로 가는 건 아닌 모양이구만."

어린 시절부터 가주의 역할을 도맡았던 육손을 도와 살림을 꾸렸던 시순이다.

그 모습을 발견하고서 육적이 미소 지었다. 그것은 옆의 주연,

그리고 그들과 마주한 시순 역시 마찬가지였다.

"엉뚱한 곳은 아니지요. 공자님들께서 갈려 나가실 것이니까요."

"응? 갈려 나가다니?"

"별거 아닙니다. 자, 가시지요. 이쪽입니다."

육적과 주연을 안내하며 시순이 앞장서며 움직이기 시작했다. 태수부로 향하는 길이다.

조금 전까지는 충분히 태수부에 가깝지가 못했던 모양이다. 시순이 알려주는 길을 따라 움직이니 죽간을 수레 가득 싣고서 쉴새 없이 나르는 모습들이 그들의 시야에 들어왔다.

당장 보이는 것만 네 대의 수레. 다행히도 전부 나가는 수레다. 그 이후로도 계속해서 몇 대고 수레가 보였지만 전부 나가는 것들뿐이다. 들어가는 건 단 하나도 없다. 심지어는 태수부에 도착해 위속을 비롯한 여러 책사와 장수들이 업무를 보고 있다던 공간의 근처에 도착했을 때 역시 마찬가지. 처리해야 할 일이 산더미 같다며, 정말 도움이 절실하다며 구구절절한 내용이 적혀 있던 육손의 편지가 무색하게 전부 다 끝나 버린 뒤에야 도착하게 된 모양.

"쯧, 안타깝네. 일이 많으면 내 그것들을 전부 처리해서 능력을 발휘했을 것인데."

안타까운 마음이 반, 안도하는 마음이 반씩 섞인 목소리로 육적이 말했다.

앞장서 걷던 시순이 그런 육적의 모습을 잠시 돌아보더니 말없이 앞으로 나아가고 있었다.

"저 앞입니다."

멀리에서 보기에도 상당히 커다란 전각, 그곳을 가리키는 시순의 손가락에 육적이 고개를 끄덕였다. 저 안에 천하에서 둘째가라면 서러울 최고의 책사인 위속이 있고, 그에 버금갈 진궁이 있으며, 명장으로 이름을 드높이고 있는 위월이 있을 것이다. 그의 형인 육손 역시 마찬가지일 터.

"흠흠."

괜히 긴장된다.

헛기침하며 목소리를 가다듬고, 옷매무시를 바로 하며 육적이 주연과 함께 시순의 뒤를 따랐다.

그런 그들의 귓가에.

"끄어어어어!"

"끄으으으, 으허어어어!"

"으갸갸갸갺!"

기괴하기 그지없는 사람들의 목소리가 들려왔다.

허공에다가 대고 허리를 돌리고, 팔을 붕붕 돌리며 목을 요상하게 움직여 대는 사람들이다. 그들이 무슨 신기한 구경거리라도 생겼다는 듯 육적과 주연의 모습을 응시하고 있었다.

"쯧쯧……. 일이 너무 힘들어서 다들 좀 이상해진 모양입니다. 선비들이 체통도 없이 저래서야."

"그런데 저 사람들…… 눈빛이 좀 이상한데?"

"예?"

"아, 아니다. 내가 잘못 본 것이겠지."

뒷골을 타고 밀려 올라오는 불길한 느낌을 애써 무시하며 주연이 고개를 저었다. 마치 자신들이 불쌍하다는 것처럼 쳐다보는 것 같다. 도살장에 끌려가는 소나 돼지를 보는 것 같은 느낌이다.

하지만 어째서 그렇단 말인가. 아닐 거다. 자신이 잘못 본 것일 터다.

주연은 그렇게 생각하며 어느덧 코앞까지 가까워진 전각의 모습을 응시했다.

"이곳에서 잠시만 기다리십……."

"다 했다! 으하하하하, 끝났어! 끝났다고!"

시순이 채 말을 끝내기도 전에 전각 안쪽에서 누군가의 환희에 가득 찬 목소리가 울려 퍼졌다. 주연이 흠칫하며 몸을 움찔거렸다.

하지만 곧 그는 안심했다. 일이 끝났다고 했다. 그렇다면 조금 전부터 느껴지던, 이 말로 표현하기 어려울 불길한 예감은 잘못된 것일 테니까.

주연이 그렇게 생각하며 안도의 한숨을 내쉬고자 했을 때.

"으하하하하하하! 난 자유다, 자유라고!"

웬 관리 하나가 초췌하기 그지없는 얼굴로 전각 안쪽에서 뛰쳐나오더니 그들의 앞에 멈춰 섰다. 그 관리가 두 사람을 무슨 사형장에 선 사형수라도 되는 것처럼 불쌍하다는 얼굴로 쳐다보고 있었다.

"또 다른 희생자들인가⋯⋯. 부디 힘내시오. 이 악물고 버티다가 보면 나처럼 언젠가 자유를 되찾게 될 테니."

"자, 자유라니? 그게 무슨 소리요?"

"부디 우화등선하시길, 하하하하!"

관리가 그들을 향해 작게 포권하며 말하더니 정신없이 미친 사람처럼 웃으며 전각으로부터 멀어지기 시작했다. 그 모습을 지켜보던 주연의 얼굴이 딱딱하게 굳어지고 있었다.

"아, 아우. 아무래도 우리⋯⋯ 큰일 난 것 같은데?"

"그, 그러게⋯⋯ 말입니다?"

"오⋯⋯ 왔구나. 드디어 왔어! 드디어!"

두 사람이 자신들이 처한 사태의 심각성을 깨닫고 있을 때, 육손이 나타났다. 초췌하다 못해 당장에라도 쓰러져 버릴 것 같은 얼굴의 육손이 기괴하다 못해 두렵기까지 한 광기가 서린 눈으로 그들을 응시하고 있었다.

"혀, 형님?"

"스승님! 왔습니다! 왔다고요! 드디어 왔다고요!"

그동안, 이십 년 가까운 세월 동안 보아온 육손의 모습과는 완전히 다르다.

당황한 육적이 뭐라 말하기도 전에 육손이 전각 안쪽으로 헐레벌떡 달려 들어가고 있었다.

"⋯⋯아우. 지금 도망치지 않으면 큰일 날 것 같다는 생각이 드는데. 어떻게 생각하시는가?"

"소제 역시 같은 생각입니다."

"그럼…… 갈까?"

"가긴 어딜 가! 안 돼, 못 가!"

두 사람이 슬금슬금 뒷걸음질하려던 찰나, 쩌렁쩌렁하기 그지없는 목소리가 들려왔다. 육손과는 비교도 되지 않을 정도로, 살아서 움직이는 게 신기할 만큼 엉망진창의 모습을 한 청년이다. 그가 육손과 함께 그들을 향해 다가오고 있었다.

"혀, 형님?"

"스승님. 이 아이가 제자의 아우입니다. 이름은 육적이라 하옵고 자는 공기입니다. 제자가 말씀드렸다시피 머리가 비상하여 한번 책을 읽으면 그 내용을 모조리 암기하는 천재입니다. 그리고 이분께서는 주연, 자는 의봉이라 하는데 가진바 재능이 남달라 죽은 대장군도 몇 번이고 곁에 두고자 했던 인재 중의 인재입니다."

"가, 갑자기 그런 것은 왜 읊는 것인가. 자네 설마?"

온몸에서 소름이 돋아 오르는 것을 꾹 참아내며 주연이 파르르 떨리는 목소리로 말했다.

"으흐흐. 일하러 오셨으니 일을 하셔야지요. 안 그렇습니까? 스승님."

"자기들 발로 왔으니 일거리를 맡겨줘야지. 암, 그렇고말고. 안쪽으로 들어가면 다른 사람들이 무엇을 해야 할지 다 알려줄 거다. 들어가서 일 봐. 끝나고 나면 그때 다시 얘기하자고."

"이, 이런 법이 어디 있습니까! 다짜고짜 일이라니요!"

안색이 하얗게 질린 주연이 소리쳤다. 그러거나 말거나 육손,

그리고 그 곁에 선 위속은 마치 뭔가에 홀리기라도 한 것처럼 으흐흐 웃기만 할 뿐이었다.

"이건 아닙니다. 소생은 못 들어갑니다. 절대 못 합니다. 안 해요."

"안 하시겠다? 어이, 신병 들어간다! 신병 받아라!"

"으흐흐흐, 신병이다."

"신병이다, 신병!"

"도망가지 마! 이번엔 안 된다고! 으흐흐흐, 어서 들어오란 말이야!"

절박하기 그지없는 얼굴로 주연이 고개를 절레절레 저어가며 말했을 때, 위속이 전각 안쪽으로 소리치자 그들과 마찬가지로 기괴한 웃음을 흘리며 관복을 입은 이들이 달려 나와 주연과 육적의 팔을 붙잡고 끌어당기기 시작했다. 흡사 아귀 떼와도 같은 모습이다.

두 사람의 안색이 창백하게 질려가기 시작했다. 안 들어가겠다며 버티고는 있지만, 고작 두 사람이 열 명도 넘는 이들의 힘을 이겨낼 수 있을 리가 만무.

"으, 으아악! 안 가, 안 간다고! 형님! 이런 법이 어디에 있습니까! 형님! 백언 형니이이이이임!"

쾅!

배신감에 사무친 육적의 그 외침이 끊어짐과 동시에 전각의 문이 닫혔다. 밖에서 대기하고 있던 병사가 버팀목을 걸어 아예 잠가 버리기까지.

쾅, 쾅, 쾅!

"여, 열어줘! 열어줘어어어!"

안쪽에서 문을 열어달라며 두드리는 절규가 들려왔지만 위속과 육손은 못 들은 체하며 해방감을 느끼는 것에 전력했다.

그런 두 사람의 모습을 바로 옆에서 응시하던 시순이 조용히 고개를 절레절레 젓고 있었다.

📱

"으허어…… 진짜 힘들었다."

얼마나 잔 걸까.

침상에 누울 때까지만 해도 온몸이 물에 젖은 솜처럼 무겁기만 했는데 한숨 자고 일어나니 좀 낫다. 이제는 정상적으로 사고하고 행동하는 게 가능해진 것 같다는 느낌이랄까?

'그나저나 그놈들은 어떻게 잘하고 있으려나 모르겠네.'

내가 그렇게 생각하며 간신히 몸을 일으키는데 밖에서 인기척이 들려왔다.

뭔가 싶어서 보니 나만큼이나 피곤한 기색이 역력한 얼굴을 한 관리 하나가 서 있었다.

"기침하셨습니까? 총군사님."

"어…… 깼는데 왜?"

"공대 선생께서 기다리고 계십니다. 다른 분들도 함께 계시고요. 총군사님께서 기침하시면 곧장 집무실로 모셔 오라는 전갈이 있으셨습니다."

"공대 선생이? 에이 씨…… 또 뭐가 있는 건가? 알았으니까
조금만 기다리시라고 해. 바로 갈 테니까."

"예. 그리 아뢰겠습니다."

관리가 성큼성큼 내 침실을 나선다.

시불…… 어떻게든 아무런 일도 안 하고 놀고먹으려는 사람
한테 뭐 이렇게 일이 많이 생겨? 피곤하다, 피곤해.

"어휴……."

자기 전보다 좀 낫다뿐이지, 여전히 무겁기만 한 몸을 이끌
고 억지로 침실을 나서며 집무실로 향했다.

"오셨소이까?"

"오셨군요, 장군."

진궁이, 위월이 날 맞이한다. 육손은 앉아 있던 자리에서
일어나 고개를 숙이는 중이고.

그런 사이에서 낯설지만 익숙한 얼굴 하나가 그 모습을 드
러내고 있었다.

"어, 주유? 벌써 끝내고 왔어?"

주유다. 어떻게 된 건지 머리카락이 완전히 백발이 되어버
린 주유가 한쪽에서 공손한 모습으로 서 있었다.

"총군사님께서 소장의 계책을 받아들여 주신 덕분에 낭야성
을 포함, 서주 전역의 수복을 손쉽게 완료하고 돌아왔습니다."

"오…… 엄청 빠른데?"

"총군사님께서 적들의 머릿속을 들여다보며 신묘한 판단력을

발휘하여 주신 덕택이지요. 군의 반절가량은 유 사군이 서주를 방비할 수 있도록 그곳에 남았으며 반절은 현재 손책과 손권 형제가 이끌고 귀환 중입니다."

"그냥 걔들이랑 같이 와도 되는데. 왜 군이 먼저 왔어?"

"소장은 현재 항장의 신분이지요. 비록 총군사께선 소장을 의심치 않으신다 하나 주변의 시선마저 그렇지는 않을 터. 소장은 항장으로서 해야 할 모든 것을 다할 생각입니다."

풀어서 보자면 알아서 자신의 입장이 입장이니 알아서 기겠다는 거다. 항장이라고는 해도 쟤, 그래도 원술 밑에 있을 때 완전 알아주는 애였는데. 갑자기 입지가 후성이만도 못해진 걸 보니 약간은 마음이 싱숭생숭해진다.

"힘내라. 내가 너 응원하고 있는 거 알지?"

"감사…… 합니다."

주유가 날 향해 다시 한번 포권을 하는데 빠드득 이 가는 소리가 들려온 것 같다.

'뭐지. 난 그냥 순수한 마음에 응원해 주는 건데. 왜 화를 내지? 이상한 놈이구만?'

내가 그렇게 생각하며 자리에 가서 앉는데 진궁이 날 쳐다보고 있었다.

"무슨 일이라도 있는 겁니까? 주유가 온 거 말고요."

"당장에 처리해야 할 일들이 산적해 있질 않소이까. 우리끼리 처리할 수 있을 일들은 전부 처리하고 총군사가 있어야만 하는 일들만을 남겨둔 상태외다."

"제가 있어야 할 일들요?"

"그걸 한번 보시구려."

진궁이 말하자 내 뒤에서 있던 관리가 죽간을 내밀었다.

펼쳐보니 사람들의 이름과 함께 관직명이 쭈르륵 나열되어 있었다.

"일단은 내가 주공근과 이곳의 사람들에게 물어 각자의 능력을 파악해 적합한 관직을 골라보았소. 관직이 적합할지, 그들이 우리 주공께 확실하게 협력할지를 한번 살펴주시오."

"제가요? 이걸?"

"앉아서 천 리 밖을 내다보는 총군사가 아니오? 나로서는 이곳의 사람들에 대해 제대로 알지 못하니 그저 총군사의 그 혜안에 기댈 수밖에. 어서 봐주시오."

말로는 각자의 능력에 걸맞은 관직이 주어졌는지를 봐달라고 하는 것이지만 속내는 아마 이런 것일 터다. 끝까지 형님 쪽으로 전향하지 않고 딴마음을 품을 만한 놈이 있는지를 확인해 달라는.

사람이 작정하고 자기 마음을 숨기자고 하면 뭔가 낌새가 드러나기까지는 오랜 시간이 걸릴 수밖에 없다. 그리고 그게 나올 정도면 벌써 일이 진행되어도 한참은 진행된 이후가 될 터.

어차피 지금으로선 나도 알 길이 없다. 나중에 무릉도원에 들어가면 확인해 보는 것 정도가 전부니까. 이름만 기억해 둬야지.

'확실히, 몇 명 안 되는군.'

서류에 쓰여 있는 건 일곱 명일 뿐이다. 염상, 원윤, 한윤, 노숙,

우번, 장굉, 화흠. 원술의 휘하에서 고위직에 있던 이들을 제외하면 실무자들은 대부분 데려다가 업무에 투입했으니까.

"어떨 것 같소이까? 염상과 원윤은 원술의 심복이자 혈족이었으니 그 잔당을 위무코자 명예직으로 삼았고 나머지는 능력과 명성을 고려해 관직을 정했소."

명예직인 염상과 원윤은 그렇다 치고 장굉은 치중, 한윤은 주부이며 우번과 화흠은 각각 임해 태수와 오군 태수다. 이쪽은 적절한 것 같은데 노숙은 관직이…….

"현령?"

"왜 그러시오?"

"아니, 노숙은 직급이 좀 너무 낮은 것 같아서 말입니다. 현령 같은 걸 시키는 것보단 이 사람도 치중이나 주부 정도로 올리는 게 나을 것 같은데."

솔직히 나는 노숙이 누군지 전혀 모른다. 하지만 몇 번 이름은 들어본 기억이 있다. 삼국지에 대해서 전혀 모르는 내가 이름을 알 정도면 그래도 꽤 하던 사람일 건데 현령을 시키는 건 좀 아니지. 가뜩이나 해야 할 일이 산더미인데…….

"흠, 총군사가 그리 이야기한다면 그러한 것이겠지. 그러면 그리하도록 합시다. 그리고 이제 남은 건 산월을 어찌하느냐에 대한 건데……. 방법이 있겠소이까?"

"무슨 방법요?"

"주공께서 반림과 화친하여 산월족과의 우호적인 관계가 만들어지긴 했으나 아직 딱 그 정도일 뿐이오. 강남 전역을 안정시키고, 나아가 인구를 늘려 이 땅을 개발하려면 뭔가 방법이 필요하외다."

그러면서 진궁이 날 쳐다본다. 주유도, 육손도, 심지어는 위월이와 후성이까지. 결국엔 나한테 방법을 만들어내라는 소리다.

아니, 이 인간들은 내가 무슨 정답 자판기인 줄 아나. 뭐 말만 하면 그냥 띡띡 자동으로 정답이 나와?

"방법요…… 뭐, 만들어야겠죠. 아주 좋은 거, 엄청 좋은 거로."

"그래서 묻는 거요. 총군사에겐 그 아주 좋은 방도가 있을지."

"지금 당장은 떠오르는 게 없는데요……."

"흐음…… 그렇소이까?"

군사적인 거야 무릉도원을 보고서 어떻게든 하겠지만 이런 방법을 내가 어떻게 만들어? 내가 무슨 천재도 아니고.

살짝 속이 답답해져서 주변을 돌아보는데 어째 있어야 할 사람이 보이질 않는다.

그리고 보니 반림이 회계성에 들어온 이후로 형님을 뵌 적이 한 번도 없는 것 같은데…… 뭐지?

"공대 선생. 혹시 형님이 어디에 계신지 아십니까?"

"형님? 주공을 말씀하시는 것이오?"

"제가 형님이라고 할 사람이 우리 주공 말고 누가 있겠어요."

"주공께서는…… 흐음?"

수염을 쓰다듬으며 기억을 떠올리던 진궁의 눈이 동그랗게 커진다. 그런 진궁이 주변을 돌아본다. 위월도, 후성이도 다들 눈이 동그래지는 건 마찬가지.

뭐야.

"다들 모르는 거였어요? 레알?"

"뵈, 뵌 기억이 없습니다."

"저도요, 장군. 그 반림이라는 산월족이랑 어디 마실이라도 나가신 게 아닐까요?"

"와. 진짜 아무도 몰라? 다른 사람도 아니고 우리 형님인데?"

후성이가, 위월이가 난감해하며 주변을 돌아본다.

하지만 아무리 돌아봐야 형님의 소재를 알고 있을 사람이 없다. 진궁도 그렇고, 후성이랑 위월이도 그렇고 다 나랑 같이 그 지옥 같은 죽간의 산 아래에 파묻혀 있었다. 주유는 아예 여기에 없다가 이제 막 돌아온 입장이고.

하…… 이 양반은 갑자기 어딜 간 거야?

"그, 급보입니다! 총군사님! 급보입니다!"

갑자기 머리가 지끈지끈해지는 걸 느끼며 이마를 부여잡고 있는데 웬 부장 하나가 헐레벌떡 달려오며 소리쳤다.

"또 무슨 일인데? 나 지금 심란하다. 급한 거야?"

"주공께서 나타나셨습니다!"

"우리 형님, 확실히 양반은 못 되시겠네. 어디에 계서?"

"나, 남문을 통해 돌아오고 계시다 합니다. 한데……."

부장이 우리의 눈치를 살핀다. 뭔가 말하기가 곤란하다는 것처럼. 갑자기 느낌이 싸하다.

"형님이 다치기라도 하신 건가? 뭔데? 속 터지게 하지 말고 빨리 얘기해. 뭐냐니까?"

"사, 산월족과 혼례를 치르고 돌아오신 것 같습니다."

"뭐, 뭐라?"

"주공께서 산월족 여인과? 그것이 사실인가!"

아니, 갑자기 이게 무슨 소리야. 혼례라니?

📱

황급히 태수부의 외당으로 달려갔다. 그곳에서 조금 기다리니 형님이 그 모습을 드러냈다.

형님의 모습은 내가 기억하던 것과 같았다. 하지만 그런 형님의 바로 뒤에서 말을 타고 따라오고 있는 건 누가 봐도 한족의 여성은 아니었다. 내가 아직 삼국지 시대에서 깨어나기 이전의, 농촌 마을에서라면 흔히 볼 수 있을 베트남을 떠올리게 만드는 외형이다.

베트남이나 태국 사람의 그것과 같은 까무잡잡한 피부에 가녀린 체형의 여자였는데, 산월족은 확실히 한족과 문화가 다르다는 듯, 비교적 얇은 옷차림에 가죽으로 된 갑옷을 입고 허리춤에는 검 한 자루를 차고 있었다.

"허어……."

진궁이 탄식을 내뱉는다. 위월이나 후성, 육손 역시 소리만 내지 않았을 뿐이지 다들 황당해하는 기색이 역력하다. 아마 나도 저 사람들하고 비슷한 얼굴이겠지.

나는 혼례 그 자체가 황당한 거고, 저 사람들은 혼례보단 산월족 여인에 황당한 거고.

이곳에서 표정을 드러내지 않는 건 주유 한 명일 뿐이었다.

"오, 문숙! 마중하러 나온 거냐?"

"형님. 도대체 어딜 다녀오신 겁니까? 갑자기 혼인은 또 뭐고요?"

"인사해라. 네 새 형수야."

"정말로 혼인을 하신 겁니까?"

"반림의 여식이다. 산월과 우리의 평화를 유지하는 걸 원한다면 자기 여식을 꼭 거둬달라고 해서 말이야. 네가 그랬잖느냐? 산월족하고 전쟁을 해서는 안 된다고."

형님이 적토마에서 뛰어내리며 말했다.

"예, 뭐…… 제가 그렇게 말하긴 했죠."

"그래서 혼례를 치른 거다. 이러면 네가 해야 할 일도 조금은 줄어들지 않겠어?"

그러면서 형님이 내 어깨를 탕탕 두드리는데 이걸 뭐라고 해야 할지 모르겠다. 신경을 써줘서 고맙기는 한데 그렇다고 혼례라니.

"난 피곤해서 먼저 들어가 쉬마. 다들 고생해."

내가 뭐라 더 말을 하기도 전에 형님은 우리의 곁을 지나 반림의 여식과 함께 태수부의 안쪽으로 성큼성큼 걸어 들어갔다.

그런 형님의 뒷모습을 응시하며 진궁이 한숨을 푹 내쉬고 있었다.

"이것 참…… 어찌해야 할지 모르겠군. 정략혼을 이런 식으로 하실 줄이야."

말이 정략혼이지, 사실상 매매혼이나 마찬가지다. 형님도, 저 여자도 산월족과의 평화로운 공존을 위해 스스로 희생한 꼴······.

'잠깐, 매매혼?'

갑자기 머릿속에서 아이디어가 떠오른다. 매매혼이면 시골에서도 종종 있던 일이다. 그리고 그 매매혼을 통해 한국으로 오게 된 여자들이 지원을 받았던 건······.

"총군사."

"예?"

"정착촌을 만들어보는 게 어떻겠소?"

"정착촌요?"

갑자기 정착촌이라니?

"우리가 아무것도 안 하고 가만히 있는다면 산월족은 각자 자신들의 영역에서 지내기만 할 것이오. 그래서는 달라지는 게 없겠지. 그러니 차라리 그들이 우리와 동화될 수 있도록, 강남의 거주민들과 함께 뒤섞여 살아갈 수 있을 공간을 만들어보자는 얘기요."

"유인책이 있는 것입니까?"

가만히 우리가 대화하는 것을 지켜보고 있던 주유가 반문했다.

진궁이 고개를 끄덕이며 말을 이었다.

"저들에게는 식량이 부족하다더군. 그러니 그 식량을 미끼로 꾀어내야지. 세 가지 형태의 정착촌을 만드는 걸세. 하나는 한족과 산월족의 집이 서로 이웃하도록, 다닥다닥 붙어 뒤섞이게 하는 정착촌일세. 이러한 곳에는 가장 많은 식량을 지원하는 거지."

"그러한 방법이라면……."

나머지 두 단계는 굳이 물어보지 않아도 알 수 있을 것 같다.

하나는 산월족과 한족의 집이 살짝 떨어진 상태로 유지되는 것일 테고, 또 마지막은 그 정착촌들의 주변으로 산월족만 사는 마을 정도가 되겠지.

산중에서 자기들끼리 고립된 채 살아가는 산월족이다. 그들을 한족의 영역으로 끌어내는 것만으로도 적지 않은 성과라고 할 수 있을 테니까 분명 좋은 방법이다.

내가 혼자 생각하며 머릿속으로 평가를 끝냈을 때, 날 쳐다보는 주유의 시선이 느껴졌다. 주유가 마치 진궁의 아이디어에 동의한다는 것 같은 얼굴을 하고 있었다.

"어떻소이까? 총군사."

그 와중에서 진궁의 목소리가 들려왔다.

"제가 생각한 것과 비슷하네요."

"오, 그렇소이까?"

"그런데 그것만 가지고는 조금 모자랄 것 같아요. 몇 가지 추가해야 할 것 같은데."

"말씀하시오. 내 경청하리다."

"일단 복지사를 신설하죠."

"복지사? 그게 무엇이오?"

"말 그대롭니다. 사람이 편안하고 쾌적하게, 그리고 행복하게 살 수 있도록 돕는 거라고나 할까요?"

이해가 되질 않는다는 얼굴. 진궁도 그렇고, 주유도 그렇고 머리 위에 물음표가 떠올라 있는 것 같다.

뭐, 복지라는 개념이 나오려면 아직도 천 년은 더 세월이 지나야 할 테니까 무리도 아니겠지만.

"간단하게 말해서 관리가 백성들을 찾아가 직접 묻는 겁니다. 사는 것은 괜찮은지, 힘든 것은 없는지, 문제가 있다면 뭐가 있는지. 그래서 그것들을 직접 듣고, 관이 나서서 해결할 수 있는 것들은 해결해 주는 거죠. 모든 지역에서 이렇게 할 수는 없겠지만, 최소한 산월족이 정착하게 될 몇몇 곳에서는 가능하지 않겠습니까?"

"관이 직접 백성을 찾아가는 행위라…… 너무 과한 것이 아니겠소?"

"관이 직접 찾아가서 곤란한 게 뭔지, 어려운 게 뭔지를 파악해야 정착촌이 좀 더 잘 돌아가죠. 다른 것도 아니고 산월족이랑 같이 지내게 하는 거잖습니까. 그리고 하는 김에 세금도 감면해 주고요."

"세금까지? 총군사의 의지가 그 정도인 것이오?"

"할 때 확실하게 하자고요. 산월족만 제대로 흡수해도 인구가 엄청나게 늘어날 거고, 원소한테 대항할 힘이 생기는 건데 뭘 아껴요? 있는 거 없는 거 전부 쏟아부어도 모자랄 판인데. 책임자로 노숙을 임명하면 잘 돌아갈 겁니다."

"흐음⋯⋯. 확실히 그렇겠구려."

원소 쪽에서는 지금, 이 순간에도 무서운 속도로 인구가 늘어나고 있다. 전쟁의 혼란이 사라지고, 민생이 어느 정도 안정되어 먹고살기 위해, 더 많은 땅을 경작하기 위해 슴풍슴풍 아이를 낳고 있겠지. 거기에다가 북방의 이민족까지 받아들이고 있을 터. 우리도 이렇게 하지 않으면 원소를 따라가지 못할 거다. 전투에서 몇 번 이긴다고 해도 인구가 세 배, 네 배 이상 차이 나게 되면 그때부터는 뭘 어떻게 할 수가 없는 상태가 될 테니까⋯⋯.

"음?"

어떻게 하면 더 쉽게, 더 확실하게 산월족을 끌어들여 동화시킬 수 있을까 고민하고 있는데 날 향한 주유의 시선이 느껴진다. 녀석이 묘하게 뜨거운 눈으로 날 쳐다보고 있었다.

"뭐야. 왜 그렇게 보고 있어?"

"소장이 지금껏 총군사를 잘못 보고 있던 게 아니라는 생각이 들어서 말입니다."

"나를? 네가?"

갑자기 이게 무슨 소리야?

황당해서 있는데 주유가 성큼성큼 내 바로 앞으로 다가오더니 뭔가 열의에 가득 찬 얼굴로 포권하며 말을 이었다.

"이 주유, 비록 가진바 능력은 보잘것없으나 총군사의 그 대의에 동참하겠습니다. 백성이 잘 먹고 잘사는 세상을 만들겠다는 총군사의 그 마음에 감탄하고 또 감복할 따름입니다. 필요한 게 있다면 얼마든지 말씀하여 주십시오. 소장,

전심전력으로 돕겠습니다."

"어? 어, 그래⋯⋯."

내가 뭐만 하면 빠드득 이나 갈고 버럭 하던 녀석이 갑자기 이렇게 적극적으로 나오니 살짝 적응이 안 된다.

뭐, 그래도 나쁜 건 아니겠지?

"한시라도 빨리 움직여야 할 일이오. 바로 진행합시다. 주공께는 내 보고할 것이니 총군사는 정착지를 만들기에 적합한 땅을 알아봐 주시오."

진궁이 움직이기 시작했다.

"예⋯⋯ 움직여야죠. 가자, 육손아."

"저, 저도 갑니까?"

"그럼 인마. 스승이 일하러 가는데 너 혼자만 뒤에 쏙 빠져서 놀고먹으려고 했어?"

"제자에겐 휴식이 필요합니다."

녀석의 어깨에 손을 얹는데 육손이가 진지하기 그지없는 얼굴로 말했다. 마치 이번에 또 내게 끌려가면 과로로 죽을지도 모른다는 위기감이 그 얼굴에 가득했다.

"인마. 스승한테도 휴식이 필요해. 그런데 백성들이 부르잖냐, 백성들이. 너 백성은 힘들어서 죽겠다고 하는데 혼자 뜨신 국에 고기 먹으면 그게 목구멍 너머로 넘어가겠어? 백성이 곧 뿌리야, 인마. 백성들이 주는 세금으로 녹봉 받아먹으면 일을 해야지."

흠칫.

진궁의 뒤를 따라 움직이려던 주유가 날 쳐다본다. 계속해서 날 처다보던 육손의 눈빛도 달라졌다. 녀석들이 무슨, 엄청난 것을 깨닫기라도 했다는 것 같은 얼굴을 하고 있다.

아니, 내가 무슨 말을 했다고 표정들을 저렇게…….

"민본(民本)…… 한참 동안 잊고 있던 것인데 그걸 이리 듣게 될 줄이야. 총군사께 오늘 많이 배우고 갑니다."

주유가 정중하기 그지없는 모습으로 날 향해 포권하고선 성큼성큼 어딘가를 향해 걸어가기 시작했다.

"민본이라, 민본……."

육손이는 계속해서 민본을 중얼거리는 중이고.

"스승님의 말씀이 옳습니다. 녹봉은 곧 백성의 고혈. 녹을 받아먹는 자로서 백성을 위해 전력을 다하는 것은 곧 관리의 의무이겠지요. 그럼 뭐부터 하면 되겠습니까? 시켜만 주십시오. 스승님과 함께라면 무엇이든 할 수 있을 것 같습니다."

초롱초롱하기 그지없는 눈으로 녀석이 날 처다본다. 백성을 위한 일이라면 정말 무엇이든 다 하겠다는 것처럼.

이거…… 느낌이 싸한데. 이런 걸 우리 애들한테 알려주고 나면 나중에 내가 놀고먹으려고 할 때 나한테 와서 민본을 들 먹이며 들들 볶을 것 같은데…….

내가 내 무덤 판 거 아니야? 시벌…….

to be continued

막장 악역이 되다

크레도 퓨전 판타지 장편소설
WISHBOOKS FUSION FANTASY STORY

자고 일어나니 소설속, 그런데……

[이진우]

재벌 3세, 안하무인, 호색남, 이상 성욕자, 변태.
가장 찌질했던 악역. 양판소에나 등장할 법한 전형적인 악인.

"잠깐, 설마…… 아니겠지."

소설대로 가면 끔찍하게 죽는다.
주인공을 방해하면 세계는 멸망한다.

막장 악역이 되다

흙수저 이진우의 티타늄수저 악역 생활!

Wish Books

무공을 배우다

목마 퓨전 판타지 장편소설
WISHBOOKS FUSION FANTASY STORY

"무(武)를 아느냐?"

잠결에 들린 처음 듣는 목소리에 눈을 떴을 때,
눈앞에 노인이 앉아 있었다.

"싸움해 본 적 있나?"
"없는데요."

[무공을 배우다.]

20년 동안 무공을 배운 백현,
어비스에 침식된 현대로 귀환하다!

'현실은 고작 5년밖에 지나지 않았다고?'

밥만 먹고 레벨업

박민규 게임 판타지 장편소설
WISHBOOKS GAME FANTASY STORY

바사삭, 치킨. 새벽 1시에 먹는 라면!
그런데 먹기만 해도 생명이 위험하다고?

가상현실게임 아테네.
먹고 싶은 음식을 먹을 수 있는 유일한 방법!

[식신의 진가가 발동됩니다.]
[힘 1, 체력 1을 획득합니다.]

「밥만 먹고 레벨업」

"천년설삼으로 삼계탕 국물 내는 놈이 세상에 어디 있냐!"
"여기."